有爱的青春陪伴者

陆倾音：“我暗恋一个人好多年。”

陈桉：“巧了，我也是。”

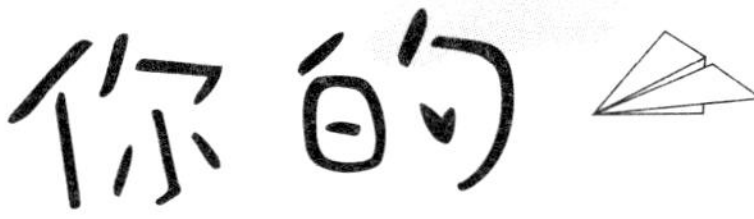

你的小仙女探出头来

NI DE XIAO XIAN NV
TAN CHU TOU LAI

LU YAO ZHU

鹿尧 · 著

上海故事会文化传媒有限公司
© 上 海 文 化 出 版 社

图书在版编目（CIP）数据
你的小仙女探出头来 / 鹿尧著 . -- 上海 : 上海文化出版社 , 2020.6
ISBN 978-7-5535-1931-9
Ⅰ . ①你… Ⅱ . ①鹿… Ⅲ . ①长篇小说 - 中国 - 当代 Ⅳ . ① I247.5
中国版本图书馆 CIP 数据核字 (2020) 第 059617 号

责任编辑　蔡美凤
特约编辑　伍奕兴
装帧设计　阿　和　cain 酱
特约绘制　扎小扎
印务监制　周仲智
责任校对　周　萍

你的小仙女探出头来
鹿尧　著

出　　版　上海文化出版社
出　　品　上海故事会文化传媒有限公司
（200020 上海市绍兴路 74 号　www.storychina.cn）
发　　行　长沙大鱼文化传媒有限公司发行中心
印　　刷　长沙鸿发印务实业有限公司
开　　本　880×1230　1/32　　印　　张　8.5
版　　次　2020 年 8 月第 1 版　　印　　次　2020 年 8 月第 1 次印刷
书　　号　ISBN 978-7-5535-1931-9/I.757
定　　价　36.80 元

上海故事会文化传媒有限公司　出品（00949）www.storychina.cn

本书如有印装问题，请与印刷厂联系调换。联系电话：0731-82755298

目录

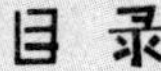

目录

第一章

千万人眼中再装不下其他

NIDEXIAOXIANNVTANCHUTOULAI

幽深的巷道里坐落着一座格格不入的房子，周围绽放着各种叫不上名字的花，风一吹就飘着沁人的芳香，让这里多一分让人想一探究竟的欲望。

陆倾音是第一次来这里，视线打量了一圈，和她想象的不太一样，里面的布置不如想象中的清冷，倒像是奶茶店一样。她敛了敛神，目光落在坐在柜台后的女人身上，放轻了声音打招呼：“你好。”

原本托着脑袋小憩的女人睁开眼睛，声音里散发着无尽的慵懒，头也没抬道：“需要喝点什么？”

“不了。”陆倾音拒绝，顿了一下说，“我来找人。”

她是根据闺密夏悠然给的地址找到这里的，此屋名为“暗恋馆”，顾名思义，是为有暗恋对象的人服务的。相传只要提供给店家一些基本信息，便可以得到一份专属追求计划，而根据这样的计划大多数人追求成功的经历也让这家店颇有几分神秘的色彩。

女人转过身，熟练地操作着机器。不一会儿，一杯果汁做好了，女人细心地将吸管插好，递给陆倾音，视线在陆倾音脸上停留片刻，眼睛慵懒地眯了眯：“跑着来的？”

这很好判断，陆倾音的脸有些红，气息还有些不稳，分明是运动过后的痕迹。

“嗯。”陆倾音接过果汁，抿起嘴角，有几分不好意思，“听说你们快下班了。”

女人的视线移到一旁，只见墙上的钟表刚指向数字“2”，她轻笑了一下：“是快下班了。”

暗恋馆比任何一家公司都要清闲，上午十点上班，下午两点就关门，一天只有四个小时的营业时间，更过分的是还做五休二。

陆倾音是请了假赶过来的，为了避免给同事添麻烦，她提前完成了下午所有的工作，连午饭都没吃就来了。

“知道规矩吗？”女人手指轻轻敲打着桌面，望着陆倾音的眼睛里全是笑意，莫名给人亲近感。

“嗯。”陆倾音喝了一小口果汁，笑的时候嘴角的梨窝越发明显，“听说过一些。”

女人被陆倾音的笑容晃了几分神，顿了顿才移开视线，现在的竞争力已经这么强了吗？长成这般模样还需要暗恋？

好奇是好奇，但女人还是有一定的职业操守，马上转回到正题：“为了避免传言有误，我还是要重申一遍。”她的手指绕着散到脸前的发丝，动作很是随意，“我们这里没有魔法，只是通过日常的调查，得到被调查人的习惯，猜测他的喜好，对于成功率没有任何保障。”

陆倾音对这点没有任何疑问：“嗯。”

“天下没有免费的午餐，我们是收费的。”女人大概在这方面遭遇过麻烦，指了指一旁悬挂的“概不退款”的牌子，解释得相当清楚，“无论成功与否，概不退款哦。”

“可以。”陆倾音依旧答应得爽快。

似乎惊异于陆倾音的果断，女人露出几分兴趣：“我没什么问题了，接下来是你的提问时间。”

陆倾音犹豫了一下，为了保险起见还是问了出来：“合法吧？”

毕竟有跟踪这方面的敏感因素，陆倾音必须得到一个确定的答案。

女人轻笑了几分，下巴朝着一旁的“营业资格证”抬了抬，好脾气道：“开张两个月了，还是第一次有人关心这个问题。”

“那。”陆倾音弯了下嘴角，才道，“以后麻烦了。”

闻言，女人将头发顺到耳后，朝着陆倾音伸出手，算是接下了这个单子，语气中带着些许俏皮：“尊敬的客户您好，可以叫我许一曼。”

陆倾音轻握住许一曼的手，声音轻柔：“您好，陆倾音。”

轻柔的声音轻轻飘散在空气中，刚要迈进房间的男人停了下来，眼神中带着不可名状的急切，仅仅只是看见一个熟悉的身影，心跳就快到前所未有的频率，他用力地眨了眨眼睛，好似做梦一般。

许一曼不知从哪里拿出一个笔记本和一支笔，准备好一切后，示意陆倾音可以开始了。

陆倾音没有说话，从包里翻了翻，最后拿出一张照片，放到许一曼面前，眼神有几分飘忽：“我只有一张照片。”

“只有一张照片？”许一曼从没有接到过这样不合理的委托，本来都准备摇头表示不行了，但在视线落在照片上时，嘴角扯出一个不易察觉的笑容。

从角度来看，照片应该是偷拍的，拍摄的时候男人是移动着的，导致男人的相貌有几分虚影。

但作为一名优秀且负责的员工，许一曼还是从这张高糊的照片中，认出了老板那张生人勿近的脸。

这可就有意思了！

陆倾音并不知道许一曼的心思，只当许一曼是感到为难了，马上从包里翻出一个纸包袋，声音里带着迫切，害怕许一曼因此拒绝：“这是一万块，你看够不够？”

许一曼的表情变得更加耐人寻味，也不愿意放过这个八卦的机会，眼睛亮亮地望着陆倾音：“一见钟情吗？”

陆倾音眼神闪躲了几分，难得有几分不好意思：“嗯。”

在两人的视线之外，男人的拳头不自觉地握紧，眼睛里带着不可预知的危险。

“这个单我接了。”许一曼好似怕陆倾音反悔一般，收起那张高糊的照片，却将一万块现金重新推到陆倾音面前，“不过，我们这里不收现金。”

眼前这位没准一个不小心就会成为她的老板娘，她要是收费的话，就凭她老板那护短的性子，她岂不是要吃不了兜着走。

陆倾音面露难色：“可是……”

“留下联系方式，我会联系你。”许一曼将笔记本移到陆倾音面前，笑容已经不单纯的是职业假笑，仔细看还有几分崇拜。

陆倾音半信半疑，将自己的手机号码留了下来。

“问你一个私人问题。”许一曼总觉得自己似乎见过这张脸，却又想不起来在哪里见过，“你是 A 城本地人吗？”

“是。”陆倾音也没觉得唐突，“一直生活在这里。”

“这样啊。”那应该和他们没什么交集，许一曼将心里异样的感觉抛开，便对陆倾音道，“好了，回去等通知吧。”

陆倾音也不好怀疑许一曼的办事效率，只觉得过程有些简单，离开的时候一步三回头道：“一定要联系我。”

“好的。”许一曼比画了一个“OK”的手势，摆摆手送走了这尊大佛。她也不着急关门下班，现在有更重要的事情需要做。

从暗恋馆出来，陆倾音只觉得身后有一道灼热的视线在跟随着她，可回头之后什么也没看见，她笑了一下自己的多疑，捧着果汁离开了。

在陆倾音回头的时候，男人就躲到了转角处。意识到陆倾音已经离开，他才走出来，望着陆倾音消失的路口，眼里的幽怨简直要溢出来。

她竟然喜欢上了别人。

陆倾音走了之后，许一曼拨通了老板陈桉的手机。接了个这么大的单子，她自然是要邀一大笔功。

有手机铃声飘了进来，许一曼可没有心情招呼客人，头也没抬道：“对不起，我们已经暂停营业，请您明天再来。”

没有人回应，但铃声倒是停了。

许一曼皱着眉头，将手机拿了下来，轻哼一声，竟然敢挂她电话？

“这么早就下班？”陈桉已经坐到对面，成功地将许一曼吓了一跳。

“老板，哪阵风把您吹来了？”许一曼眼睛亮了一下，将桌面上的照片收了起来。

毕业后，不同于急着找工作的其他同学，许一曼生出要自立门户的想法，拿着一份不成熟的策划书去四处拉投资，首选目标自然是腰包鼓鼓的陈桉。

陈桉刚开始自然不愿意，他是钱多，但并不傻，不假思索地拒绝了许一曼的提议。

可许一曼哪里是这么容易劝退的主儿，她整日拿着策划书追着陈桉要修改意见。

策划书大概磨了两个月，从前期的引流宣传，到后面的执行方案，陈桉终于点了点高贵的头颅，算是肯定了许一曼的方案。

本以为这是磨难的结束，没想到却是痛苦的开始，许一曼理所当然地伸出小手："老板，给钱。"

就这样，全世界只此一家为情感服务的暗恋馆就此诞生，而许一曼也是争气，虽然是首次尝试，但高效的办事效率和极高的成功率，也算是稳定了客源。

陈桉这次来的本意只是看一下许一曼的经营状况,身为最大的投资人，他还是要为"老板"这两个字负责，可没想到竟会意外得知陆倾音移情别恋的事情。

许一曼不知道陈桉的心事，笑得像只狐狸，眼睛朝外瞅了瞅，脸上写满了八卦："您刚进来的时候有没有看见一漂亮姑娘？"

陈桉的脸色阴沉了几分，语气生硬道："没有。"

"太可惜了。"许一曼语气里藏着几分失望，但是一想起方才的事情，就再次激动起来，"刚刚有一个漂亮妹子来我们这里了，你猜她暗恋谁？"

陈桉心里的火气再也压不下去了，朝着许一曼飞去一个冷眼，声音清冷："不猜。"

许一曼上下打量了一下陈桉："你吃什么火药了？"

虽然陈桉平时面无表情，整个人透着一股生人勿近的气场，但是该有的绅士风度还是有的，哪会这么不给别人面子。

可没硬气三秒钟，陈桉就败下阵来，眼睛忽闪了两下："暗恋谁？"

情敌已经出现，逃避也不是办法，现在最主要的就是打听敌方情况，趁着事态在可以控制的范围内，最好是将情敌扼杀在摇篮里，他就可以顺势上位。

作为一名优秀的管理者，陈桉三两下就分清了轻重缓急。

陈桉的话题跳跃得没有条理性，许一曼没有跟上陈桉的思路："什么？”

她捋了一遍思路，才反应过来，调侃道：“你不是不感兴趣吗？”

陈桉没有说话，一个眼神扫了过去，用行动证明自己心情欠佳，最好不要招惹。

“得。”许一曼瞬间投降，拿出那张照片，意味深长地望着陈桉，幸灾乐祸道，“老板，你被人盯上了。”

陈桉扫了一眼，片刻就认出是自己，脸色以肉眼可见的速度温和起来。他清咳了一声，相当不要脸道：“拍得不错。”

陈桉是谁？那可是绝对的完美主义者，这张嘴一半以上的时间都是用来批评人，这还是第一次这么毫不犹豫地夸人。

许一曼也是个人精，凭着这四个字就嗅到不一样的味道。她从柜台里走出来，走到陈桉身边：“夸人可不是你的风格，怎么，认识？”

陈桉望着那张照片是越看越满意，答非所问道：“她还说了什么？”

“给了一万块钱的定金。”许一曼知无不言，“没想到吧？”

陈桉望了眼许一曼，没太明白许一曼的言外之意。

“是不是没想到自己这么值钱？”许一曼和陈桉是大学同学，在国外她对陈桉可是“老乡见老乡，两眼泪汪汪”，两人相处起来没那么多规矩，“这还是第一个给出上万元定金的客户。”

陈桉没想到许一曼这么说，也没反驳，语气上扬：“你收了？”

“哪敢？”许一曼庆幸自己当时英明神武的决定，“我要是收了，岂不是大水淹了龙王庙，自家人不认自家人吗？”

虽然歇后语用得不怎么准确，但听见“自家人”三个字，陈桉莫名觉得舒服，难得没有纠正许一曼的错误。

看着陈桉的态度，许一曼耸耸肩：“要是被那群碧眼金发的妹子知道你这么容易就被一个女孩子降服，肯定是要揪着你的领子问你为什么。”

在美国留学那会儿，陈桉在他们学校可不是一般的受欢迎，不仅他们学校，连同周边好几所大学的女学生都慕名而来，纷纷拜倒在陈桉黄皮肤黑眼睛的盛世美颜之下，甚至给他挂上了一个“亚洲小王子”的美名，虽然陈桉相当嫌弃这个称呼。

“话说，大学那会儿有传言说你暗恋一个中国妹子。”陈桉的事情总是同学们八卦的重点，许一曼自然也有所耳闻，“这才回国几个月，你就……”不对，她像是想到什么一样，努力地抓住那一缕思绪，然后瞳孔剧烈地收缩，“她不会就是你的心上人吧？”

大学时期，陈桉有心上人众所周知，但他像宝贝一样护着那姑娘，从不在人前说那姑娘的事情。没人知道那姑娘长什么样子，据说两人是青梅竹马，许一曼先入为主地认为那姑娘和他们一样是留学生。

陈桉没理会许一曼的脑洞大开，继续着自己的思路：“你告诉她什么了？”

“漂亮小妹妹好像只有这张照片，连你的名字都不知道，我自然也没敢轻易暴露你。”许一曼说着便意识到陈桉周边越来越低的气压，连忙为自己辩解，“这也不能怪我，我哪里知道你会感兴趣，万一我把消息放出去，你又不喜欢，我可没有好果子吃。”

陈桉想起方才在门口听见的“一见钟情”，快速地认清了当下的情况，所以陆倾音没认出他，仅仅因为他的一张脸就动心了？

虽然让她动心的是他自己，但这也不是多么令人开心的一件事。陈桉总有种小时候的自己被陆倾音遗弃了的感觉，捏着照片的那只手微微用了力。

许一曼紧张地吞了吞口水，看着陈桉的手，自觉地退到了安全距离之外，她很怕下一秒被老板捏住脖子的是她。

老板很生气怎么办？在线等。

“不过……”许一曼伸手拿起笔记本，一副献宝的样子，“这里有她的联系方式，您随时可以联系。”

陈桉接过笔记本，沉思了片刻，将那页纸撕了下来，叠成四方形塞进裤兜，攥着那张照片朝外走去：“走了。”

“老板，那这个单子还需要我负责吗？”许一曼不怕死地喊。

陈桉只留下一句话：“我负责。”

“辛苦老板了。”许一曼八卦的眼神追随着陈桉离开，倚着柜台有几分失望。她还是很想参与后续的进展状态，毕竟每一位称职的员工对老板的感情生活都是异常关心的。

从暗恋馆出来，陆倾音就直接回了家。

“音音回来了。”白方冉招呼着陆倾音，顺道踢了一下在一旁挺尸的陆席南，直接下了一个命令，“给你妹妹洗点葡萄。”

陆席南早就对白方冉这种行为见怪不怪了，认命似的去厨房：“我们家小公主一回家，我在家里的地位就直线下降。”

陆倾音顺势坐到白方冉旁边，搂着白方冉的胳膊，对陆席南的背影笑道：“谢谢哥。”

“谢什么。”白方冉爱怜地摸着陆倾音的发顶，“那是他应该做的。”

刚从厨房走出来，陆席南就迎来这一暴击，抱怨着白方冉的偏心：“妈，我是您抽奖抽到的吗？”

“我从来不抽奖。”白方冉生平一大乐趣就是打击陆席南，“你是从垃圾箱里捡来的，不要钱。”

陆席南用食指刮了刮陆倾音的鼻子，语气里全是宠溺：“不要笑，你是从另一个垃圾箱里捡来的。”

三人窝在沙发里吐槽着电视上正在播放的偶像剧，原本还是一番其乐融融的场面，下一刻陆席南无缘无故就遭了殃。

白方冉望了陆席南一眼，满脸嫌弃："虽然男主有点渣，但也比你强一点，你都一把年纪了连个对象都找不到，整天一副万年光棍的样子，怎么着，还想让国家给你颁个奖，表扬你初心不忘？"

陆席南一听脑袋就大了，为了避免耳边有人念经，马上岔开话题："妈，这和我有什么关系。"在白方冉要集中火力攻击他的时候，他马上提醒道，"您不是说要和苏阿姨逛超市吗？"

"差点儿忘了。"白方冉一拍脑门，急匆匆地朝着卧室走去，"我先去收拾收拾。"

陆倾音也吃完了葡萄："哥，我也回卧室了。"

很快，客厅里就剩下陆席南这个孤家寡人，他无奈地摇摇脑袋，电视上正好播到男女主的亲密桥段，他看得那是一个百感交集，起身关掉电视。

真是的，谁还没有个卧室了？

洗漱之后，陆倾音坐在书桌前，看着手机里那张高糊照片，眼神里全是暖意。

这是她前两天被夏悠然拉去买奶茶时，在路上看见的男人。当时她只觉得有些梦幻，毕竟只能在梦里出现的人就这样出现在她眼前，她总需要一点接受的时间。

当时，夏悠然顺着她的视线看见陈桉，眼睛瞬间放出十万伏的光芒，毫不犹豫地拉着她向那男人走去："喜欢？走，姐带你去要微信。"

陆倾音顿时如梦初醒，用尽全力才拽住夏悠然，慌忙道："不用了。"

那男人没有发现她们，最后朝着与她们相反的方向离开了。

多亏了多年的追星经历，夏悠然早已经练就了超常的反应力，瞬间拿出手机堪堪抓拍到男人的身影，留下了这张照片。

虽然照片上仅仅只是一张高糊的身影，却还是被夏悠然赞叹“惊为天人”。

陆倾音有很多种方式去找到陈桉，却缺少一种去见他的身份，毕竟陈桉回来也没有联系她，她怕自己会打扰到他，更怕他已经不认识她了。

她这副心情低落的样子自然逃不过夏悠然的眼睛：“你样样是高配，怎么碰到一个帅哥就怂了呢？”

陆倾音无法回答，她知道自己才不是碰见帅哥才这样，分明是遇见了喜欢的人，才变得这般被动。

到底是拗不过陆倾音的臭脾气，又不想陆倾音暗自神伤，夏悠然便告诉了陆倾音暗恋馆这家店，怂恿着陆倾音去勇敢追逐真爱。

经过一番考量之后，陆倾音选择了最怂的一种。

柔和的灯光打在照片上，陆倾音出神地望着照片，陈桉依旧是那般模样，即使在人山人海中她还是一眼就能够看见。

她喜欢的人一如往常，仍旧是人群里的发光体。

而她已经不是从前的自己，就连跨越几步走到陈桉面前的勇气都没有了。

书房里，陈桉正在和卢浩视频。

陈桉的工作重心刚迁回国内，琐事比较多，本想等一切安稳下来后一步步接近陆倾音，没想到陆倾音竟然会先送上门来。

陈桉揉了揉眉头，心思已经不在视频上了。

“老大，你累了？”视频那端，卢浩体贴地关心道。

“有点。”陈桉第一次主动结束会议，“今天先这样吧，你也累了，早点休息。”

不知内情的卢浩感动得泪流满面，平时被陈桉压榨惯了，一受到来自老板的关心都有些承受不了，立刻说：“好的，老大，晚安。”

卢浩立刻挂断了电话，生怕陈桉反悔一样。

放空三秒钟，陈桉从兜里拿出小字条，小心翼翼地打开，望着那串数字，压下想要打电话的冲动。

还是先加个微信比较好，万一吓到陆倾音就不好了。

陈桉比着小字条对了好几遍，最后发送好友申请时还不忘备注上许一曼的名字。

申请很快就通过了，聊天界面传来一条信息：“你好，一曼姐。”

陈桉自动代入许一曼的角色，他现在仅仅只是陆倾音一见钟脸的对象，而不是小时候的陈桉哥哥，要是陆倾音知道了他的真实身份后直接跑路，他岂不是要悔断肠。

好不容易得来的机会还是谨慎一点好。

“你好。”陈桉很少这样局促，手指在键盘上敲打，最后又不停地删除，他人生中所有的胆怯都用在了陆倾音身上。

不过对面很快传来了消息：“请问可以先了解一些基本的信息吗？”

这么迫切？陈桉稍微有些不爽，但还记着自己的身份，尽职尽责道：“你想要先了解什么？”

如果可以，陈桉恨不得将自己的所有身家都报出来，用所有的光环去诱惑陆倾音喜欢上自己，恨不得跑到陆倾音面前，迫不及待地说：“你看看我，我变得很好，你喜欢我一下好不好？”

“名字。”陆倾音只单纯想要试探下暗恋馆的准确度，最关注的问题却是第二个，“是否单身。”

陈桉心中又涌上一大波的失落，陆倾音竟然连他的名字都不知道了，果然将他忘得一干二净了。

“好。”陈桉就发了这个字，剩下所有的心思都用来吃醋了。

徐漾不是都说他长得和小时候一模一样吗？许一曼还整天用一眼万年来形容他吗？卢浩还说 A 城的雾霾都掩盖不了他的光芒！

虽然他对这些毫不在意，甚至有些嗤之以鼻，但是他相信了啊，那陆倾音没认出他属于什么情况？

在陈桉怨天尤人的时候，双方默契地保持了沉默，气氛已经陷入些许尴尬。

为了阻止尴尬朝着窒息的方向发展，陆倾音选择用再见结束了话题："谢谢一曼姐，不早了，晚安。"

陈桉满脸都是"继续聊"的想法，可刚回过神就看见陆倾音的信息，只得闷闷不乐地回道："晚安。"

陈桉望着屏幕呆愣了好几分钟，才知道等不到陆倾音的消息了。

再放下手机时，陈桉想起要给陆倾音改个备注，可在看见她的微信昵称是"chen"时，他还是控制不住地多想了，眼底的失落一扫而空。

这不就是他的姓氏吗？谁说陆倾音对他没有一丝感情？这情谊明明就是情深似海！

陈桉笑意溢出了嘴角，果然陆倾音还是没有彻底忘记自己，现在的她只是一时被美色迷惑，幸亏他出现得早，没让别的小白脸有机可乘。

这样一想，陈桉顿时觉得自己好像赚了，望着陆倾音的昵称心里乐开了花。

算了，不改了，"chen"和他的昵称"misslu"看起来很配，陈桉四舍五入了一下，感觉陆倾音已经是自己的女朋友了。

"音音，快点如实招来。"夏悠然一把抱住陆倾音，挤眉弄眼地望着陆倾音，"你单身贵族的身份还存在吗？"

"暂时无人可以撼动。"陆倾音哀叹一口气，不知为何，她仿佛已经能看到她漫漫的暗恋之路。

夏悠然对暗恋馆生出无限的兴趣：“暗恋馆靠不靠谱？靠谱的话我也去大街上偶遇一个帅哥，然后开启一段轰轰烈烈的爱情。”

“我也不知道。”陆倾音对暗恋馆还在考察中，对夏悠然的想法倒是不予置否，“不过我劝你还是不要投机取巧。”

夏悠然这下不满意了：“你还没成功呢，就想垄断这条路？这么横，买版权了吗？”

“随意。”陆倾音轻叹一口气，拒绝回答此类问题。

说起陆倾音一见钟情的事情，夏悠然现在还有些玄幻，怎么看陆倾音都不像是会颜控的肤浅人类，八卦中难免带了几分认真：“我说你怎么回事，对一个大街上的男人怎么会生出前所未有的兴趣，这不像你的风格。”

在陆倾音的注视下，她不甘心地补充道：“虽然那个男人是真的帅，但是没听过吗？一般长相和花心直接挂钩。”

“凡事有例外。”陆倾音也不好多解释，她暂时还没将和陈桉认识的事情告诉夏悠然，否则以夏悠然这样冒失的性子，肯定会发布寻人启事全城寻找陈桉，到时候她的脸可就丢大了。

夏悠然还没死心，势必要打破砂锅问到底。陆倾音在恋爱这方面可是一小白，没遇到爱情以前倒是个很靠谱的人，可现在她被美色迷住，难免不会做出什么傻事。夏悠然说：“以后一有进展就要告诉我，我得帮你好好把把关。”

“遵命。”为了让事情不走向复杂的趋势，陆倾音格外顺着夏悠然。

看着陆倾音随意的样子，夏悠然就知道自己是被敷衍了，当下就皱起眉头：“这可是大事，马虎不得，总之你必须要听我的。”

陆倾音只好拿出自己绝密的武器，粲然一笑：“我妈去催我哥找对象，对此，你有什么想法吗？”

“呵。”夏悠然瞬间被转移了注意力，暂时也顾不得套陆倾音的话了，立刻表明一番自己的立场，“问我干什么？这可没我什么事。”

之前，陆席南被白方冉逼婚逼到绝境，情急之下只得麻烦陆倾音找个人替他挡一段时间。陆倾音秉持着肥水不流外人田的原则，对于这样一等一的好事，自然第一时间就找上了夏悠然。

那时夏悠然只当作是小事一件，毫不犹豫地应下了，哪知后来白方冉对于两人的“恋爱”竟然当了真，逢人就夸陆席南找到了真命天女，甚至已经暗戳戳地开始操办起两人婚礼的事宜。

在事态还可控时，陆席南只好又和夏悠然演了一出假分手的戏码，两人吵着吵着甚至当真了，差点儿大打出手。本以为以他们精湛的演技，白方冉接受他们“分手”的事情已是铁板钉钉了，谁知白方冉竟然不愿意接受他们分手的这个现实，找夏悠然声明自己永远站在她这边，还说了一番感人肺腑的话劝他们别分手，感动得夏悠然差点儿以为她和陆席南是真的在一起过，反应过来后靠着一丝理智才拒绝了白方冉的请求。

“哪能没你什么事？”陆倾音声音愉悦了几分，调侃道，“你可是差点儿就成了我嫂子的人，更何况为了你，我哥到现在在我妈眼里还是宇宙第一负心汉。”

夏悠然眼神飘忽着：“不和你闲聊了，我去工作了。”

“别啊。”陆倾音难得占了次上风，还在夏悠然的身后劝道，“我哥挺不错，要不你再考虑考虑……”

“我第一次遇见你的时候，你眉眼弯弯朝我走来，我就知道这一劫我逃不过去了……”

陆倾音望着屏幕里播放的画面，将自己的情感融入到角色中，一字一字对着口型。她的声音本就偏向温柔的类型，加入了细腻的处理之后，听起来更是异常舒服。

动漫配音是陆倾音目前的主要工作，她的声音本就适合二次元，一开始配音的时候就得到了众人的追捧，但她目前只做幕后的工作，暂时没有走到幕前的打算。

说到底，她能意外得到这份工作和夏悠然有脱不开的关系。

陆倾音大学主修的是播音主持，本来毕业之后准备找个主持的工作，可一不小心被夏悠然忽悠参加了配音的面试，竟然通过了淘汰率百分之九十的面试，再加上她也不喜欢抛头露面的主持，也就留了下来。

“好了。”林致走到陆倾音旁边，冲她点点头，“很棒。”

林致一直负责着陆倾音的工作，陆倾音和他也算熟悉，朝他笑了笑：“谢谢。”

看着陆倾音乖巧的表情，林致忍不住想拍拍陆倾音的脑袋，刚抬起手就看见陆倾音诧异的眼神，于是敛了敛眼神里的深意，将手顺势放到办公桌的桌角处：“去休息吧。”

陆倾音也没有深想：“接下来的工作麻烦你了。”

“嗯。”林致的笑意始终没有散开，忍不住转身望着陆倾音的背影，嘴角弧度越发扩散。

陆倾音丝毫不觉，回到座位上便靠着椅子，拿起手机点开微信，许一曼仍然没有发来消息。

她的手指敲打了几个字，又一字字删除，将手机放在一旁，找人也不是一件容易的事，她不该太过急切。

“有时间吗？”有一条微信消息传了过来，陆倾音瞬间就来了精神。

陈桉想和陆倾音聊天的心早就沸腾了，手机屏幕恨不得设置成陆倾音的聊天界面，可他抓不住准确的时机，害怕因为太过心急而暴露自己的真实身份，一味等待又担心陆倾音质疑“许一曼”的能力。

没想到看见对方正在输入的提示，陈桉左等右等还是没等到信息，只好发了一条不痛不痒的问句。

“嗯，查到了吗？”陆倾音点击了发送，手指握着手机，轻咬着下嘴唇。

陈桉回得很快：“名叫陈桉，暂时单身。”

还好，还好。陆倾音大呼一口气，暗恋馆的消息应该不会错，最主要的是陈桉单身就好，上天可算是没辜负她的暗恋，要是陈桉已经名花有主了，她还真不知道应该去哪里哭。

陈桉在等陆倾音的反应，他都自报姓名了，陆倾音总该有点印象了吧，可等来等去还是没等来陆倾音的任何反应。

陆倾音真将他从记忆中剔除干净了？

陈桉还是不愿意接受这个事实，委婉地发问：“还需要了解什么？”

但凡陆倾音还记得他，哪怕只是一个名字，应该都不会从他这里刺探消息了。

下一秒，陆倾音的信息就发了过来：“一些基本习惯就好。”

陈桉气得当场就站起来，走到落地窗前，望了眼窗外，平复一下自己的心情，反正陆倾音已经站到他眼前了，这点小事谈不上生气。

“这次的劳务费先结一下。”陈桉还是咽不下被陆倾音忘得一干二净的事情，颇有几分报复的味道，“一共五百二十块。”

陆倾音转账的速度倒是很快，没有丝毫犹豫，还不忘替陈桉的经费考虑：“这些够吗？”

陈桉再大的火气也被这句话打散，看着陆倾音为他着想的样子，甚至有几分想笑。

“够。”陈桉回答，“还有什么需要了解？”

陆倾音看着对话框，生生压下自己的不好意思：“一曼姐，你们制订专属方案需要多长时间？”

“你很急？”陈桉没想明白。

如果陈桉能看见陆倾音本人的话,就会发现她的脸已经泛起些许红晕。她回答：“有点。”

这下，陈桉心里彻底舒服了，嘴角咧得那叫一个放肆，但是输入的话却异常矜持：“以后得到其他信息，会第一时间通知你。”

陆倾音满心感动，觉得文字已经表达不了对“许一曼”的感激，便发了一个感动的动态图片。

“应该的。”陈桉客气道。

陆倾音休息时间也到了，便和陈桉说了“再见”，就抽身去工作了。

反倒是陈桉无法从巨大的惊喜中回过神，上下滑动翻看着聊天记录，那张时常毫无表情的脸上此刻挂着平日里堪称罕见的笑容。

“老大。”卢浩拿着文件，敲了敲办公室的门。

陈桉还沉浸在自己的世界中，并没有听见卢浩的深情呼唤。

良久没得到回应，卢浩稍稍推开一条小小的缝。

这不看不打紧，一看卢浩一脸见了鬼的样子，差点儿被陈桉如沐春风的表情吓掉半条命。

看着陈桉越发变态的笑容,为了老板的人身安全着想,卢浩推门而入,但是脚步轻缓，尝试着又叫了一声：“老大。”

可陈桉上下滑动聊天记录，沉浸在自己的世界里无法自拔，对外界的声音置若罔闻，仍然对着屏幕发笑。

卢浩的好奇心得到了前所未有的激发，轻轻抬起脚走到陈桉身边，探着脑袋望着屏幕，差一点，他又将脑袋朝着陈桉移去了半分。

可是屏幕突然一晃，陈桉将手机倒扣在办公桌上，嫌弃地避开卢浩的脑袋，清咳一声："干什么？"

就差一点。卢浩在心里懊悔万分，却不得不分出神回应陈桉的问题："我还以为你中邪了，正准备给你摆法阵驱邪。"

陈桉已经恢复往常的表情，完全和方才笑得春心荡漾的人联系不到一起。他问："什么事？"

"这份文件需要你过目。"卢浩将文件递给陈桉，眼睛朝着手机瞅去，明显对里面的内容很感兴趣，"老大，你和谁发信息呢？"

一般这样没有任何营养的问题，陈桉是不会回答的，可他现在心情格外好，也就张了金口："没谁。"

卢浩是什么人，那可是在蹬鼻子上脸这一领域里造就了登峰造极功夫的人，抓住时机，搓着小手，趁热打铁道："我不会有老板娘了吧？"

闻言，陈桉才抬起脑袋，睨了卢浩一眼，冷冰冰道："出去。"

"哦。"既没打听到任何消息又被瞪了一眼，卢浩摸摸鼻子一脸失望，却也只得出去。

可刚出了办公室，卢浩顿住，像是打通了任督二脉，虽然没有得到确切的答案，但是陈桉好像并没有反驳。要知道平时按照陈桉不喜欢麻烦的性子，为了防止这样的事情持续发酵一般都会回应。

"天！"卢浩回头看了眼。

他好像发现了不得了的事情！

陈桉认为自己对电子产品没有任何依赖，现在却啪啪打脸，十分钟内已经看了不下五次手机。

就连电脑另一端的卢浩都注意到了，试探着问："老大，你是不是有别的事情？"

"没有。"陈桉回答得没有一丝心虚，将手机放在桌面上，翻阅着手上的文件，“继续吧。”

卢浩也不敢多问，便从被打断的地方重新开始。

还没两分钟，陈桉又开始心痒痒，瞅了瞅没有任何动静的手机，心里开始盘算。

已经快要晚上九点了，再不去打扰陆倾音，今天就没有时间去打扰了。

试问，工作和恋爱哪个更重要一点？

三秒之后，陈桉喊了暂停：“时间不早了，今天先到这里吧。”

卢浩觉得自己的耳朵出现了问题，以前的陈桉可是个工作狂，每天晚上不压榨他到十一点就好像亏了一般，要不是工资足够收买他，他早就辞职走人了。

“老大……”卢浩望了眼右下角的时间，不确定道，“咱们现在应该没时差吧？”

陈桉瞥了卢浩一眼，这么美好的时间用在和这个人聊天上，简直就是虚度光阴，他也没时间废话：“如果你觉得早就把今天的方案交上来，明天我会看。”

“不早了。”卢浩迅速认尿，打着哈欠表示自己已经很累，“这个点……”

不过陈桉可没时间看卢浩演戏，直接挂断了视频通话。

耳边终于清静了，陈桉拿起手机，整个人朝后躺去。

用什么话开场比较好？

陈桉思索了一下，就将自己暂住的酒店发给了陆倾音：“这是他的地址。”

陆倾音也在等“许一曼”的信息，手机刚一响便拿了起来，陈桉所在的酒店离她的家不算远，车程也不过十几分钟。

“一曼姐，你好厉害。”陆倾音一边不忘吹着彩虹屁，一边心里却上演了一场与陈桉偶遇的大戏。

光是想想就无比兴奋。

经过这段时间的相处，陆倾音早将“许一曼”看作爱情顾问，开始向“许一曼”取经：“一曼姐，你说我去偶遇他合不合适？”

合适，简直太合适了。陈桉开启了套路陆倾音的道路，清咳一声抑制着嘴角上扬的弧度：“当然。”

陆倾音也有自己的顾虑：“这样看起来会不会太过于刻意？”

当然不会。陈桉内心在咆哮，却不得不装作谨慎的样子：“不会吧，偶遇是随机事件，他没有怀疑的依据。”

“可是，他会不会比较喜欢内敛的女生。”陆倾音已经把“许一曼”当成自己人，“我会不会吓到他？”

尽管陈桉的脸上写满了“快来偶遇我”五个字，却不得不表面上为陆倾音着想：“我明天帮你调查一下他喜欢的类型。”

不用怀疑，明天的调查结果就是陈桉喜欢热情奔放主动的女生。

“谢谢一曼姐。”和陆倾音道谢消息一起来的，还有一条一千元的转账消息。

陈桉叹了一口气，陆倾音好像没什么金钱观念，不过还好钱进了他的口袋，等于还是属于陆倾音的。

不过为了不让陆倾音成为一个“败家子”，陈桉决定要给陆倾音上一节课：“你给的钱太多了。”

“你那么辛苦，应该的。”陆倾音哪里知道这些信息根本不费吹灰之力，只需要陈桉使出动动手指的力气就好。

陈桉也不好说太多，他现在还是“生意人”的身份，哪有生意人拒绝钱财的道理？

没收到陈桉的消息，陆倾音只当是“许一曼”太累了，率先说了晚安。

就在他那一愣神的空当，陆倾音就说了晚安，陈桉觉得自己错过了和陆倾音的聊天时间就像错过了一个亿，怎么就突然晚安了？

但他也扯不出别的话题了，只好心不甘情不愿地回了句晚安。

次日，陈桉好不容易忍到中午，将自己喜欢的类型透露给陆倾音："他在美国生活了很长时间，受到当地的影响，比较喜欢热情开朗主动的女生。"

为了增加可信性，陈桉还结合实际情况，无疑让"他喜欢热情开朗主动的女生"具有了更多的真实性。

陆倾音正在和夏悠然吃饭，冷不丁地收到这条信息，差点儿将吃到嘴里的东西吐了出来。

热情、开朗、主动！以前的话她还能努力努力达到水准，可现在她完全不沾边啊！

夏悠然看见陆倾音的剧烈反应，瞬间就想到照片上的那个叫作陈桉的男人，警戒心瞬间就提了上来："谁？"

"没。"陆倾音缓过神，没好意思告诉她自己暗恋的人喜欢这个类型的女生。

小时候，陈桉也算得上是铁面阎王了，那会儿老师还让他当了一年班长。对待上课违纪的同学，陈桉板着一张脸就能把捣蛋王训哭，他当班长的那几年，班级一直是模范班级。

可没想到匆匆几年光景，竟然把这样一个人生生折磨成如今的模样，可见环境对一个人的影响是多么巨大。

陆倾音还在忆往昔峥嵘岁月，这边夏悠然直接伸出了魔爪："音音，你不希望我对你动粗吧？嗯？"

夏悠然的高大分贝已经吸引了一拨人，陆倾音有些头疼，在夏悠然不肯妥协的眼神中只好共享信息。

简短地将所有事情告诉夏悠然之后，陆倾音只希望能够让夏悠然冷静下来，不要冲动。不料，下一秒，夏悠然直接站了起来大吼：“音音，要想得到真爱，你得放开自己！”

陆倾音顿时觉得异常丢脸，已经没勇气去看周围的视线，垂着脑袋扒着饭，恨不得找个地缝钻进去。

她怎么就那么想缝上夏悠然那张嘴呢！

夏悠然也意识到自己的声音有些大，干笑着回应着看过来的视线：“大家伙继续吃饭吧。”

这会儿，陆倾音的手机再次亮了起来。

夏悠然的眼神也亮了，起身坐到陆倾音旁边，对着陆倾音露出憨厚的笑容：“一起看。”

“他下午五点下班，五点左右会出现在酒店的停车场。”

陆倾音没时间体会其中的深意，因为夏悠然不要命地摇晃着她的胳膊，将她摇晃到脑袋冒金星。

“这是个机会。”夏悠然已经做好了作战计划，“今天下班我们就去会会他。”

夏悠然是想一出是一出的性格，更可怕的还是说一不二的固执脾气。

陆倾音只觉得头痛欲裂，本来一个陈桉已经让她应付不过来了，结果又来了一个更难搞的夏悠然。

谁来救救她危在旦夕的暗恋啊！

下午五点，陈桉满面春风地推开办公室的门，此时心情是无法比拟的美好，整个人的气场都莫名和善了几分。

“老大。”卢浩推开门正拿着文件准备让陈桉过目，却差点儿一头撞进陈桉的怀里，还好他那温柔的总裁大人闪开了，他只是趔趄了两步便站稳了。

陈桉又将西装的衣角压了压，望了眼卢浩：“怎么了？”

“老大，这份文件需要您过目一下。”卢浩将文件递给陈桉。

陈桉任着那份文件留在半空中，一板一眼道：“现在是下班时间，工作留到明天。”

要不是现在已经傍晚了，卢浩绝对是要站在大街上望望天，看看太阳是不是打西边出来了，往日的工作狂魔也有这么人性化的一天？

“下班了。”在卢浩思考人生的时候，陈桉已经迈着一米二的大长腿离开了。

陈桉的心情格外舒爽,就连往日令人烦躁的堵车都变得不再让人烦躁。

此刻，酒店的停车场。

“悠然。”陆倾音左思右想还是觉得有些不妥，拉着夏悠然想要离开，“我们还是从长计议吧，这样太唐突了。”

到嘴的鸭子让她松口，这件事就是对吃货的最大侮辱。夏悠然当然不干，态度强硬道：“不行，现在离开岂不是无功而返吗？”

“可是……”陆倾音说话的时候，路过的人又奇怪地望了她们一眼。

也不能怪路人，此刻陆倾音和夏悠然戴着夸张的墨镜，躲在柱子后面，还不停地探头探脑。

简直是比贼还像贼。

陆倾音几乎要哭了：“悠然，我们再待下去，绝对会被保安当作偷车贼抓住，到时候想走也来不及了。”

“怕什么。”夏悠然相当无畏，大手一挥，一副谁也不怕的样子。

“我们都这么大的人了，再闯祸，让家长去领我们，有点丢人啊。”陆倾音还在企图感化夏悠然，“而且抓住了，我们怎么解释？”

“当然是实话实说了。”夏悠然早就想好了对策，“到时候叫陈桉去给我们做证，正好考验一下他。”

陆倾音恨不得一头撞死在豆腐块上：“考验什么？我现在正在暗恋别人，又不是谈婚论嫁。”

这会儿又开进一辆车，夏悠然示意陆倾音闭嘴，将墨镜褪下一些，观察着那辆车的动向。

陆倾音就不一样了，顺着柱子蹲下来，将墨镜戴好，势必要遮住自己的脸。

“好像是。”夏悠然惊喜出声，拉着陆倾音去制造偶遇，“快走。”

陆倾音直接赖在地上不动弹了，头晃得像个拨浪鼓，一副打死也不要出去的态度。

陈桉下了车，眼睛四处张望着，没看见陆倾音的身影，还以为陆倾音在路上耽误了，便靠在车的旁边，摆弄着手机。

陆倾音一向说话算数，这个信念一直在支撑着陈桉，他却丝毫不知今天答应他的根本不是陆倾音本人，而是在柱子后面跃跃欲试的夏悠然。

“你真不去？”夏悠然眼看时间紧张，容不得陆倾音犹豫。

陆倾音依旧摇着脑袋，嘴里重复着：“不去，不去。”

“那我去帮你要联系方式。”夏悠然将墨镜摘下，暂时交给陆倾音保管，迈着欢快的步伐朝着陈桉走去，除了确定颜值是否像想象中的能打之外，她还要确定一下人品。

陆倾音望了眼夏悠然的模样，瑟瑟发抖地抱住弱小又无助的自己。

夏悠然小跑到陈桉面前：“你好。”

听见女生的声音，陈桉下意识地惊喜抬头，在看见眼前陌生的面孔后，脸上的惊喜之色迅速变成寒意，冷冷地扫了夏悠然一眼，恢复到常态：“有事？”

夏悠然全然不在意："帅哥，加个联系方式？"

陈桉的眉头紧紧皱了起来："没空。"

他虽说自己喜欢热情开朗主动的人，但是那个人只限定是陆倾音，其他人怎样只要不打扰到他，他一点都不关心，但只要妨碍到他，他不会拿出什么好态度。

"时间就像海绵里的水，挤挤总是有的。"夏悠然说着至理名言，已经拿出了手机，点开微信界面，满脸笑容，"你扫我，还是我扫你？"

陈桉的耐心被用完，抬起脚步绕过夏悠然，离开得相当突然。

"什么嘛！"夏悠然就差冲着陈桉嚷嚷了，望着陈桉的背影长哼一声，原路返回。

陆倾音正处于神经紧张中，一听见脚步声，闭着眼睛重复着："我不认识夏悠然，我只是路过。"

"过分。"夏悠然将陆倾音的墨镜拿开，"暗恋馆靠谱吗？确定陈桉喜欢热情开朗主动的女生？"

陆倾音张望了四周，没发现陈桉的身影，长舒一口气："怎么了？"

"他拒绝了，态度相当恶劣。"夏悠然想起陈桉那一脸趾高气扬的样子就生气。

"真的？"陆倾音眼睛一亮，这才像是陈桉的做事风格。

夏悠然盯着幸灾乐祸的陆倾音："你好像很高兴的样子？"

"哪里？"陆倾音否定道，从地上站了起来，心情大好，作势抹了抹不存在的眼泪，"我可伤心了。"

"哼。"夏悠然也没多计较陆倾音的态度，抱着胳膊，等着人哄的样子，"我不管，你要请我吃饭，弥补我受伤的心灵。"

"好。"陆倾音搂住夏悠然的肩膀，两人朝着出口走，"放开肚皮吃，都算我的。"

而被气走的陈桉半路发现不对劲又回来了，这一次他轻易地扫到了陆倾音的身影，可还没来得及高兴就看见了方才搭讪的女生。

看着两个女生勾肩搭背的样子，陈桉心里一凉，所以他刚刚是干了什么？

亲自创造了人设，又亲手摧毁了人设？

他那喜欢热情开朗主动的人设已经分分钟倒塌了，“许一曼”的生意还要不要做了？

陈桉只觉得心里拔凉拔凉的，他还没指导着陆倾音追上自己，他自己就先凉了？

“你去偶遇了吗？”

陈桉还是将装傻贯彻到底，这会儿盯着毫无动静的屏幕暗自神伤。

陆倾音不会因为他的情报错误将他拉黑删除了吧？

陈桉在书房里焦躁不安，在神经面临崩溃之前，拨通了卢浩的电话。

与其胡思乱想，还不如用工作麻痹自己。

刚一接通，陈桉就听见对面一片吵闹，本就不好的心情再次阴沉：“在干什么？”

“老大？”卢浩听不清内容，唯恐陈桉也听不见自己说话，加大分贝道，“你等下。”

一对比，陈桉更觉得自己凄惨，热闹都是别人的，只有孤独是他的，不公平。

“老大，怎么了？”卢浩终于走到了外面，顿时清静了许多。

陈桉的声音没有太大的变化：“你在哪儿？”

“吃饭啊。”卢浩还没意识到危机，如实道，“和几个朋友聚了一下。”

陈桉没有能力报复不公的命运，倒是有本事报复卢浩，当下就通知卢浩：“回家，开始工作了。”

“啊？老大，我在外面吃饭。”卢浩觉得自己好像出了幻觉，但考虑到对方是陈桉，他只好又道，“等我回家可以吗？”

陈桉有的是法子制卢浩：“涨工资。”

“好嘞。”卢浩的声音都变得高亢起来，“我马上回去，等我二十分钟，马上到位。”

陈桉直接挂断了电话。

三秒后，手机响了。

陈桉连忙拿起手机，是陆倾音的信息。

“我朋友去帮我偶遇陈桉，但是他被拒绝了。”

陈桉心漏了一拍，连忙解释：“是我的问题，非常抱歉。”

“一曼姐没事，情有可原，凡事哪有绝对的正确。”

“一曼姐，我先去洗漱了，待会儿聊。”

陈桉看着这两条信息，才松了一口气，还好陆倾音并没有对“许一曼”产生怀疑。

一颗心又重新落回原处，此时的陈桉再也不是个需要工作的人，拨通卢浩的电话通知他。

“老大，怎么了？”卢浩这会儿拿着外套刚走到套间门外，还以为出了什么大事。

“没什么。”陈桉可没有丝毫内疚，“继续吃饭吧，今晚先不工作了。”

卢浩已经搞不懂陈桉的套路，有种被玩弄的气愤：“老大，你这样可不……”

“依旧涨工资。”陈桉打断卢浩的抱怨，心情好了一切都好商量。

一句话就平息了卢浩的怒气，他瞬间换了种态度，谄媚道：“还是老大英明。”

“嗯。”陈桉心情好了，这会儿也会说再见了，“拜拜。”

二十分钟后，陆倾音穿着睡衣从洗手间出来，用毛巾将头发盘了起来，拿起书桌上的手机，给“许一曼”发了一条信息：“一曼姐，还在吗？”

陈桉秒回：“在。”

对于陈桉没有添加夏悠然这件事，陆倾音是开心的，但也意味着这条主动搭讪的路已经作废。陆倾音虚心请教：“他似乎不喜欢主动的女生，还有什么办法能让我接近他？”

她哪里用找什么办法，对于她，他恨不得将自己送货上门。陈桉压抑下内心的渴求，开始给陆倾音出谋划策：“最好出现在他的视线范围内，引起他的关注。”

这点倒是比主动搭讪简单多了，可陆倾音还有其他的犹豫：“我不知道他在哪里。”

“这好办。”陈桉主动揽下任务，“如果有他的信息，我随时通知你。”

不知道对面的“许一曼”已经被掉包，陆倾音再次被“许一曼”的敬业感动，还给“许一曼”转了一千块，关切地道：“辛苦了。”

陈桉看着转账信息脑袋都大了，接连被陆倾音转账，让他感觉自己是个“被包养”的小白脸，不过如果“金主”是陆倾音的话，想想还是勉强可以接受的。

“还好。”陈桉充分表现出一名优秀商人应有的品质，对金钱可谓是来者不拒。

陆倾音也不是没有金钱观念，可在追陈桉的事情上，她恨不得用所有的身外之物换取一个陈桉，而每次给“许一曼”转账之后，她会有种离陈桉又近一步的感觉。

陆倾音手指移动：“一曼姐，还有什么事吗？”

陈桉也不知道聊些什么才不算唐突，秉承着少说少错的原则，只得违心道："没有。"

"那早点休息，晚安。"陆倾音依旧率先说了再见，将手机关掉放在书桌上，就去吹头发了。

下一秒，屏幕又亮了起来，是陈桉回过来的"晚安"。

第二章

我见众生皆草木唯你是青山

NIDEXIAOXIANNVTANCHUTOULAI

“有没有动静？”夏悠然躺在床上，腾出吃薯片的空当问了一句。

陆倾音看了眼没有动静的手机，摇摇头：“没有。”

从“许一曼”说要发陈桉的实时定位之后，夏悠然比陆倾音还要着急，放着大好的周末不去享受，非说准备跟着她去偶遇陈桉。

“悠然，我没说要去跟踪陈桉。”陆倾音稍稍有些头疼，但看夏悠然这般模样，到时候有了陈桉的消息后，夏悠然肯定是非要拉着她一起去不可。

实话说，她还没准备好去见陈桉。如果陈桉认出了她，她该怎么面对他？如果陈桉只把她当作陌生人，她好像也高兴不起来。

“为什么不去，这都是花钱买的消息。”夏悠然坐起来，薯片也不吃了，开始跟陆倾音讲道理，“虽然现在陈桉没对象，但是就凭他那张招蜂引蝶的脸，有女朋友那是分分钟的事情，你必须要有危机感。”

夏悠然也是“母胎单身”，没谈过一场真正的恋爱，但是说起恋爱之道来倒是出口成章。

“我会努力的。”陆倾音装出一副受教了的样子，心想当务之急是要把夏悠然忽悠过去，到时候去不去还不是看自己的意思，“你先回去，只要有情况我随时汇报。”

夏悠然又躺了回去，跷着二郎腿，悠悠道：“耳听为虚眼见为实。”

要是陆倾音体力能在夏悠然之上，绝对要用暴力解决问题，但是作为一个手无缚鸡之力的弱女子，对夏悠然她只得循循善诱：“我们两个去偶遇他不太好吧？再说你不是也见过他了吗？到时候遇见还挺尴尬的。”

“到时候你戴个耳机，我在暗处时时指导你。”夏悠然早有自己的打算，“再说，要想和你谈恋爱，首先要过我这关。”

陆倾音只感觉一阵无力：“悠然，我不是小孩子了。”

夏悠然不以为然：“但是你是女孩子。”

陆倾音心里漫上一股暖意，似乎想到什么，好笑道：“这么多年，你倒是没有食言。”

她认识夏悠然是在初中的时候。夏悠然看见她的第一眼就惊为天人，眼睛发出了灿烂的光芒，还生出一股莫名的使命感，拍着自己小小的胸脯对她说：“我要保护你。”

当时她只觉得夏悠然是随便说说而已，也不以为意，哪知夏悠然说到做到，第二天就时刻不离她身边，在她身边保护着她，对于那些想和她做朋友的男同学都必须先登记排队，等到夏悠然核实品行优良后，才能出现在她身边。

自然也有男生对此不服，结果就是该男生被夏悠然拉去单挑，最后以男生哭着求饶为终。她的生活能这么清静，都是因为有夏悠然这个护花使者一直在保护她。

“那当然，我可是护花使者。”夏悠然挑了挑眉，一脸骄傲的样子。

陆倾音轻笑一声，还是忍不住问：“那么多女生，为什么要保护我？”

她们两个的性格天差地别，夏悠然是著名的假小子，而她自小被当成小公主娇养着，认识她们的人都没想到她们会成为最好的朋友。

“当然是因为你的美貌。”说到这个，夏悠然来劲了，薯条也不吃了，轻挑起陆倾音的下巴，戏精属性上线，“你应该庆幸我是女生，不然就凭你对陈桉动心这事，我铁定是要打断他的腿。”

陆倾音拍开夏悠然的腿：“现在已经不流行霸道总裁了。”

夏悠然不甚在意，想起陈桉，又叹了一口气：“我为你征战多年，没想到你这好白菜还是逃不过被猪拱的下场。”

“他才不是猪。”陆倾音一个鲤鱼跃龙门，直挺挺地压在夏悠然的身上，威胁道，“快收回你的话。”

这时，书桌上的手机响了一下。

“说曹操曹操到。”夏悠然一个挑眉，笑得意味深长，“猪来了。”

陆倾音拿到手机就跳到一旁，很明显不想给夏悠然看。

夏悠然也不着急，在床上打坐，朝着陆倾音勾了勾手指：“拿来。”

“不。”陆倾音将手机放到身后，她还没准备好去见陈桉。

夏悠然摸着下巴，像是在和陆倾音说话，又像是自言自语：“阿姨要是知道你暗恋陈桉，不知道会不会请陈桉去喝茶？”

何止是喝茶，就凭白方冉对陆倾音的宠溺，绝对能把对方的祖宗八代了解一遍，要是知道对方是陈桉的话，那陆家的天怕是要变了。

看着陆倾音坐立不安的样子，夏悠然作势要下床：“这么大的事情，我觉得还是要……”

“别。”陆倾音马上将手机奉上，“随便看，不要钱。”

自从知道陈桉的位置信息后，陆倾音便开启缩头乌龟模式，一直畏畏缩缩地不敢去见陈桉，但最终还是败在夏悠然的武力之下。

“悠然，我没准备好。”陆倾音哭丧着脸，还在垂死挣扎。

夏悠然拉着陆倾音的胳膊，在这件事上立场坚定：“有我在，没意外。”

三分钟，两人一共行军三步。

就在两人陷入僵局之时，来客厅倒水的白方冉打破了僵局，看见夏悠然时眼睛一亮：“悠然，怎么来了也不告诉阿姨一声？”

夏悠然从小到大怕过的人一双手都数得过来，而白方冉在这些人中的头等地位至今无人可撼动。

“阿姨……”夏悠然瞬间变㞞，望着拉着自己胳膊的白方冉，脑袋都大了。

“过来坐。”白方冉引着夏悠然去沙发，转脸朝着一旁喊，“陆席南快出来。”

夏悠然朝着陆倾音发着求救信号，白方冉来得太快，她连反应的时间都没有。

陆倾音自然不能置身事外，她现在和夏悠然可是一条绳上的蚂蚱，没准白方冉随便一炸，陈桉回来的消息就不胫而走了，那时说什么都晚了。

“妈，我和悠然还有事。”陆倾音抱着白方冉的胳膊，拿出看家本领去哄白方冉，“等下次约啊。”

夏悠然得到一个空当，朝着门外逃命似的跑去：“阿姨，我下次再来拜访你。”

“妈，我也出去了。”陆倾音留下一个甜美的笑容之后也逃之夭夭。

而陆席南就没这么幸运了，刚出卧室就被白方冉的一个眼神杀得片甲不留。他干笑两声，硬着头皮迎了上去：“妈，我妹又惹你生气了？”

白方冉拿着抱枕就扔到陆席南的头上：“还怪到你妹的头上，你要是有你妹一半的省心，我天天去烧高香。”

陆席南将抱枕放在沙发上，走到白方冉的身后，捏着白方冉的肩膀，平息着白方冉的怒火：“是是是，我妹最懂事了。”

“知道就好。”白方冉哼了一声，嫌弃地看了陆席南一眼，“怎么才出来？”

“这不是周末，就睡了会儿懒觉。”陆席南松了一口气，看着白方冉没那么大火气了，一屁股坐到白方冉旁边，“妈，你怎么……”

还不等陆席南说完，一个抱枕就正面袭击了他的脸。白方冉的怒点再次被点燃：“还睡懒觉，你老婆来了都不知道！”

“什么老婆？”陆席南一头雾水。

白方冉更生气了：“你还真是对得起你负心汉的名号。”

提到这负心汉的名号，陆席南脑中冒出一个名字：“夏悠然？”

白方冉一个冷眼飘过去：“良心发现了？”

面对这样的控诉，陆席南很是无奈：“妈，我们两个都是过去的事了。”

白方冉控诉地望着陆席南：“所以，你是放下了？”

冒着掉头的危险，陆席南闭着眼睛点点头：“是。”

“好。”白方冉的声音陡然变得危险，“过两天我给你安排相亲。”

陆席南瞬间睁开了眼睛，可白方冉已经带着怒气离开了，他急忙追上白方冉，希望白方冉能收回成命。

“妈，这不合适，我还需要段时间疗伤……”

超市货架旁，陆倾音已经完全放弃抵抗，任由着夏悠然动手动脚。

“一切听我的指挥。”夏悠然检查了一下耳机，然后将推车交到陆倾音的手里，做了一个加油的手势，“我看好你。”

事情发展到这个地步，陆倾音除了向前冲，已经再无其他的办法。

陈桉早就在蔬菜区来回绕了不下三圈，不断地环视着周围，还是没看到陆倾音的身影。终于，在他忍不住掏出手机想要联系陆倾音时，看见了他想看到的身影。

陈桉控制着上扬的嘴角，停在了茄子前，随意拿起一个茄子，佯装挑着蔬菜。

“目标已发现，在你三点钟的方向。”夏悠然此时躲在一个货架后面，眼睛盯着陈桉，“全力进军。”

陆倾音可不敢违抗夏悠然，不然就凭夏悠然暴烈的性子，她要是敢不按计划行事，夏悠然绝对提着她的领子去见陈桉。

一番脑补自己被提着领子丢人的样子后，陆倾音觉得还是听夏悠然的指令为好，至少下场不至于那么凄惨。

“走到陈桉的旁边，去搭讪。”夏悠然的声音不断传入耳朵，已经为陆倾音规划好了未来，“装作不懂，问他怎么挑蔬菜。”

人家都是偶像剧的剧本，夏悠然这给出的是什么糟糕的情节？

陆倾音欲哭无泪，尽量放慢自己的步伐，拖延着时间。

陆倾音推着车来到陈桉旁边，鸵鸟一般地垂着脑袋。虽然她现在离陈桉的距离也只有短短几米，可她还是没勇气复述夏悠然教她的话。

她感觉，自己好像一个傻子。

陈桉微微垂下视线，只能看见陆倾音的头顶，他的嘴角上扬着，所有的好心情全都写在脸上。

气氛陷入一种不知名的尴尬中。

陆倾音只感觉脸烫得厉害，硬着头皮拿起一个茄子，尝试着张了好几次嘴，还是没能重复出夏悠然的话。

陈桉看出了陆倾音的窘迫，先开了口，驾轻就熟地说出排练过无数次的话：“会挑吗？哪一个比较好点？”

听见低沉的男声，陆倾音下意识地抬起脑袋，怔怔地望着陈桉，手举着一个大茄子，开始表演发呆。

望着陆倾音雾蒙蒙的眼神，陈桉只觉得心里像是被猫抓了一下，眼睛里无尽的暖意蔓延出来。

耳机里夏悠然的声音将陆倾音拉回现实，她回过神，低下头，脑子里一片混乱。

他没有认出自己。

尽管已经有了心理准备，但是陆倾音还是备受打击，心里泛起无数的酸涩。

陈桉明显感觉到陆倾音脸上显出的情绪波动，顿时有几分无措，微微探头看陆倾音的脸，声音紧了几分："怎么了？"

"没事。"陆倾音压下心底的异样，将茄子在手里转了个圈，"我也不太会挑。"

闻言，陈桉松了一口气，还不等出声，远处传来的声音打断他想说的话。

"老大，你竟然亲自来逛超市？"卢浩一脸兴奋，朝着陈桉的方向几乎要飞过来，"我竟然碰到了你。"

陈桉脸色一沉，对这份上天安排的缘分很是不满，早知道卢浩会出来搅局，他就多安排点工作给卢浩。

接收到陈桉不待见的眼神，卢浩这才收敛了下表情，一发现身边的陆倾音，马上换了目标："这位是……"

为了引起不必要的误会，陆倾音举了举手里的蔬菜，解释道："碰巧遇见。"

这一眼，卢浩便呆住了，右手缓缓地举到半空中，明显成了陆倾音颜值的俘虏，瞬间将陈桉抛在脑后："你好。"

陆倾音的笨拙只在陈桉面前出现，面对不认识的卢浩，她反而没有那么拘谨，大大方方地冲着卢浩笑道："你好。"

看着陆倾音一前一后的态度，陈桉只觉得心里堵得慌，这一笔账他自然要记在卢浩的账上。

面对这天赐的缘分，卢浩自然不会轻易放过脱单的好机会："你准备买什么蔬菜？我不是很会做饭。"

卢浩这样说还是大大地隐藏了自己的实力，何止是不会，他简直是个能把厨房炸了的天才。

琳琅满目的蔬菜也晃了陆倾音的眼睛，她对做饭也是一窍不通，家里都是白方冉掌厨，以她的水平只配在旁边摇旗呐喊，顺便在吃饭时对白方冉的厨艺赞不绝口。

"最好买应季蔬菜。"陆倾音搜寻着所有的记忆，只找到这一个专有名词，这还是白方冉经常对陆席南说的一句话。

但所达到的效果相当显著，卢浩很是受用，吹着陆倾音的彩虹屁，立刻就把陆倾音奉为厨神的存在："女生就是比较厉害。

"没有。"和卢浩说话时，陆倾音的紧张有所缓解，"其实我也不太会做饭。"

旁边两人聊得热火朝天，倒是把陈桉给搁在了一边。陈桉的脸色越发深沉，更是将手里的茄子当作是卢浩，捏得茄子几乎要变形。

"做饭也没想象中的困难，我们还是要相互学习。"卢浩比陈桉要更懂得人情世故，三两句就绕到真正的目的上，"不然，我们加个微信？"

"咳！"陈桉这下沉不住气了，瞪了一眼卢浩，让他注意言辞。

哪知卢浩完全没有理解陈桉的潜在意思，苦着一张脸："老大，你也要加微信吗？"

如果陈桉加入战斗，卢浩知道自己没有任何胜算，虽然陈桉不解风情，但架不住长了一张帅脸。

陈桉咬着后牙槽，他简直想爆卢浩的脑袋。

听见卢浩的话，陆倾音一脸期待地望着陈桉，话说她还没有陈桉的联系方式。

陈桉脑子里上演着天人大战，不是他想拒绝陆倾音，他就一个微信，要是加微信岂不是暴露了自己的身份。

眼看着陈桉不说话，卢浩也没心思猜测陈桉在想什么，拿出手机对陆倾音笑道："我扫你？"

"好。"陆倾音微微失落，拿出自己的手机。

不一会儿，两人就成了网络好友，卢浩心满意足地将手机放回兜里，刚想深入了解这位女生，却看见陆倾音花容失色的样子。他顺着陆倾音的视线望去，只见一个女生往他们这边走来。

夏悠然担心陆倾音吃亏，火速赶往现场。

为了避免现场出现失控的情况，陆倾音推着车就朝着夏悠然跑去，好说歹说终于挡住了夏悠然。

卢浩的视线追逐着陆倾音的背影，还不忘感叹："真漂亮。"

"删了。"陈桉言简意赅道。他这会儿已经把茄子放到货架上，冷冰冰地望着卢浩。

卢浩没埋清陈桉的意思，笑容还停留在脸上："什么？"

"微信删了。"陈桉又重复一遍。

"这不好吧。"卢浩为自己的爱情事业做着最后的挣扎，可声音在陈桉压迫的目光中越来越弱，"就算是老板，也不能干涉员工交友。"

陈桉依旧是那副面无表情的样子，重复着同一句话："删了。"

"不是吧。"卢浩嘴还在坚持，但是手已经拿出了手机，看着"删除好友"完全下不去手，"总要告诉我为什么吧？"

陈桉本来想说"我喜欢她"，到了嘴边却伪装成另一副模样："她喜欢我。"

卢浩咽了咽口水，手指坚决地点了删除键，纵然心里委屈，但还是要保持微笑，他可没胆子从陈桉手里横刀夺爱。

两人之间的空气也变得稀薄起来。

余光望了眼陈桉，看着陈桉没有要离开的样子，卢浩也不敢贸然离开，随手拿起旁边的青椒，开口打破尴尬：“什么样的青椒比较好？”

陈桉的目光紧锁着卢浩，嘴唇抿成一条线。

卢浩完全不知道自己又犯了什么不可原谅的错误，干笑两声，将青椒重新放回到货架中。算了，他还是闭嘴吧。

这时，陈桉推着车从卢浩身侧路过，他的声音轻轻飘进卢浩的耳朵：“越绿越好。”

白方冉一向是行动派，上个周末说要给陆席南找对象，这周周三晚上就把相亲安排上了。

“妹妹，我平时待你不薄吧。”在最后一刻，陆席南还在垂死挣扎，给陆倾音打着感情牌，“待会儿哥哥招架不住了，你可要记得解围。”

陆倾音顶了一下陆席南的肚子：“我还没计较你连累我的账，你还好意思让我帮你周旋？”

“怎么能是连累呢？”陆席南对这个形容词很是不满，“咱们这叫同甘共苦。”

两人还在说悄悄话，前面的白方冉回头瞪了陆席南一眼：“不要耍什么花招。”下一秒望向陆倾音的眼神却温顺了不知多少倍，“音音，可不许和哥哥胡闹。”

“好。”陆倾音乖巧地点点头，对着陆席南露出一个爱莫能助的表情。

和陆席南相亲的人是他们家一个世交的女儿，其渊源可以追溯到爷爷那一辈，平时来往也不算多密切，但是只要两家一有适合婚嫁的孩子，总是能凑出一桌相亲的饭局。

“小南，音音，快过来。”刚推开门，白方冉就朝着两个人招了招手，“给苏叔叔和苏阿姨打个招呼。”

“叔叔阿姨好。”陆倾音对他们也不陌生，寒暄起来也不怯场，趁着这点时间，环顾了一下屋内的人。

“几年没见，人已经长这么大了。”说话的是苏母，一看就是和白方冉一样的热场高手，“真羡慕你这么有福气，女儿和儿子都是一表人才。”

“哪有。”白方冉对苏母的夸奖倒是很受用，秉持着礼尚往来的原则，将苏家的两个孩子夸了一顿，“我可听说你们家两位打小就是学霸，长大了更是国家栋梁。”

“陆阿姨陆叔叔好。”说话的是苏家的两个孩子。

来之前，白方冉已经给他们做过科普了，但只是说了和陆席南相亲的女孩名叫苏澄，倒没有听说有男孩子。

“小南、音音，来坐这边。”苏阿姨招呼着，一人给他们指了一个位置。

陆倾音望了眼男生，就看见男生冲她笑，倒是把她吓了一跳。她又在脑海中搜罗一圈，确定对这张脸没有什么印象。

男生自我介绍道：“你好，我是苏哲。”

“这是我侄子。”苏阿姨介绍着，调侃道，“听说音音要来，他就闹着要过来。”

当然这只是说辞，苏哲是被她硬生生拖过来的。

“小哲吗？”白方冉像是想起什么一般，轻拍了下脑袋，懊恼道，“瞧我这记性，我记得这孩子还在我家里待过一段时间。”

陆倾音终于想起一段几乎要尘封的记忆，这就是小时候一直跟在她屁股后面的小屁孩。

说是小屁孩，其实只比陆倾音小了两岁，当时陆倾音还是陈桉的跟屁虫，突然多了个小跟班，自然要耍耍威风，苏哲一口一个“音音姐”叫得她喜笑颜开。

陆倾音走过去的时候，苏哲完全没有被强迫拉来的勉强样子，绅士地替她拉了一把椅子，说起话来格外熟稔：“坐，音音。”

“谢谢。”陆倾音礼貌地微笑，却在心里腹诽道：小子，你以前都叫我“音音姐”的。

白方冉和苏阿姨已经开启了全力炮火撮合陆席南和苏澄，陆倾音只想着极力降低自己的存在感，以免被误伤。

可旁边的苏哲并不这样想，每道菜转到陆倾音面前时，他都要问陆倾音的意见：“喜欢这个吗？”

“还可以。”陆倾音回答得模棱两可，每一句话都在试图终止对话。

苏哲并没有轻易放弃：“听陆阿姨说，你还单身？”

“嗯。”陆倾音也没有隐瞒，但是又模糊地补了一句，“单身但不可撩。”

苏哲也不知道是没听清，还是故意装作没听见，又问了一遍：“你说什么？”

“没。”陆倾音摇头，就算以前和苏哲有过交集，但这些都是过去的事了，以前的熟悉感早已经被时间消磨干净。

双方的父母越聊越兴奋，陆席南起身，视线在苏澄身上停留了一秒：“不好意思，去趟卫生间。”

前后没一分钟，苏澄也借口出去了。

陆倾音心里涌上一股强烈的不安，这陆席南出去了，她不就成了活靶子了吗？

果然，白方冉的注意力转移到了陆倾音身上：“我记得小哲这孩子和音音差不多大吧。”

“同龄人。”苏阿姨附和，“咱们两家可真是有缘分。”

为了避免两人乱点鸳鸯谱，陆倾音在线澄清道：“也不算同龄人，我比小哲大了两岁。”

“没关系。”苏哲义无反顾地站到了陆倾音对面的阵营，“三岁一个代沟，我们还是有共同话题的。”

陆倾音无奈地保持着职业假笑，现在局面已经变成了三对一，所以她还是静观其变吧。

没一会儿，苏澄回到了座位上。

陆倾音的眼睛直勾勾地望着门口，时刻观察着陆席南何时回来。

陆席南出现的时候，陆倾音朝着过道伸出小手，拦下了陆席南。

到底是兄妹，陆倾音心里那点小心思瞒不过他。陆席南微微弯腰，小声道：“我们已经协商好了。”说着，他望了眼一直献殷勤的苏哲，“不过，你的情况好像有点复杂。”

陆倾音只觉得头皮发麻，原本她只是一个看热闹的吃瓜群众，突然就成了这场鸿门宴的女主角？

前后的落差出乎意料的大，陆倾音没有丝毫准备，现在完全应付不过来此时的情况。

很明显，陆席南和苏澄已经达成共识，在餐桌上逢场作戏的样子竟然十分默契，引得两家大人的嘴巴从头到尾都没合上。

倒也算是分散了落在陆倾音身上的注意力，也算陆席南无意间做了个好事吧。

只是苏哲这是怎么回事？苏澄还不着急摆脱单身，他一个弟弟着什么急？

在一阵祥和的气氛中，这场以相亲为名义的聚会终于到了说再见的时候。

陆倾音只感觉一阵疲乏，天知道她有多讨厌应付这种东西。

一行人陆陆续续走出包间，正好碰见转角走来的陈桉。

陈桉只是在这里谈场生意，看见陆倾音的时候愣了一下，下一秒就退了几步，躲在陆倾音的视线范围之外。

卢浩不明所以："老大，怎么了？"下一秒，他就看到了陆倾音，"那不是……"找了半天找出了个形容词，"暗恋你的人？"

"咳……"陈桉将手握成拳放在嘴边，很不要脸地应了下来，"嗯。"

看着陈桉好不着急的样子，卢浩急了："你不慌吗？"

怎么说他也对陆倾音有几分好感，便宜了陈桉就算了，要是便宜了别人他可第一个不愿意。

陈桉还在状况之外，眼睛里装着大大的迷茫："什么？"

"老大你还问什么？"卢浩就差跳墙了，恨铁不成钢，"这都扯上七大姑八大姨了，十有八九是相亲。"

"相亲？"陈桉也变得不淡定起来，顾不得什么，抬起脚就跟上一行人的背影。

陆倾音不是暗恋他吗？怎么还会去相亲？

陈桉的步伐又慢了起来，皱着眉头望着卢浩："你确定？"

"用脚指头想想都知道。"卢浩肯定道。

陈桉还是有几分迟疑："可是……"

"可是她喜欢你，是吧？"如果不是碍于上下级的关系，卢浩绝对是要敲爆陈桉这颗榆木脑袋，"有家长陪同肯定不是本意，这家长就是想要包办婚姻的意思啊。"

陈桉是彻底慌了，加快了步伐，还抱怨着卢浩的办事效率："你怎么不早说？"

白方冉和苏阿姨要坐一辆车叙旧，陆席南发挥绅士风度送苏澄，而苏哲也没忘记陆倾音这个孤家寡人，两人强行组成一对CP。

陆倾音也没反对，她虽然不喜欢苏哲，但也谈不上反感，只是坐一下顺风车，没什么好拒绝的。

“在那里。”卢浩一眼就发现了陆倾音，看着苏哲的背影，还不忘向陈桉邀功，“老大，我说得没错吧，他们就是在相亲。”

“就你聪明。”陈桉扔下一句，就迈开大长腿朝着停车场走去，事不宜迟，“你去拖住他们，我去开车。”

在陆倾音坐上苏哲的车之前，卢浩很有眼色地跑去搭讪：“嗨，又遇到了！”

陆倾音还记得卢浩，也冲他打了声招呼：“你好。”然后四处扫了一遍，没看见陈桉的影子，有几分失落。

“是在找我们老大吗？”卢浩也算是精通人情世故，凭着陆倾音一个眼神就发现了端倪，解释道，“他去开车了。”

“这样啊……”陆倾音听见自己不正常的心跳声，朝着卢浩点点头。

苏哲自然不会当个木头人，瞬间采取了反击：“这位是？”

“朋友吗？”卢浩也不免耍了耍心机，既然陆倾音喜欢陈桉，肯定不会反驳他的话，“不用麻烦你了，我老大会送她的。”

苏哲难免有些诧异，还是保持着风度，询问着陆倾音：“音音？”

还不等陆倾音说话，卢浩就已经插上话了，又重复一遍方才的话：“大兄弟就不麻烦你了，我们老大会送她回去。”

卢浩的所有话语都在透露着和陆倾音很熟的样子，可只有他自己知道，他连陆倾音的名字都不知道，只是有幸成为过陆倾音三秒钟的网络好友。

但陈桉不一样，他可是陆倾音的心上人，在陆倾音的心里肯定秒杀掉苏哲。

苏哲也只是一个大学生，看着卢浩半真半假的表演，到底在心理战术上差了卢浩一大截，此时也分不清哪句是真哪句是假，相比于成为多余的存在，倒不如私下做做功课再行动，便礼貌道：“音音，既然有朋友送你，那我就先走了。”

“好。”陆倾音的心思全在即将到来的陈桉身上。

苏哲的车子绝尘而去的时候，陈桉的车子也停在了两人前面。

陈桉从车里下来，话不多说，打开副驾驶的车门，示意陆倾音上车：“我送你。”

“谢谢。”陆倾音整个人蒙蒙的。

陈桉将手放在车顶，防止陆倾音不小心碰到脑袋，在陆倾音坐稳之后，才轻关上门。

“老大，你们要走哪条路？顺路吗？”搭顺风车只是个借口，这么大的热闹他自然不想错过，卢浩去开车门，反正无论走哪条路，他都顺路，“送我一段。”

陈桉挡住车门，认真地望着卢浩：“不顺路。”

“老大，过河拆桥不像是你的作风吧？”卢浩被噎了一下，绝地反击，“我可对你有恩。”

陈桉丝毫不为所动，拿出钱包从里面抽出两张红色钞票，递到卢浩手里：“打车。”

“你让我打车？”卢浩一副被雷劈了的样子。

陈桉绕过卢浩，只留下一句：“一路顺风。”

陆倾音只顾忙着克制心跳的频率，已经无暇主动挑起话题，余光不经意间朝着陈桉望去。

上一次他们坐得这么近的时候是多久以前了，陆倾音心里突然涌上一股酸涩，如果当初不是她慌不择言，他们是不是不会像现在这样生疏。

陆倾音满心都是愧疚，但陈桉显然处于另一种情绪中，察觉到陆倾音的余光，他拼尽全力也无法阻止笑意蔓延到嘴角。

“你……”红灯停，陈桉找到说话的空当，“要加微信吗？”

陆倾音晃神了一刻，怔怔地望着陈桉，大脑像是解析不出这几个字的意思：“嗯？”

“上次不是要加微信吗？”陈桉又重复了一遍，那天下午他就新办了一张手机卡，重新注册了一个微信号，但是一直没找到合适的机会。

陆倾音回过神：“好、好啊。”

汽车重新启动，陈桉半侧着脸，神情一片柔和：“待会儿？”

陆倾音像是被蛊惑了一般，下意识地点着头，忘记了回答。

汽车穿行在宽阔的公路上，两旁闪烁着霓虹灯，这座城市的夜晚比白天还要热闹。

陆倾音没有将具体地址告诉陈桉，以前她和陈桉是邻居，陈桉肯定会认出她家，到时候肯定也能勉强想起她。

比起这样被想起，她更希望抛开过往的一切，和陈桉重新认识一次。

到了陆倾音指定的地点，陈桉停下汽车，并没有着急下去，拿出手机点开二维码，在陆倾音面前晃了一下：“你扫我？”

“好。”陆倾音有几分手忙脚乱，点开了扫码，屏幕里出现陈桉的微信，她不自觉地念了出来，“陈桉。”

之前的微信以“许一曼”的身份公布了，这是陈桉重新注册的微信。

“我的名字。”按照目前的进度，他并不知道陆倾音知道他的名字，陈桉的逻辑性很强，演起戏滴水不漏。

陆倾音吞了下口水，眼睛盯着陈桉，不想错过陈桉一丝情绪变化：“我姓陆。”

陆倾音只报上了一个姓，因为她还是有自己的私心，至少现在为止她还是更愿意和陈桉重新认识。

我知道。陈桉这句话藏在了心里，手指在屏幕上点了几下："好了。"

陆倾音只当陈桉是出于礼貌，没有追问，尽力地保持着原本的微笑，随意说了句："这么快。"

陈桉只是敲了一个"陆"字作为备注名。

车窗外车水马龙，各种色彩的霓虹灯变化着颜色，陆倾音坐在车内，仿佛全世界都沦为她的背景板。

空气安静了几秒，陆倾音利用着不太活跃的脑细胞，想着接下来应该走什么流程。

三秒之后，陆倾音猛然反应过来，连忙解开安全带，作势要下车："我到了，今天麻烦你了。"

"等下。"陈桉的动作很快，率先下车为陆倾音打开车门道，"小心一点。"

"谢谢你。"陆倾音微微欠身，眼睛弯弯望着陈桉，"回去注意安全。"

陈桉刚想说话，陆倾音的手机突然响了，她看了眼屏幕，不好意思道："我哥。"

"你先回家吧。"陆倾音按断了通话，为了防止她那不靠谱的哥哥说胡话，她并不想在陈桉面前接电话。

知道陆倾音一时半会儿到不了家，陈桉将自己的外套脱了下来，披在陆倾音的肩上："你也早点回家。"

陆倾音感觉全身漫过酥麻的一股电流，眼睛飘忽了两下，轻轻地点头："嗯。"

手机又发出夺命的铃声，为了不让陆席南担心，陆倾音朝着陈桉指了指一旁："你先回去吧，我去接电话。"

陈桉点头，再逗留下去陆倾音不知何时才能回家，便离开了。

“音音，你没事吧！”手机里传来陆席南的咆哮，陆倾音将手机拿开一点距离，就听见更加洪亮的声音，“苏哲说你上了朋友的车，谁啊？”

“你不认识。”陆倾音非常庆幸自己方才的英明之举，她的手指轻轻扯着西装，不让它掉落下来，“我给你发个定位，你来接我一下。”

“你去哪儿了？”陆席南的声音沾染上几分担忧，却又话锋一转，“等着我，我马上就到。”

洗完澡之后，陆倾音就捧着手机，美滋滋地望着和陈桉的对话框。

说些什么好？脑海中天人大战，陆倾音光是想想心就已经处在爆炸的边缘，整个脸完全埋进被子里，将手机放在胸口，在床上翻滚了好几圈。

“你到家了吗？”犹豫了好久，陆倾音终于将这几个字发送了过去。

“嗯。”陈桉的信息回得很快，“你也到家了？”

陆倾音一副痴汉样地点点头，却后知后觉陈桉看不到。

“是的。”她的嘴巴完全合不上，视线飘到书桌上，“你的衣服我什么时候给你送过去？”

真好，又找到见面的借口了。陆倾音又在床上滚了一圈，整个人陷入亢奋阶段。

“等你有时间可以来找我。”陈桉又补充了一句，“随时可以。”

假如陆倾音有尾巴的话，此时怕是已经翘到天上去了。

“嘭嘭嘭！”

一阵敲门声打断了房间内的旖旎，陆倾音一个激灵，从床上扑腾起来，试探地问了一句：“妈？”

“我是你哥。”陆席南浑厚的声音从门外响起，又敲了两下，“可以进去了吗？”

陆倾音这才松了一口气："进来吧。"

然后，她也不理会进来的陆席南，旁若无人地给陈桉发信息："好。"

陆席南刚进来就看见书桌上扎眼的衣服，又看了眼望着手机傻乐的陆倾音，挪到陆倾音的旁边："给谁发信息呢？"

"走开，你挡我信号了。"陆倾音换了个方向，护着手机，傲娇道，"反正不是你。"

陆席南瞬间觉得心碎成了玻璃碴，又像是想到什么一般："送你回来的男人？"

闻言，陆倾音抬了下头："关你什么事。"

"我可是你哥。"陆席南作势要去抢手机，结果陆倾音一个翻滚，他就落了空。

但是这个问题容不得陆倾音含糊，他又问道："今天不说清楚，我就不走了。"

眼看陆席南没有善罢甘休的打算，为了不浪费陈桉的时间，陆倾音匆匆和陈桉说了再见，关掉手机，双腿盘坐着，开始和陆席南大眼瞪小眼。

"说话啊。"陆席南下巴抬了抬，视线落在衣服上，"解释解释吧，什么朋友？"

陆倾音晃着身子，完全没有要回答的意思。

"你这是不见棺材不掉泪。"陆席南凑近半分，"信不信我现在就告诉咱妈，到时候可就不是光解释就能解决的了。"

陆倾音完全不在怕的："你不敢。"

这下，陆席南气笑了，起身一副朝着外面走的模样："我不敢？我告诉你，我疯起来我自己都害怕。"

结果陆倾音依旧不为所动，他轻拧着眉头，和想象中不一样啊，他顿了一下，重新坐到陆倾音旁边，又道："再给你一次机会。"

“嘁。”陆倾音不屑道，“这件事捅到妈那里，第一个遭殃的就是你。”

陆席南诧异地望了眼陆倾音：“哦？”

“看你愚钝，我来点化点化你。”陆倾音挪着身体，移到陆席南身侧，一板一眼地分析道，“你看，如果你把我揭发了，以咱妈的脾气肯定掘地三尺也要把人挖出来，对吧？”

陆席南点了下头，示意陆倾音接着说。

“但是一个我向妈撒娇就能解决的问题算什么大问题。”陆倾音颇有些恃宠而骄的小得意，捅了捅陆席南的胳膊，“为了自保，我到时候也只能把哥哥推出来转移注意力，希望哥哥不要怪罪我。”

“把我推出去？”陆席南指着自己。

“当然了。”陆倾音脸上仍是乖巧的表情，仿佛是自己受了委屈那般，“哥哥连对象都没有，我为了哥哥只能保持单身，就怕伤害到哥哥幼小的心灵。”

听了这番话，陆席南内心感到五味杂陈，除了委屈，还有点小心酸，最难过的就是他连一点反驳的理由都找不到。

从陆倾音出生的那一刻起，陆席南就认清了在白方冉心里他最多只能排第二的事实，凡事只要陆倾音一皱眉头，白方冉哪里还有什么理智可言。

如果陆倾音真的将方才的话说给白方冉听，那他陆席南绝对会成为史上最大的一个悲剧，肯定会被冠以“耽误妹妹幸福”的名号五花大绑地送去相亲。

“上天真是对我不薄啊！”陆席南满是心酸，拉过陆倾音的手，轻拍了两下，“既然妹妹都替我这么着想了，我哪里还能辜负妹妹的一片苦心。”

陆倾音将另一只手附了上去：“还是哥哥懂事。”

“万一妹妹眼光不行，遇见渣男怎么办？”陆席南开启影帝模式。

陆倾音也不甘落后，笑得和宫廷剧里得了宠的娘娘一般：“作为哥哥要相信妹妹的眼光。”

“话虽这么说，但哥哥还是希望替你把把关。”陆席南语重心长道，“毕竟比你多吃了两年的饭。”

陆倾音摇摇头：“不劳哥哥费心了。”

陆席南艰难地挤出一丝微笑：“万一遇到渣男……”

“到时自然会求助于哥哥。”陆倾音说得滴水不漏，堵得陆席南一句也说不出来。

兄妹俩面对着面，笑得那叫一个无懈可击，但眼底都有各自的坚持。

“音音，准备睡了吗？”白方冉敲了两下门，语气温和道。

陆倾音瞬间惊醒，从床上跳了下来，一把抓过桌上的衣服，胡乱往被窝里一塞，才开口道：“没有呢。”

“那我进来了。”白方冉推开门，看见陆席南的时候还吓了一跳，“你怎么在这儿？”

陆席南的实话在心里千回百转，最后咽进肚子里：“谈谈心。”

“白天谈，不要影响音音休息。”白方冉说得那叫一个自然，将手里的水果盘递到陆倾音面前，温柔道，“音音，尝尝妈下午买的葡萄……”

还不等白方冉说完，陆席南的手就伸进了水果盘里：“看着不错。”

“谁让你吃了？”白方冉这句话说得相当扎陆席南的心，她将水果盘放在书桌上，拽住陆席南的胳膊，“不要打扰音音休息。”

“妈，你这么偏心，我可是很伤心的。”陆席南嘴里说着话，眼睛却望着葡萄，想趁机再拿一颗。

“想吃去冰箱里拿，自己去洗。”白方冉没给陆席南这个机会，推着陆席南往门外走，回头对着陆倾音换了一张面孔，“音音也尝尝，特别甜。”

陆倾音松了一口气：“谢谢妈。”

办公室里，陈桉来回切换着微信账号，无论哪个账号都没收到任何有关陆倾音的信息。

从上次送陆倾音回家之后，陈桉和她说过的话简直五根手指能数得过来，就算他用“许一曼”的身份暴露自己的行踪，陆倾音的积极性也不是很高。

“老大。”卢浩拿着一份文件敲了敲门，得到陈桉的允许之后才走进来，“你要的文件。”

陈桉全然没有工作的心思：“放那里吧。”

“好。”卢浩放在指定的位置，看着陈桉脸色并不怎么好看，放完文件立刻火速离开现场。

可事实证明，只要老板心情不好，跑得再快都没有用。

“等下。”陈桉的声音飘荡在空气中。

卢浩轻叹一口气，转过身却是一副积极向上的样子，声音都带上了亢奋：“老大还有什么事？”

在感情方面，陈桉没什么经验，将手机放在办公桌上，虚心向卢浩请教：“如果一个女孩说喜欢你，却突然不联系你了，是怎么回事？”

还一个女孩，不就是陆倾音。卢浩在心里吐槽，却不敢怠慢这个问题：“移情别恋？”

没错，在上次立功之后，卢浩和陆倾音的关系也算有了质一般的变化，至少从陈桉的嘴巴里套出了陆倾音的名字。

话刚说完，陈桉那张毫无表情的脸骤然黑了下去。

“当然这个可能性不是特别大，陆小姐看着不像是三分钟热度的人。”卢浩瞬间改口，避重就轻道，“可能只是太忙了。”

陈桉的脸色好了许多，思索着这个问题的可能性。

“老大，你喜欢陆小姐吗？”卢浩声音放轻，尝试着问。

陈桉的回答也是模棱两可：“你觉得呢？”

那就是喜欢，卢浩在心里有了思量，以陈桉那臭屁的性子，能这样回答已经算是给出了答案。

“老大，男生需要主动一些。”卢浩说得相当直白，“陆小姐不联系你，你可以主动找她。”

陈桉在感情方面就是一个新手，卢浩也不拐弯抹角，万一陈桉一不小心失了恋，最后倒大霉的还不是他。

全世界的人都可以不在乎陈桉，就他不能置身事外，鬼知道陈桉这个工作狂无事可做时会怎么折磨他。

一句话点醒梦中人。

陈桉突然像是开了窍，欣赏地看了一眼卢浩：“嗯。”

卢浩松了一口气：“那老大我先走了。”看见陈桉点头之后，他立刻火速离开。

到达安全领域后，卢浩忽然有种劫后余生的感觉。平日里他做好分内的工作就算了，现在还要兼职当老板的情感顾问，他可真是心累。

陈桉提前了一个小时下班，全办公室的人嘴巴都惊成“〇”形。

“今天什么风，把老板给吹走了？”A 员工不可思议道。

“肯定是妖风。”B 员工附和道，看见路过的卢浩，八卦道，“耗子，你知道怎么回事吗？”

卢浩将手指放在嘴边，神秘道：“天机不可泄露。”

此时，当事人陈桉正行驶在公路上，却不是回家的方向，而是去陆倾音公司的方向。

在去之前，陈桉已经想好了对策，装作不经意间偶遇，然后让陆倾音搭顺风车，无意间透露自己没吃饭，邀陆倾音共进晚餐之后送陆倾音回家。

完美的作战计划就此诞生。一路上，陈桉心情飞扬，表情柔和了不知多少。

而这边，夏悠然将自己甩在椅子上，浑身无力道："终于结束了！再继续下去，我马上要飞升了。"

公司接了一个比较急的单子，这几天大家忙得不可开交，就连晚上的时间都用来做配音的功课。

"好累。"陆倾音情况也没有好多少，转了转脖子，想着她已经好几天都没有顾得上陈桉了，就连"许一曼"给她发陈桉的定位，她都没时间去偶遇。

"晚上去吃一顿？"在夏悠然这里，解除疲劳的最好办法就是美食了，她朝着陆倾音眨眨眼睛，"城西的小龙虾走起？"

陆倾音也想放松一下："好。"

"陆倾音，楼下有人找。"同事朝着陆倾音招招手，调侃道，"一个帅哥捧着玫瑰花等你呢，桃花运要来了哟。"

"帅哥？"夏悠然两眼放光，朝着陆倾音挤眉弄眼，"姐妹，可以啊，这就到手了。"

陆倾音第一反应也是陈桉，欣喜得都没顾上考虑现实情况，比如陈桉怎么会知道她的公司，她满心全是欢喜，朝着楼下飞奔而去。

"等等我。"这样的热闹都不凑可不是夏悠然的风格。

在电梯里时，陆倾音才想起要检查下仪态，扯了扯并不皱的衣服，又撩了两下头发："悠然，你看看我，有哪里不合适吗？"

"没有。"在夏悠然眼里，陆倾音无论穿什么都是小仙女，"你就负责美瞎他的眼吧。"

西装革履的男人站在公司楼下，背对着她们。

可陆倾音飞快的脚步越来越慢，最后停了下来，笑容也僵在了脸上。

那不是陈桉。

“怎么不走了？”夏悠然没察觉到异样，拉了下已经愣在原地的陆倾音。

这时，男人转过头，看见陆倾音时眼睛一亮，抬起脚步朝着陆倾音走了过来：“音音。”

是上次相亲的苏哲。

陆倾音忍着心里的落差，向苏哲扯出笑容，语气却带着礼貌的疏远：“你怎么来了？”

“给你。”苏哲将手里的玫瑰花向前递过去半分，“想请你吃顿饭。”

自从上次聚会之后，苏哲就对陆倾音有了好感，之后更是向白方冉打听了陆倾音的感情状态，知道陆倾音仍然单身之后就打算追求陆倾音。

“我不太喜欢玫瑰花。”陆倾音没有接的意思，一并回绝了苏哲吃饭的邀请，“我还有工作没处理完，还要去加班。”

苏哲毕竟是个小男孩，当下就不知该怎么办，捧着一束花维持着僵硬的姿势。

“我替音音收下了。”夏悠然适时地接过玫瑰花，不让苏哲陷入尴尬，“小帅哥，今天不太合适，以后有时间约。”

苏哲立刻笑道：“好。”

“那我们先上去了。”夏悠然搂了搂陆倾音的肩膀。

苏哲点头：“好。”

“谢谢你的花。”陆倾音对苏哲道谢后，便转身回去。巨大的惊喜过后，她感到了同等程度的失落。

无人注意的汽车里，陈桉的嘴唇绷成一条线，视线落在苏哲身上，心里有说不出来的嫉妒。

这就是上次和陆倾音相亲的男人？陈桉在心里猜测道，拳头紧紧地握着，车里一阵低气压。

夜色从城市的一角侵入，逐步蔓延整座城市。

电脑屏幕上是某高校的论坛，每隔五个帖子就有一个是关于校花陆倾音的。

陈桉原本打开电脑是为了办公，可鬼使神差地就点开了经常打开的网页，结果越看越气。

暗恋陆倾音的远不止几个，即使陆倾音已经毕业，也没一个人能从陆倾音的头上摘下校花的美名。

离开陆倾音之后，陈桉就学会用网络搜罗有关陆倾音的一切，论坛是信息量最大的地方，这里每天都有人去更新陆倾音的日常。

陆倾音作为新生代表讲话，陆倾音数学竞赛获得一等奖，陆倾音被围堵告白……

虽远在万里之外，陈桉还是时刻关注着陆倾音的动态，然后将陆倾音所有的图片保存下来，就好像能自欺欺人，欺骗自己也算是参与了陆倾音所有的成长。

那时的他，是所有人梦想成为的模样，却羡慕着每一个能轻易出现在陆倾音身边的路人。

陈桉以为自己早就习惯陆倾音的优秀，可今天亲眼目睹陆倾音被告白，他再也没有平时的淡定。

心烦意乱之时，陈桉点开手机，切换到“许一曼”的身份，给陆倾音发消息：“有没有时间？陈桉好像在三里公园出现了。”

三里公园离陆倾音家步行只需十分钟，距陈桉所在的酒店开车五分钟的距离。

他想见到陆倾音，就现在。

陆倾音的信息几乎同时发了过来：“谢谢一曼姐。”

陈桉皱着眉头，没搞清楚陆倾音的意思，但他也不需要搞清楚，拿起车钥匙就出了门。

三里公园占地面积并不大，住在附近的人饭后都喜欢来这里散步，最惹人注目的就是由三十多位阿姨组成的广场舞队伍。

陈桉转了两圈也没找到陆倾音，找了一个无人的靠椅，望着陆倾音最可能出现的方向发呆。

大概十分钟后，陆倾音出现了。

陈桉烦躁的情绪顿时被安抚下来，为了让陆倾音有偶遇的错觉，他将视线移开了几分，余光里却全都是陆倾音的影子。

大抵是陈桉正对着她，陆倾音很快就发现了陈桉的身影。她盯着陈桉看了好久，在陈桉忍不住假装与她不经意对视时，她却突然找了个旁边的位置坐下了。

他们之间有十米的距离，不断有人经过，若不是陈桉刻意寻找过陆倾音，他绝对发现不了陆倾音的存在。

陈桉的心里突然一空，看着陆倾音就好像看见了曾经的自己，那个只敢隔着一个屏幕关注陆倾音的自己。

即使陆倾音真的将自己忘得一干二净，他也不愿意陆倾音承受这些，他太清楚那种无力感。

陈桉垂下视线，将目光转到陆倾音的方向，眼睛里忽然有了一些坚定的东西，准备起身去找陆倾音。

“小伙子，没见过你啊！”隔壁跳舞的阿姨们早就注意到陈桉，这会儿按捺不住，过来和陈桉搭讪。

“有女朋友吗？我有个女儿和你差不多大。”

“李姐，你女儿不是有男朋友吗？”

“我也就问问，防患于未然嘛。听说你女儿最近也找了个男朋友，你怎么也来凑热闹？”

“我这不是和你想到一块了吗？”

几个阿姨的突然出现，让陈桉重新坐回椅子上，此刻已经看不见陆倾音的身影。

“对不起阿姨，我有喜欢的女孩了。”陈桉虽然礼貌，却有几分急躁，站起身就朝着陆倾音的方向望去。

那里已经空无一人，陆倾音已经离开了。

陈桉只感觉自己的心突然空了一块，这股失落感比之前任何一次都要强烈。他有种明明已经站到离陆倾音触手可及的地方，却还是触摸不到她的感觉。

他等不了，也不想等了。

第三章

露出喜欢你的小马脚

/

NIDEXIAOXIANNVTANCHUTOULAI

陆成和白方冉出门参加聚会了，陆席南也有应酬，只有陆倾音自己在家。

一个难得清闲的周末，陆倾音躺在床上倒不知道干什么了，夏悠然也被拖去参加一场以“长辈聚会”为名义的相亲中，不然两人还能出去吃个火锅。

也不知道陈桉在干什么。陆倾音点开陈桉的对话框，输入在对话框的字又被一字字地删掉。

虽然她已经和陈桉重逢了，但两人相隔数年光阴，早已不是当初和陈桉无话不谈的模样。现在的她对陈桉说一句话都要琢磨半天，生怕说了什么唐突的话。

陆倾音望了眼在床上摆放整齐的西装，她已经有了一个去见陈桉的理由，却暂时没想到如何开口才不显得别有用心。

“有时间吗？”像是心有灵犀一般，在陆倾音快要将屏幕盯出一个洞来的时候，陈桉的信息插了进来。

陆倾音一个激灵从床上坐了起来，眼睛里全是不可置信，陈桉竟然给她发信息了，而且还是在周末。

为了不吓到陈桉，陆倾音克制着言语，只发了一个字：“有。”

“我的衣服还在你那里，方便送一下吗？或者我去拿也可以。”

送衣服等于要见面，见面约等于约会，所以陈桉现在是在约她？

陆倾音将手机放在胸口，心跳都开始乱了起来，三秒之后才平复了一下心情：“我去找你。”

陈桉的信息几乎同时插了进来。

那行地址陆倾音早就烂熟于心，回复了陈桉一句，便扔下手机跳到镜子前，该穿什么去见陈桉比较好？

酒店里，陈桉的情况和陆倾音差不多，唯一的区别就是他有高人指导。

早上被夺命铃声从睡梦中拉起来之后，卢浩是崩溃的，他眼睛微眯着，瞧见屏幕另一端西装革履的陈桉，所有的细胞全部苏醒。

“老大？”卢浩惊呼一声，慌不迭地道歉，“对不起，我好像睡过了，你等下我马上……”

看卢浩脑子还不清醒，陈桉人发慈悲提醒道：“今天周末。”

“对，今天是周末……”卢浩重复了一遍才反应过来，这会儿起床气突然就上来了，“老大，周末扰人清梦可不是你的作风。”

虽然作为陈桉的得力助手,卢浩在工作日忙得简直除了工作就是睡觉，但陈桉也有人性化的时候，比如从来不在周末给他安排工作。

卢浩抱怨的时候，由于自己裸着上身，将被子又朝上拉了几分，更加贴近怨妇的形象。

看见卢浩的动作，陈桉嗤之以鼻，他对卢浩那堆肉没有丝毫兴趣，但现在也算有求于人，他难得没有开口。

“我穿这样好吗？”陈桉将身子撤了半分，上半个身子出现在卢浩的屏幕上。

“当然，老大您穿什么都好看。”卢浩随口就是溢美之词，不走心地夸奖一番之后，又道，“您这是去见谁？我不记得有应酬。”

“不是应酬。”陈桉鲜有如此重视一件事的态度。

“约会？”卢浩试探着开口，看陈桉没有反驳，便又尝试猜测，“陆小姐？”

已经求助了卢浩，陈桉也没有在这件事上隐瞒，应了一声。

榆木脑袋开花了？卢浩瞬间就激动了起来，瞬间就忘记方才的话，望着格外正经的陈桉道：“老大，约会谁穿正装？您又不是面试，随意一点就好。”

陈桉默不作声，视线淡淡地落在卢浩身上，要是只需要知道这些，他就没必要打电话了。

和陈桉相处也有一段时间了，两人早已经过了磨合期，在陈桉一个看似无关痛痒的眼神里，卢浩已经接收到陈桉没有出口的意思。

“老大，不然让我看看您的衣柜？”

从陈桉打电话求助的那一刻起，就已经摆明了不会拒绝卢浩的要求。

一整排的白衬衫和西装有序地挂放在衣柜里，从衣服的平整程度上就可以看出主人一定严于律己。

但卢浩可没心情想这些，此时脑袋都大了：“老大，还有其他的衣服吗？”

陈桉的视线落在衣柜最下一层，眼神略带着嫌弃：“没有。”

“巧妇难为无米之炊。”屏幕上又出现陈桉那张毫无表情的脸，卢浩只觉得头皮有几分发麻，“你只有西装，我能给您变出什么花样？”

眼看着卢浩想要放弃，陈桉镜头一转，下面一堆还带着包装袋的衣服就出现了。

卢浩的眼睛顿时亮了起来：“我的天，这都是些什么宝贝？”

“一堆花里胡哨的衣服。”陈桉对衣服的定位相当精准。这都是他母亲徐漾在网上给他买的，说是追女孩的必胜法宝，可惜以陈桉以黑白为主色的审美，实在无力接受这些花里胡哨的衣服。

听见陈桉的话，卢浩倒也没有意外：“在你的眼里，世界上的衣服恐怕只有黑白和花里胡哨的颜色之分吧。”

陈桉没有接话，手拨开堆起来的衣服：“哪件？”

“橘黄色的上衣，裤子就是您手边棕色的那条。”卢浩眼睛都要红了，陈桉嫌弃的衣服都曾躺在过他的购物车，然后他就起了坏心思，“老大，您看您也不穿，搁着还挺浪费的，关键您看着也不舒服，作为一个合格的下属，不如我替您分担？”

陈桉心理建设了好几次，再次确定道：“你确定是这两件？”

“我保证效果出奇的好。”卢浩刚一拍胸口保证，被子就滑落半分，吓得他急忙扯住被子的一角，“人都是视觉动物，如果整日里只穿黑白两种颜色，身旁的人看都会看吐了。”

陈桉的手一顿。

“当然不包括您。”卢浩知道自己说错话，连忙补救，“如果可以的话，我愿意天天看着您。”

笑话，陈桉可决定着他的钱包厚度，人民币几十年如一日，也没有见有人厌烦。

听着卢浩越来越偏离主题的话，陈桉毫不犹豫地挂断电话。

“用完就踹了我，还真是资本家的嘴脸。”卢浩轻哼一声将手机扔在一旁，重新回到床的怀抱，这个时间点也不影响他睡个回笼觉。

陈桉对着镜子已经站了十几分钟。

橘黄色的上衣搭上棕色的裤子倒也不算突兀，如果忽略掉陈桉黑如煤炭的脸。

陈桉从小就是个格外有主见的人，偏偏徐漾是个控制欲极强的人，在他没什么自理能力的时候，他全身上下的穿搭都是徐漾的手笔。

红色的短袖配绿色的喇叭裤，紫色的外套里面是大红色的内搭，紫色的鞋子露出半截蓝色的袜子，甚至他还一度戴过绿色的帽子。

徐漾可谓是走在时尚的最前沿，虽然搭配的颜色极其大胆，但好在搭配衣服的品位极其刁钻，每一套衣服都让人眼前一亮，再加上陈桉的气质，更是没什么毛病可挑。

可陈桉对花花绿绿的颜色完全无感，可惜小时候没什么话语权，只好摆着一张臭脸表示抗议，也是从那时开始陈桉格外抵触亮眼的颜色。

而从不需要徐漾帮忙穿衣服开始，陈桉就彻底逃离了徐漾的魔爪，也许是徐漾给他留下的阴影太深，从那以后他的身上只穿黑白两色的衣服，徐漾买的衣服他碰都不碰，还一度落下了“败家子”的名声。

不然，还是算了吧。陈桉越看越觉得衣服和他整个人的气场格格不入，这都是卢浩的品位，陆倾音说不准还会觉得他不正经，以他现在的年龄，穿这些衣服说句老不正经也不为过。

在陈桉准备放弃去换上西装的时候，门铃突然响了。

陈桉望着镜子里的自己，蹙起眉头犹豫了几秒，现在换衣服时间也有些来不及，可身上这一身也是糟糕透了。

左右权衡之后，陈桉硬着头皮去开门。

在看见陈桉的时候，陆倾音就愣住了，眼睛盯着陈桉微微出神。

在她的记忆中，陈桉比较喜欢穿黑白的运动服，绝对不会轻易允许自己身上出现除了黑白之外的其他颜色。

陈桉本就不自在，看见陆倾音的反应之后，身体更加僵硬了几分，清咳一声：“衣服都洗了，只剩下这套。”

知道陈桉误会自己的意思了，陆倾音嘴角弯弯：“很适合你。”

陈桉拥有模特的标准身材，小时候就在气质这方面压同龄人不止一星半点，无奈他只喜欢穿黑白的运动服，对于其他颜色的衣服试都不试。徐漾为此没少抱怨陈桉浪费了她的优秀基因。

闻言，陈桉才觉得自在了几分，接过陆倾音手里的衣服，让出一条路：“进来坐坐吧。”

“这不太好吧。”陆倾音生怕麻烦了陈桉，但是现在让她打道回府也不太甘心，毕竟她特意打扮了这么久，可不是只想送件衣服就回去。

当然，陈桉也这样想，早就准备了借口：“辛苦你跑一趟，我待会儿送你回去。”

陆倾音也不再推辞：“麻烦了。”

陈桉从鞋柜里取出一次性的拖鞋，将包装袋撕开递给陆倾音：“没准备多余的拖鞋，你凑合一下。”

陈桉确实没有准备，他原本是想等工作稳定了之后，搬回原来的家慢慢和陆倾音联络感情，可没想到陆倾音会去找许一曼，还正巧被他碰上。

“谢谢。”陆倾音倒是很开心，即使有多余的拖鞋也不会是为她准备的，这个答案显然更让她满意。

陈桉爱干净，陆倾音是知道的，所以看见房间的摆放井井有条倒也没意外。

陈桉将衣服放到沙发上，走到一旁的冰箱旁，从清一色的矿泉水里拿出一瓶柠檬味的饮料，很自然地问陆倾音：“我这里除了矿泉水，只有柠檬口味的饮料，你要哪种？”

陆倾音听见柠檬口味眼前一亮，虽然没有自恋到以为是为自己特意准备的，但也为找到他们两个的共同点而惊喜：“你也喜欢喝这个口味的吗？”

说实话，陈桉不喜欢，他一向只喝纯净水，但他知道陆倾音喜欢。

“还行。”陈桉原本给自己拿纯净水的手悄悄移了位置，拿起了另一瓶柠檬味的饮料。出国之后，他买水总会多买一种柠檬口味的，后来慢慢地也能接受柠檬味饮料那种酸酸甜甜的味道。

两人坐在客厅里，陆倾音的眼神一次次落在陈桉的身上，视线在室内扫视一遍，继而开口：“你一直住酒店吗？”

陆倾音并不是热情的性格，和所有人相处也基本处于被动的地位，在陈桉面前却主动很多。小时候的陈桉话就不是很多，大部分时光都是陆倾音说话，陈桉安静地听着。

他们之间隔着无数空白的时光，可当站在陈桉面前，陆倾音还是能轻易找到小时候的感觉，也许连她自己都不知道对陈桉的依赖已经藏进了她的习惯里。

陈桉笑了一下，喝了一口饮料，酸酸甜甜的味道蔓延到味蕾。他说得半真半假：“习惯了。”

“这可不是个好习惯。”陆倾音不同意的时候总是习惯皱眉，说完又觉得自己没什么立场，收敛了下情绪，“酒店再好也不是自己的家。”

陈桉将情绪藏得半分不漏，脸上多出了几分疑似可怜的意思：“我家人基本都在国外，国内家里没什么人，和住酒店也差不多。”

“那怎么能一样。”陆倾音有些急了，“就算家里没有人，总还是会有邻居的吧。”

陈桉躲开陆倾音的视线，微微垂眸：“邻居已经很长时间没有联系过我了，估计就算我站在她面前，她都认不出我了。”

“确实很长时间了。”陆倾音喃喃道，时间长到就算她站在陈桉面前，陈桉都已经认不出她来了。

听见陆倾音的自言自语，陈桉愣了一下，但很快地又调整好面部表情，再次抬起头的时候已然还是那副可怜的样子，像是没听见陆倾音的话一般：“什么？”

果然如陈桉所料，陆倾音瞬间意识到当下两人不熟的情况，连忙喝了一口水压压惊，连连摇头：“没什么。”

陈桉望了眼一旁乖巧坐在沙发上的陆倾音，眼神黯淡了几分。陆倾音小时候在他面前从不这样坐，都是随意地躺在沙发上，一条腿跷到他的身上，都是怎么舒服怎么来。

陆倾音喝着水，余光却都是陈桉的影子，心里打着鼓，她是不是打扰到了陈桉，不然她喝完这瓶饮料还是回去吧。

这样想着，陆倾音喝的速度越发慢了起来，如果陈桉不开口赶人，她真的想赖在这里不走。

陈桉自然意识到陆倾音的坐立不安，望了眼时间，还不到十一点，根本不到吃饭的时间。

怕陆倾音提出离开，陈桉率先开口：“我去处理点工作，等处理得差不多了再送你回去。”

“好。”陆倾音应得极快，原本的担忧一扫而光。

陈桉眼神多了几分柔软，打开电视，将遥控器递到陆倾音手中：“无聊的话可以看下电视。”

“嗯。”陆倾音喜不自胜，嘴角拼命克制着不上扬，眼睛里的欢喜却控制不住地冒出来。

到了书房，陈桉拿起书桌上的手机，手指轻轻动了几下，将微信切换到了“许一曼”的身份。

工作只是他随口扯出来的借口，周末的大好时光怎么可以浪费在工作上。

“情况怎么样了？有没有新的进展。”陈桉越来越适应“许一曼”的身份，为了拉近和陆倾音的距离，还在后面添了一个可爱的表情。

这是陆倾音喜欢用的表情包，陈桉披着“许一曼”的伪装，用得那叫一个舒服。

客厅里响起了微信的提示音，虽然陆倾音相信酒店的隔音效果，但还是下意识朝着书房望了一眼，又将手机调成了静音模式。

“他约我见面了。”经过这段时间的相处，陆倾音对“许一曼”放下了所有的戒心，完全将之当成“知心大姐姐”，对陈桉的欢喜毫不掩饰，“虽然只是为了送衣服。”

陈桉笑得很含蓄，转椅转了两个圈才停下，他组织了一下语言，又道：“也许不只是送衣服，只是为了见你也说不定。”

“才不会。”陆倾音对这点倒是意外地有把握，“他是直来直去的性格，这种可能太低了。”

陈桉也确实属于开门见山的脾气，只不过陆倾音一直都是他的例外，面对陆倾音的时候别说这点小心思，就算转个十八弯他也不嫌麻烦。

陈桉笑了一下，继续开始套话：“看来你已经很了解他了。”

“没有。”如果以前她对了解他的程度还有点把握，那么现在的陆倾音一点自信都没有，“看他那张拒人千里之外的脸也知道，他肯定不擅长找借口这么麻烦的事情。”

他的脸又替他自作主张回答了什么问题。陈桉皱了下眉头，一头雾水却又不得不附和：“也是。”

“不过他今天穿得很不一样。”陆倾音的注意力还停留在陈桉突变的穿衣风格上。

陈桉的脸一沉，他就知道不应该听卢浩的话，果然要被陆倾音嘲笑了，他抿着唇：“是吗？”

“我以为他只有黑白衣服，没想到是我误会他了。”陆倾音调侃起陈桉来完全没有任何负担，“他还是会穿带点青春颜色的衣服。”

这应该是褒奖。陈桉细细品味陆倾音每个字的意思，眉头渐渐舒展，好吧，他收回方才的想法，虽然卢浩平日里吊儿郎当，但也还是有靠谱的时候。

毕竟瞎猫也有碰见死老鼠的时候，卢浩倒也算是踩着狗屎运帮他重塑了形象。

两人又闲聊了几个不相关的话题，时间倒也过得飞快。

书房里，陈桉好心情地望了眼屏幕上的时间。

十一点十五分，到了吃饭的时间。

陈桉慢悠悠地拨通一个电话，嘟了三声就被接起。

“小桉？”手机的另一端是徐骁不确定的声音，“有什么事？”

徐骁是陈桉的表哥，对陈桉无事不登三宝殿的性格也是深有了解，此时也不会觉得陈桉是闲着没事和他联络感情。

“海鲜城是你开的吧。”虽然是一句问句，但陈桉用的是肯定的语气。

回国之前，徐漾就告诉陈桉有事找徐骁，他没什么事，所以一次也没找过。

徐骁倒是约过陈桉几次，但无一例外都被拒绝了，听见陈桉这句话倒是笑了一声。

海鲜城在A城算是家喻户晓的餐厅，座位极其紧张，一般吃一次要提前几天预约。

陈桉此时没有多余的表情，这样一副表情和西装正配，但是和他今天这身青春洋溢的衣服格外不搭，对徐骁的笑声很是不解："你笑什么？"

"我约你那么多次都被拒绝，可是现在你倒是为了和别人吃饭找我开后门？"徐骁的声音带着几分八卦，"女孩子？"

陈桉没有回答："还有事吗？"

"人家都是过河拆桥，这桥我还没给你搭好，你就急着抛弃我，你确定要这样无情无义地对我？"徐骁难得占了次上风，自然想在高处待一会儿。

陈桉已经确定徐骁是没什么事了："没什么事的话，我先挂了。"说完也不等徐骁再开口，断然挂掉了电话。

十一点半的时候，陈桉踩着点从书房里出来。

陆倾音看见陈桉，从沙发上站起来，朝着陈桉走了几步。

"到了吃饭的时间，我在海鲜城订了位置。"陈桉说得那叫一个自然，逻辑中找不到一丝纰漏，"吃完饭送你回去。"

"海鲜城？"陆倾音倒也知道这家餐厅，以为陈桉刚回国，不了解海鲜城需要事先预约的规矩，便出口提醒，"可能没位置了，再选一个其他的地方吧。"

很好，没有拒绝。陈桉心中一喜："我和老板认识，让他安排了一个位置。"

陆倾音倒没想到陈桉还有这样的外挂，愣了愣道："好。"

车内放了轻缓的纯音乐，五首歌的时间，汽车平稳地停了下来。

"我还是第一次来这里。"陈桉主动扯开话题，"你有来过吗？"

"来过几次。"都是跟着陆席南过来的，陆倾音吃饭一向随性，预约的餐厅注定不在她的考核范围内，"味道挺好。"

跟着服务员，两人来到二楼，正是饭点，餐厅座无虚席。

“请稍等，饭菜马上来。”这桌客人可是老板亲自说过要多照顾，服务员自然不敢怠慢。

两人刚一落座，瞬间就得到了一桌客人的注意。

“我有没有看错，那是不是陆倾音？”

“长得好像。”

“什么像，明明就是。我以陆倾音的头号粉丝的身份担保，那绝对是陆倾音本人。”

苏哲原本对他们的聊天没什么兴趣，可一听见“陆倾音”三个字，他转身也顺着视线望了过去，没想到真的会遇见陆倾音。

他今天原本是要去陆倾音家里做客，但白方冉突然有事外出，所以他就受了朋友的邀约来这里吃饭。

“你们都认识她？”苏哲倒是很意外。他是跟着好友杨淮来的，这几个人中也只有他不是 A 大的学生，自然不了解其中的内情。

杨淮解释道：“上一届的校花，很漂亮吧。”忍不住又望了陆倾音一眼，顺带着关照了一旁的陈桉，略带了些遗憾，“不过好像名花有主了。”

“应该不是情侣。”苏哲淡淡地望了陈桉一眼。

上次被陈桉截和之后，他可是找白方冉问清了状况，他十分确定陆倾音还处于单身状态，所以他才跑到陆倾音的公司，才有了被拒绝的那一出。

不过，苏哲可没打算就此放弃，陈桉恐怕也只是陆倾音的追求者，他们处于同一起跑线的位置，他哪有拱手相让的道理。

杨淮撞了一下苏哲：“怎么，认识？”

“相亲认识的。”苏哲避重就轻道，在一堆起哄声中，起身道，“我去打个招呼。”

苏哲走了过来，叫得那叫一个顺口：“音音，你也来这里吃饭？”

音音？陈桉的眉头皱得像座小山，望着不请自来的苏哲，刚剥到一半的虾就放到盘子里，抱着胳膊盯着苏哲。

苏哲还是大学生，衣品自然是偏向于活泼，整个人洋溢着青春的风采。

陈桉轻不可闻地哼了一声，在心里吐槽道：花孔雀。

在陈桉以黑白为主色的世界里，苏哲这身打扮倒也配得上这个称呼，但陈桉的情绪牵扯着思维，他已经忘记了今日份自己的穿搭和苏哲没什么本质性的区别。

陆倾音也是有些头疼，却又不得不应付：“对啊，你也和朋友一起？”

“对啊。”苏哲下巴一抬，望了眼杨淮的方向，“几个朋友聚一下，没想到会遇见你。”

我也没想到。陆倾音有种想哭的欲望，一个视线望了过去，看见那桌人兴奋地朝她摆手，更是一阵心慌慌。

“你朋友很热情啊！”

“都是 A 大的。”苏哲倒也没什么可隐瞒的，像是才看见陈桉一般，“这位是？”

陈桉并没有搭理苏哲的想法，陆倾音只好代为解释，思索了一会儿才找到两人的定位：“我也和朋友来吃饭。”

只是朋友啊。苏哲的心彻底地放松了下来。

陈桉笑着同苏哲打招呼：“陈桉。”

陆倾音反而不淡定了，眼神在两人之间飘忽，这种莫名的尴尬是怎么回事。

苏哲到底还是年轻了点，看着陈桉那副气死人不偿命的态度有点不淡定，但是也知道眼下和陈桉呛声，算不上什么明智之举。

比起陈桉母胎单身的光环，苏哲在追求之路上显然占据了不小的优势，他眼睛一转当下就有了计划：“我和朋友玩游戏输了，现在是带着任务来的。”

陆倾音自然也不好拒绝，示意苏哲说。

“就来蹭一块肉。”苏哲笑着出声，下一句话却落在陈桉的脸上，“你应该不会介意吧。”

言外之意是你怎么还有脸拒绝？

陈桉向来以自己的主观意识为主，女生拒绝起来都毫不手软，更不要说是苏哲这种明显算计他的男生。可惜的是，拒绝权并不在他的手中，苏哲认识的是陆倾音，找的也并不是他。

“当然。”陆倾音想着赶紧打发苏哲离开，可很快就觉得不对劲，因为苏哲好像并没有拿筷子的打算。

苏哲看懂了陆倾音的困惑，将手背在身后，满脸无辜道：“这也是游戏的规则。”

所以是要她喂吗？

陆倾音整个人都不好了，虽然也知道年轻人玩些这样的游戏也无伤大雅，可她已经不是年轻人了，心脏可受不了这等刺激。

两人大眼瞪小眼僵持的时候，陈桉拿起放下的筷子，温暾地剥好筷子里的虾，笑得那叫一个放肆，朝着苏哲招招手：“来，我喂你。”

不只是苏哲，陆倾音也愣了。

玩这么大的吗？

陈桉像是没注意到两人的惊讶，用筷子夹起虾，招呼着苏哲：“过来点。”

“这……”苏哲的计划里并没有这样的突发状况，浑身像是被定住一般，满身的细胞都写满了拒绝，“这不好吧。”

“男生不可以吗？”陈桉故意曲解苏哲的意思，作势要站起来，“不然我去和你朋友商量一下改一下规则。”

陈桉这一去肯定就露馅了，苏哲比任何人都要清楚这一点，如果陈桉知道指不定怎么添油加醋诋毁他，在心里算了一下，他决定牺牲自己。

留得青山在，不愁没柴烧！苏哲鼓足勇气道：“好。”

陈桉像是料到苏哲的回答一般，笑得像只狐狸：“这就好。”

苏哲头皮发麻，却又不得不硬着头皮听陈桉的指示，身体艰难地朝着陈桉移动，完全没想到陈桉会采取这种杀敌一万自损八千的招式，要是知道陈桉脸皮这样厚，他就收敛一点了。

陈桉的报复并没有结束，瞧着苏哲一副想当场去世的表情，筷子就停在上空，对着苏哲又道：“再凑过来一点。”

苏哲瞪了陈桉一眼，示意陈桉适可而止。

在陈桉这里，既然苏哲主动挑起战争，那肯定没有全身而退的好事，他丝毫没有将苏哲的愤怒放在眼里：“好像还够不到。”

苏哲深呼一口气，忍辱负重又将身子侧过去几分。

“这样才对。”陈桉也不好太过分，万一苏哲脾气上来了，倒大霉的就变成自己了，他可不会做这种惹祸上身的蠢事，但也不会轻易放过苏哲，还在用语言刺激着苏哲，“来，张嘴。”

一口肉吃到嘴里，苏哲半条命已经被陈桉恶心没了，调整好表情：“音音，过几天见。”

过几天？陈桉想到陆倾音和苏哲是通过相亲认识的，这恐怕也是家长的撮合。就算陆倾音对苏哲没什么兴趣，但双方家长万一乱点鸳鸯谱，再加上苏哲这样的段位，最后哭的不就是他了。

陈桉面不改色，心里已经摆了好几个算盘。

“那我先走了。”苏哲和陆倾音说再见，仍然气不过又瞪了一眼陈桉。

当然这一眼是要付出代价的。

陈桉原本扔筷子的手顿住，皮笑肉不笑地递给苏哲，语气淡淡道："已经用过了，就拿走吧。"

"当然。"忍了那么久，苏哲的动作出现稍许失控的力度。

苏哲刚一走，陆倾音就不自觉地笑了出来。

陈桉刚打了一场胜仗，没等开心就看见陆倾音忍俊不禁的样子，将表情收敛了几分："怎么了？"

"没什么。"陆倾音嘴上说着没什么，但嘴角的弧度还在持续扩大，"就觉得你很可爱。"

陆倾音又想起小时候的事情，那时陈桉就很高冷，周围不相干的人别说让他喜欢，就算让他讨厌的人也是少之又少，可偏偏苏哲是个例外，每次一看见苏哲，他的脸就变得更臭。

而陈桉的关注点显然在陆倾音的话中，可爱？他仔细琢磨了这个词语，三秒之后胜利的喜悦化为乌有。

这可真是个糟糕的形容词。

不过方才苏哲说过几天见，陈桉状似无意道："你们过几天还会见？"

"这我也不清楚。"陆倾音显然一无所知，但也能猜到几分，"应该是家庭聚会。"

就知道是这样。陈桉面上没什么异样，心里却相当硌硬，看样子搬家的事情已经是刻不容缓了。

只是不知道白方冉还会不会站在他这边。

被陈桉送回家之后，陆倾音上扬的嘴角就没有放下去过。

"天上掉馅饼砸到你头上了？"晚饭间，陆席南望了眼陆倾音，随口问，"怎么笑成这个样子？"

这样的话轮不到陆倾音回应，果不其然，白方冉一马当先冲在陆倾音前面，对着陆席南就是一阵炮轰："有你这样的哥哥吗？自己板着一张脸，还不许别人开心一点？心里能不能阳光点？"

陆席南只想仰天大吼一声"我太难了"。他就是随口一提，哪有什么阴暗的心思，他要是有点这样的想法，哪还能四肢完整地活到现在。

事实证明，只要白方冉看陆席南不顺眼，陆席南连呼吸都是错的。

"今天摆脱单身了吗？"白方冉又开始在线催婚，"今天是你单身的第 9866 天，还有 134 天就要破万了，请问陆席南先生有没有什么感言？"

"不是吧。"陆席南声音弱弱道，"昨天不还是 9565 天吗？"

陆席南对这个数字很是敏感，白方冉第一次说出来的时候，他也被这串大数字吓了一跳，亲自算了算，没想到竟然还真是。

"我昨天忘记算十月怀胎了。"白方冉说得那叫一个理直气壮，"九千多天也没见你着急，这区区三百天怎么入了你的眼？"

陆席南彻底地闭上了嘴巴。

这会儿，白方冉倒凑了上来："音音，今天遇见什么开心的事？"

"嗯。"陆倾音害怕白方冉激动，倒也没有将陈桉供出来，"遇见了很久没见的朋友，聊了两句。"

白方冉也没多想："改天带回来做客。"

"好。"陆倾音应得很快，但也不知道陈桉什么时候能过来，如果能搬回家就更好了。

洗漱之后，陆倾音走到阳台处吹风，眼神望着横跨两栋别墅之间的"天梯"出神。

陆家和陈家的关系极好，至少从陆倾音记事起两家就像是一家人，徐漾更是将她当成亲生女儿一般，出国那么多年每年仍然记得给她准备礼物。

而她似乎天生就比较依赖陈桉，听白方冉说她出生的时候老是哭闹不止，可只要陈桉一睡过来，她就像是被施了什么法术一般，不哭也不闹地盯着陈桉笑。

白方冉也因此总是打击陆席南长得没有陈桉讨喜，因为小时候只要陆席南出现在陆倾音的方圆一米，陆倾音就哭到停不下来，用白方冉的话说就是陆席南浑身散发着一股讨厌的气息。

等到能下地走路之后，陆倾音更是变本加厉地黏着陈桉，整日待在陈桉的身边，就连睡觉都是先在陈桉旁边睡着之后，再被白方冉抱回去。

陈桉对陆倾音也算得上纵容，连徐漾进他卧室都会黑脸，偏偏陆倾音在里面大闹天空，却还能安全地躺在陈桉的白名单里。

再大一点，白方冉和徐漾也不得不教给两个孩子男女有别，本以为陆倾音会闹，没想到率先接受的是陆倾音，反倒是陈桉讨厌两个人隔得太远，蛊惑陆倾音让白方冉在两栋别墅之间放了这个天梯。

天梯横跨连接两人的卧室，天梯主要是钢铁材料制成，只有两侧的栏杆是塑料的，当初为了两个小孩的安危着想，陆成不但找了设计师，更是请了不少专家评估安全性，直到确定没什么问题之后，才放任陆倾音来回走动。

而白方冉和徐漾的注意力放在了这个创意上，望着频繁朝着陈桉卧室跑的陆倾音，陷入了沉思。

这样的主意哪是神经大条的陆倾音想出来的，两家大人稍微一动脑筋就知道是谁的手笔。可陆倾音最听陈桉的话了，如果是陆倾音的想法哄哄也许会有转机，而陈桉一身油盐不进软硬不吃的臭脾气，谁也拿他没办法。

他们中间有数不清的回忆，不过好像也只有她一个人记得。

想起往事，陆倾音的心里总是泛起漪涟，看着前方漆黑一片的光景，眼神里装满了黯然。

如果当初不是因为她的任性，也许事情就不会变成这个样子。

陆倾音回家的时候，别墅外停了一辆没见过的车。正好遇见同样回家的陆席南，陆倾音望着提着大包小包的陆席南，便要搭一把手。

“刁民又想害朕。”陆席南一脸惊恐，阻止陆倾音的动作，“走开，妈要是看见我让你拿东西，我肯定要被发配到边疆。”

陆倾音习以为常地收住手，又道：“哥，家里来客人了？”

“不是客人。”陆席南意有所指，刚下班白方冉一个电话打来就让他干苦力，陆席南双手提着白方冉安排他买的鸡鸭鱼肉，“是妈给你的惊喜。”

陆倾音突然想起海鲜城里苏哲的话，有些无奈道：“是苏哲？”

“你还惦记着苏哲？”陆席南好暇以整地望着陆倾音，“小小年纪心倒是挺大。”

陆倾音作势瞪了一眼陆席南：“你也就敢欺负我了。”

“你还委屈了？”没有白方冉的世界就是陆席南的主场，“我为你受的委屈可比这多得多。”

陆倾音自认理亏，又将事情扯到原来的话题上：“到底是谁？”

“一个能威胁我地位的男人。”此人一来，他的地位就更加摇摇欲坠，陆席南难免有些吃味，“你的小竹马。”

“小竹马？”陆倾音脑海中浮现陈桉的样子，却又很快甩开，在陆席南身后嘟囔了一句，“苏哲才不是。”

苏哲确实称不上她的竹马，陆倾音一进客厅，看见客厅里的身影就呆住了，陆席南说的小竹马另有其人。

“音音，快来。”白方冉刚看见陆倾音就招呼着，“快来看看是谁来了。”

是陈桉。

陆倾音看见背影的时候就知道了，在陈桉转身的那瞬间心脏都要跳了出来。

完蛋了，要暴露了。这是陆倾音的第一反应。

“这孩子开心傻了。”白方冉走到陆倾音的身边，拉着陆倾音的胳膊，“好多年不见了，都不认识你的小桉哥哥了，记得小时候你可最黏他了。”

陆倾音完全不知道应该摆出什么表情才算合适。

“好久不见。”陈桉料到陆倾音会是这般反应，调整好表情，仿佛和陆倾音是久别重逢的第一面，“音音。”

陆倾音反应了好一会儿，重复着陈桉的话：“好久不见。”

看见陆倾音的身影，卢浩眼珠子都快掉了出来。他就说不近女色的陈桉怎么突然开窍了，现在看来是早有预谋。

“阿姨，我先走了。”卢浩根本没拿到剧本，也不知道陈桉葫芦里卖的什么药，为了不成为陈桉计划里的 bug，只得率先开溜。

陆倾音这才看见一旁被拉来做苦工的卢浩。

白方冉挽留道：“吃完晚饭……”

“不用了。”卢浩闪得比兔子还快，留下句“我妈还等着我回家吃饭”便消失得无影无踪。

“你们坐在这里叙叙旧，我去给你们准备晚饭。”白方冉像是过大节一般，将客厅留给这两人，立刻喊住准备当电灯泡的陆席南，“小南去给我打把下手。”

陆席南才刚将东西放下，刚准备歇口气，耷拉着脑袋，有气无力道：“好。”

“原来你就是音音。”陈桉可称得上是演技派了，将准备好的台词说了出来，“比小时候高了很多。”

看着陈桉并没有生气，陆倾音才放下半颗心，顺着陈桉的话接道：“我要还和小时候一般高不是很吓人吗？”

“说得也是。”陈桉的表情柔和起来，指了指一旁的沙发，更像主人，“先坐下吧，要不要喝水？”

“不。”陆倾音摇头，就算真的需要喝水，也应该是她给陈桉倒水。

客厅里安静一片，两人坐在沙发上，中间空出来的位置可以坐下一个陆席南。

沉默稍许，陈桉将一直想问的问题抛了出来：“这么多年，你还好吗？”

除了有点想你和有点后悔当初没有出国找你，其他的都蛮好的。当然，这句话也只能在心里想想，陆倾音早就不是当初追在陈桉身后，对陈桉毫无保留的小姑娘了。

“挺好的。”她顿了一下，反问，“你呢？”

“我也挺好。”陈桉给出了和陆倾音一样的答案。

那么多年的分开，似乎也只有这个回答能让人稍微得到一点安慰。

晚饭桌上，陈桉超越陆倾音的地位，成为白方冉重点关爱对象。

“小桉，好久都没吃过阿姨做的饭了，尝尝阿姨的手艺有没有长进。

“尝尝这块鱼，阿姨记得你以前最喜欢吃这个了。”

陈桉的话比之前多了点，三两句就哄得白方冉彻底忘乎所以然了。

而陆倾音尽管地位不如以往，但也能偶尔得到白方冉的垂怜，名字时不时地夹杂在陈桉的名字之间。

陆席南和陆成对视一眼，这也不能全怪陈桉，他们两个一向不配在饭桌上被提名，只有在做家务时才会被白方冉短暂地记起。

陆席南早已习以为常，如果这么多年他连这点丰衣足食的本事都没有，等着白方冉投喂，那他早就饿死了。

可陆席南不说话只吃饭的动作已经落入了一人的眼中，在不断的小桉和音音的夹缝中，白方冉终于记起她还有个儿子：“小南。”

陆成瞪了陆席南一眼，眼神里带着几分莫名的嫉妒。

陆席南则是有几分受宠若惊，连声调都变了：“妈。”

“你最近不是减肥吗？”有陈桉在场，白方冉说起话来都含蓄了几分，“大鱼大肉还是少吃点。”

“嗯。”陆席南应得很是心酸，嘴上虽然只有一个字，但是心里已经唱起了一首歌：为什么受伤的总是我……

“漾漾也是。”白方冉抱怨着，“你回来了竟然也不告诉我，我待会儿就打电话好好说说她。”

徐漾也是担心陈桉不想去找白方冉，才将这件事瞒了下来，不过陈桉很明智地选择不参与姐妹俩的事情。

“不过回来就好。”白方冉倒也想得很开，视线飘到一旁的陆倾音身上，“最开心的恐怕就是音音了。”

“妈，您快别说了。”陆倾音的脑袋快要埋进碗里了。

白方冉笑得更是合不拢嘴：“你小时候可总是寸步不离地跟着小桉的，那时也不见你害羞。”

陆倾音更加抬不起脑袋，她这不是害羞，她是要窒息的节奏啊。

“阿姨，家里就我一个人，以后还要多多麻烦您了。”陈桉及时替陆倾音解了围。他怕白方冉再问下去，陆倾音以后更难面对他了。

“这孩子，这怎么能叫麻烦。”白方冉佯装生气，又想到一个主意，“不然你干脆就住到这里好了，反正房间很多。”

“不用了，离得很近。”陈桉主要是舍不得“天桥”这个道具，基于它，他和陆倾音的房间简直就是相通的。

“你也可以从音音的房里出来。”白方冉还以为自己是第一个想到的，喜不自胜地炫耀智商，“是不是就方便很多？”

“嗯。”陈桉很给面子地应了声。

陆席南终于抬起头来，看了眼完全没有意外的陈桉，突然觉得自己的母亲好天真。

“你的房间收拾好了吗？”白方冉后知后觉地问。

“收拾好了。”陈桉点点头，又补充了一句，“我的房间很干净。”

陈桉刚打开卧室的时候也有点惊讶，他的房间已经空了很久了，但桌面上堆积的灰尘倒也不算多。

白方冉的视线又落到陆倾音身上：“每年大扫除的时候音音都会帮你打扫一遍。”

以前听着白方冉怼陆席南，陆倾音都是看戏般享受，这会儿成为白方冉口中的主角，她终于能体会到陆席南以前的感受。

这时，陆席南的视线与陆倾音的视线碰撞出激烈的火花，用眼神和陆倾音交流：知道哥以前过得是什么水深火热的生活了吧。

快别说了。陆倾音欲哭无泪地回应着。

陈桉回到了自己的家，陆倾音只觉得一切都很玄幻，捧着枕头呆坐在床上。

以前两人都是陌生人的相处模式，而现在最后一层窗户纸被捅破了，接下来她要用什么样的方式和陈桉相处比较合适？

卧室外，趁着白方冉不注意，陆席南一个闪身，闪进了陆倾音的卧室。

“哥。”陆倾音看见是陆席南，收回视线维持着方才的姿势，“半夜不睡觉，你游荡什么？”

“我是你哥，怎么说话跟妈一个口气。”陆席南摆出哥哥的架势，没维持半秒就坐到陆倾音的对面，八卦道，“西装是陈桉的？”

原本他还好奇陆倾音会将谁的衣服拿回家，虽然陆倾音看上去是一个随意的人，仿佛什么都无所谓的模样，可是一触及特别坚持的东西，也是个八头牛都拉不回的执拗性格。不过如果绯闻男主角是陈桉的话，那么一切都有合理的解释了。

陆倾音没有回答，反正陈桉已经出现在她的生活里了，是否可以瞒过大家也就没什么必要了。

“还喜欢他？”陆席南对陈桉从小是羡慕嫉妒恨，而自从陈桉出国之后，他对陈桉就更没什么好印象了，因为陈桉刚离开那会儿，陆倾音可是哭了不少鼻子。

陆倾音望了陆席南一眼，又淡淡地收回视线，继续发呆。

陆席南已经从方才的眼神中得到了答案，有几分恨铁不成钢的意思，手指轻轻弹了下陆倾音的脑门：“这么多年，你还真是一点长进都没有，被人吃得死死的。”

对于这个问题，陆倾音倒是怼了回去：“那也比你好点。”

“嗯？”陆席南装作没听见，将耳朵朝着陆倾音的方向移了移，“你说什么？”

陆倾音缩了缩脖子，顿时就尿了：“没。”

“那么多年没见了，凡事都要长点心。”陆席南鲜有这么正经的时候。

陆倾音的心思在别处，应得很是敷衍：“知道了。”

陆席南抽出陆倾音怀中的抱枕，一脸认真地挖陈桉的墙脚道：“哥也认识不少的英年才俊，不然给你介绍一下，没准你就发现陈桉这棵歪脖子树也没这么好。”

“别了。”陆倾音语气中掺杂着嫌弃的意思，“我对你的朋友不感兴趣。”

陆席南生出无力感：“真这么喜欢他？即使这么多年没见，还觉得必须是他？”

“嗯。”陆倾音只发出一个音节，但声音里却带着前所未有的坚定，“必须是他。”

陆席南原本是来说服陆倾音苦海无涯回头是岸的，可是半晌之后，陆席南成功地丢掉了自己的原则，被陆倾音的固执所打败。

“非他不可？”陆席南还是觉得有些便宜了陈桉。

在这件事情上，陆倾音从来没有过丁点犹豫，眼神里透露着坚定：“非他不可。”

“好吧。”陆席南举手投降，“哥败给你那死不回头的爱情观了。”

次日清晨，陈桉起了一个大早，走到阳台上，望了眼陆倾音的房间。

由于昨天一连串的惊喜，陆倾音晚上华丽丽地失眠了，此时还在梦乡中。

陆席南倒是起得比以往都早，站在院子里浇花，嘴里不断地抱怨着：“天天给你浇水，也不见你对我好点。”

俗话说睹花思人，他又哀叹一声：“还有我那小没良心的妹妹，对她那么好，最后还不是义无反顾地要奔向别人的怀抱。”

这一次浇水的时间格外久，从外面晨练回来的陆成看见陆席南，皱着眉头道：“你控制点，别淹死了。”

陆席南顿时非常心累，提着水壶便要打道回府，下意识地抬了下头，就和阳台上的陈桉遥遥相望。

陆席南是和陆倾音有关的人，陈桉还是对着陆席南点了下头当作打招呼了。

陆席南心里却不淡定了，这位可是已经拐走了他妹妹的人，他可不能就这么便宜了他。陆席南将水壶放在地上，朝着陈桉招招手。

陈桉到底没有拒绝，套了身衣服就下楼了。

两人在门前遇见，陈桉走到陆席南身边，等着陆席南先开口。

陆席南最讨厌的就是陈桉这个寡淡的性子，明明是自己占了上风，可在气势上总感觉自己硬生生比陈桉矮了半个头。

不说话是吧。陆席南在心里轻哼一声，逆反心和攀比心就这样被无限地激发出来，好啊，他也不说话。

一分钟，两分钟，三分钟……

陆席南憋得脸通红，终于忍不住了，开口就是一阵轻讽："你是哑巴吗？"

"不是。"陈桉用实力三秒钟证明了自己，继续沉默。

空气中又陷入令人窒息的安静，陈桉仿佛天生为这样的气氛而生，丝毫没觉得不妥，尴尬的便只有陆席南。

"这么久没见，没有什么对我说的吗？"陆席南说话带刺。

也是，当初一声不吭地离开，现在一出现就想拐走他妹妹，天底下怎么会有这么便宜的事。而最让陆席南气愤的是，陈桉还马到成功了，这不生生地打他的脸吗？

"没有。"陈桉回答陆席南的话从来都秉承了"快准狠"的原则。

"呵。"陆席南轻嗤一声，"你离开那么长时间，这座城市早已天翻地覆了，不打算重新了解一下吗？"

陈桉瞟了陆席南一眼："不用，人没变就好。"

这话听着怎么这么欠揍。陆席南浑身都不舒服起来，他怎么觉得陈桉在讽刺他这么多年一点长进都没有。

就在两人剑拔弩张的时候，陆倾音的声音突然传入两人的耳朵中："你们站在那里干什么？"

陈桉的态度完全变了，隔着这么远的距离，当着陆席南的面撒谎："晨练。"

从面色冷若冰霜转变到现在的如沐春风，陆席南见证了陈桉这座冰山从解冻到沸腾的全过程，他的灵魂都受到了巨大的冲击。

陆席南有些悲摧地意识到，这么些年停留在原地没有长进的好像只有他一个人。

恰好白方冉适时出现，招呼着两人吃饭。

陆席南率先迈开步伐，感叹着："这个世界真是太疯狂了。"

在享受完白方冉热情的招待之后，陈桉顺势提出了送陆倾音去上班的事情。

"你这孩子就是太懂事。"白方冉夸完陈桉，还不忘"捧一踩一"，视线落到还没放下筷子的陆席南身上，"你学着点，整天没有个哥哥的样子。"

躺着也中枪的陆席南无处撒火，便瞪了一眼陈桉。

陆倾音坐在陈桉的旁边，比以往每一次都要紧张。

就好像两个在网络中暗生情愫的人，在现实中却发现对方竟是低头不见抬头见的同桌，光是想想都觉得尴尬。

对于掌控全局的陈桉来说，他刚开始的计划是想一步步透露自己的信息，给陆倾音足够的准备时间，让她慢慢地接触自己。但经历了苏哲的催化和卢浩的恐吓后，他说不慌是装的，在卢浩的怂恿下就一鼓作气直接自爆了。

"阿姨还和以前一样。"陈桉挑起话题，努力消除着两人之间的距离。

陆倾音身体松弛了一些："我妈以前就很喜欢你。"

陈桉嘴角弯了一下，顺着陆倾音的话接道："你呢？"

"啊？"陆倾音像是幻听了一般，直接转头望着陈桉，整个人还停留在那句话带来的巨大冲击中。

陈桉很想知道这个答案，却又不想吓到这个不经吓的女孩，换了另一种方式："我记得你以前说最喜欢我的。"

虽然陈桉解释了一下，但这句话的重量在陆倾音的世界里还是如同原子弹爆炸一般，炸得她直接失去了说话的能力，只会重复着点头的动作。

陈桉只以为陆倾音不想让自己失望，才勉强地点点头的。毕竟陆倾音去暗恋馆的时候可不知道他是谁，一见钟情的只是他现在的脸而已。不过只要陆倾音最终走向的是他，那么过程并不重要，而且被陆倾音重新喜欢上的感觉也并不赖。

送陆倾音去上班之后，陈桉回到公司，一向守时的他破天荒地迟到了。

在走向自己办公室的这段路中，他成功地接受了众人目光的洗礼。

陈桉倒也不是放不下架子的人，在办公室环绕一圈，淡淡道："抱歉，迟到了。"

"没事。"众人的声音此起彼伏。既然老板都道歉了，他们员工哪有不原谅的道理，而且看陈桉道歉的态度，众人都觉得虽然陈桉表面上知错了，但似乎还有再犯的可能。

陈桉刚一落座，卢浩就闻讯而来，将文件放到办公桌上，没有要走的意思。

"还有事？"陈桉抬起脑袋。

卢浩搓了搓手，满心都是等待满足的好奇心："这么说，您以前就认识陆小姐？"

陈桉的回答并没有这么直接，还顺带着讽刺了一把卢浩："你不都看见了？"

完蛋了，那他岂不是当着陈桉的面挖过墙脚。卢浩笑得很是勉强，后知后觉地补救道："我当初一看就知道您和陆小姐很是般配，没想到你们俩竟然还是青梅竹马。"

如果不是卢浩提醒，陈桉都快要忘记了这一茬，淡淡望了一眼卢浩，也没计较。

“所以，陆小姐暂时还不知道？”卢浩试探着问，在陈桉压迫性的目光下，连连解释，“我这不是怕说漏嘴嘛，咱们必须先统一一下口径，以免到时候破坏您的大计，我可担不起那责任。”

陈桉应了一声：“嗯。”

“您还真是……”阴险狡诈欺骗无知少女良心不会痛的吗？卢浩在心里一阵吐槽，说出口的话却换了一层华丽的包装，顺带竖起大拇指，“高明。”

这简直就是祖师级别的高手啊，他以前竟然还不知天高地厚地要指导陈桉。

谁借给他这么大的勇气！

第四章

你是藏在世界里的浪漫

NIDEXIAOXIANNVTANCHUTOULAI

自从陈桉重新和陆倾音成为邻居之后,便申请成了陆倾音的专职司机,拦都拦不住的那种。

陆倾音就此反对了无数次，毕竟大家都是上班族，陈桉为了配合她的时间肯定要迟到早退，虽然他是老板，但总归对公司的影响不好。

“我可以自己上下班，你真的不用送我。”陆倾音再次向陈桉表达自己的想法，“你每天送我，我也很有压力。”

“不用。”陈桉通过后视镜和陆倾音对视一秒，陈述着事实，“我们公司的人对此都很感谢你。”

公司现在已经算是站稳了脚步，自然不像当初那般忙碌，而且刚开始陈桉工作狂的态度也让公司的人倍感压力，随着陈桉迟到早退的行为，气氛反而比之前好得多。

陆倾音只觉得脸上有些发烫，被陈桉一说，她更有种自己是红颜祸水的感觉。

“停在这里就好。”陆倾音照例在距公司百米的距离喊停，在车停稳的时候和陈桉说了再见。

还没站稳，脖子就被一只胳膊揽过，夏悠然早就注意到陆倾音最近面含桃花的样子，虽然陆倾音百般否定，但她一观天象发现此事不简单，特意起了个大早准备好好盘问一下陆倾音，没想到还有意外收获。

陆倾音出于对陈桉的保护意识，第一反应就是关了车门。

“藏了谁？”望着陆倾音下意识的反应，夏悠然更感兴趣了，敲了敲车窗，“我倒要看看是谁最近让你这么魂不守舍？”

夏悠然说话期间，陈桉已经从车内下来。

“好啊。”看见陈桉后，夏悠然倒没有意外，松开揽着陆倾音的胳膊转而拍拍陆倾音的肩膀，“你这样棒的执行力，单身二十多年倒是屈才了。”

陆倾音脑袋都大了，再次肯定夏悠然绝对是她人生路上最大的定时炸弹，不知道什么时候就把她炸飞了。

“是你？”陈桉演技中还掺杂了些正常反应，他也没想到竟然会以这种方式和夏悠然再次碰面。

“没错就是我。”夏悠然倒是大方承认，上下打量着陈桉，“虽然你用美色……”

陆倾音直接伸手堵住了夏悠然的嘴巴，迎上陈桉似笑非笑的表情，硬着头皮道：“不要听她胡说。”

陈桉轻笑一声：“我还不知道你竟然贪图我的美色。”

陆清音脑中好似被投放了一颗原子弹，顿时思绪全无，一瞬间只想到了逃跑，使出吃奶的劲推着夏悠然前行：“我先去上班了。”

陈桉立在原地，视线落到陆倾音背影上，低头笑了一下。

“停停停！”夏悠然从陆倾音的手中逃脱出来，望着反常的陆倾音，皱着眉头已经嗅到了阴谋的味道，“你们是什么时候开始暗度陈仓的？”

天不怕地不怕，就怕夏悠然说成语。

“悠然，成语不是这么用的。”陆倾音试图转移话题。

此等大事面前，夏悠然怎么会被轻易糊弄过去：“我劝你如实招来。”

陆倾音显然想找一个合适的时机，但夏悠然的反应告诉她现在就是最好的机会。

“我坦白，我有罪。”陆倾音举起双手，一副投降状，“重新介绍一下，我邻居陈桉。”

“邻居？”夏悠然皱着眉头消化着这个巨大的信息，然后疑惑地开口，“你们家隔壁那栋豪宅被陈桉买了？”

夏悠然是知道陆倾音家隔壁有栋闲置的豪宅，当时她还疑惑那家别墅的主人既然已经出国为什么不卖掉房子，就算租掉也比闲置着好，她当时可没少吐槽有钱人的脑回路。

陆倾音没有说话，等待着夏悠然自己反应过来。

“那家主人脑子终于开窍……”夏悠然说着便觉得不对，在陆倾音意味深长的注视下，产生一个极大的想法，“不会陈桉就是那家主人吧？”

“可以这么说。”陆倾音点头。

夏悠然一副遭到了雷劈的样子。作为陆倾音最好的闺密，她自然对“天桥”的设计者有所耳闻，虽然知道陆倾音有个小竹马，但她认识陆倾音的时候陈桉已经出国，再加上陆倾音一向把他的信息藏得紧，她一直没有机会目睹芳容。

所以这样就解释得通了，为什么陆倾音突然会对陈桉情有独钟，根本不是想象中的一见钟情，这是妥妥的蓄谋已久。

“所以……”夏悠然咽了口水，对陆倾音多了些许崇拜，“你一开始就认出了他？”

陆倾音也没有隐瞒的必要：“嗯。”

“我就说，我就说你没这么肤浅。”夏悠然踱着小碎步，在陆倾音四周打转，“说吧，觊觎人家多长时间了？”

陆倾音也说不出来，从开始的依赖到最后的认定，她也不知道到底是从什么时候开始，她的心跳就乱了节奏覆水难收。

“不对。”夏悠然激动过去，就开始思索其中的逻辑，“我认识你的时候是初一，那时你才十三岁，中间隔了十一年，你怎么可能一眼就认出了他。”

“不是十一年。”陆倾音踢着脚下的小石子，刻意让情绪躲在暗处，“是不到一年。”

这下轮到夏悠然不解了。

“我每年都会去找他。”陆倾音一个失神，将小石子踢到了一旁的草丛中，她状似满不在乎地耸耸肩，“当然一眼就能认出他了。”

每到年关，陆倾音都要去到陈桉所在的城市，站在远远的地方望着陈桉。

那时她穿着看不出身材的衣服，戴着一顶夸张的大帽子，还戴上了口罩，在整个大街上像个不伦不类的小怪物，不发一言地走在陈桉的身后。

在夏悠然的印象中，陆倾音是温柔的，是脆弱的，是应该被所有人保护的，这样深沉的感情不应该属于陆倾音，她只适合站在阳光下，被人毫无保留地宠爱。

夏悠然不知该说什么，所有的话都像是被堵在了嗓子里，最后只发出一个音节：“你……”

“我也不知道。”陆倾音又找到一块小石头，声音轻轻道，“是从什么时候开始这么喜欢他的。”

晚饭之后，白方冉还坚守在媒婆的岗位上，端着两盘葡萄敲开陆倾音的卧室。

“妈。”陆倾音一看白方冉这架势，瞬间瑟瑟发抖，弱小地窝在床边，声音弱弱道，“我要睡了。”

“你不困。”白方冉完全没有被说服，“你哥还在卧室蹦迪，你比你哥还年轻，怎么会困？”

自从陈桉回来之后，陆倾音觉得自己再也不是白方冉的小宝贝了。

果然，白方冉将一盘葡萄放在书桌上，然后端着另一盘放在陆倾音的手中：“给小桉送去。”

瞎子都能看出白方冉打的什么算盘，陆倾音内心是一百个拒绝：“大晚上不太好吧。”

“听妈的话。”白方冉已经瞒着当事人和徐漾商量好了两人的终身大事，而且陈桉是她看着长大的，她可以打包票说没有比陈桉更适合的女婿人选了。

看见白方冉执着的眼神，陆倾音只好曲线救国：“好，我一会儿送去。”

“择日不如撞日，待会儿不如现在。”白方冉直接上手，拉起陆倾音起身，亲自将陆倾音送往幸福的大道，“两分钟就好了。”

陆倾音就这样被半推着站到了陈桉的卧室门前。

看着眼巴巴望着自己的白方冉，陆倾音别无选择，只得硬着头皮敲了三下门。

陈桉很快就推开了门，穿着松垮的睡衣，还用毛巾擦着头发，一副刚洗完澡的样子。

非礼勿视。陆倾音只一眼就移开了视线，端着水果盘，大拇指微动了两下，声音染上了紧张：“我妈让我给你送水果。”

深夜造访只是为了送水果，陆倾音说出来自己都不信。

一看陆倾音就是被迫的。但陈桉并不介意，他望了眼陆倾音手上的水果盘，并没有选择接住，而是将门又打开了半分，侧过身子道：“进来吧。”

进……进来吧？陆倾音的心跳已经乱了节拍，这不是引狼入室吗？

而陆倾音是只善良的狼，眼神飘忽着，用残留的一点自制力坚守着人性：“这……这不好吧？”

“不好？”陈桉语调上扬，语气中带着疑问，“你以前经常来我卧室啊！”

听着好像很有道理的样子，可是这能一样吗？

以前是两小无猜，现在可是孤男寡女！

陆倾音好像暂时也找不出理由拒绝，毕竟她还是不敢当面承认自己是只觊觎陈桉已久的狼。僵持了几秒之后，她终于迈开了脚步，跨向了犯罪的第一步。

将水果盘放在桌上之后，陆倾音本想着立刻离开这个是非之地。

可陈桉的嘴巴先她一步：“一起吃吧。”

拒绝，要拒绝，坚决不能留步！

陆倾音的脑细胞很有骨气，但是身体已经完全被迷惑住，不受脑子的控制。等到她反应过来的时候，身体已经坐在了沙发上，在陈桉的指引下正往嘴巴里送着葡萄。

葡萄的甜意蔓延到整个味蕾，轻易蛊惑人走向犯罪的深渊。

陆倾音深呼了一口气，全身的细胞都在疯狂地呐喊着两个字：克制！一定要坚守住自我！

僵直的身体落进陈桉的眼里，陈桉一时不知道是什么心情，脸上全是无奈：“你不用那么紧张。”

陈桉也很疑惑，明明白天相处得很愉快，怎么到了晚上就被吓成这个样子？

“啊？”陆倾音被陈桉突然的声音吓了一跳，反应过来之后便连连否认，大脑一片空白，她靠在沙发上，一只胳膊放在沙发的最边缘，二郎腿也跷了起来，用最㞞的语气说最硬的话，“我……我不紧张。”

瞧着陆倾音又刚又㞞的样子，陈桉轻笑一声。虽然陆倾音在他面前不敢放飞自我很让他失落，但也着实可爱到他了。

完了，还被笑话了。陆倾音有种以后见不了人的感觉，将腿放下，故作淡定道：“还是把腿放下比较舒服点。”

自从那夜从陈桉卧室里红着脸出来之后，陆倾音整个人都不对了。

原本她还是能和陈桉正常交流的，但是那一夜之后，所有的事情就好像突然不对了，但具体哪里不对她也说不上来。

“音音。”白方冉望着盯着饭碗发呆的陆倾音，招呼着陆倾音回神，“怎么又在发呆？”

白方冉的声音拉回陆倾音游离的神经，她摇头表示没什么。

最近她看什么东西都像极了那晚吃的葡萄。

陆倾音也不知道是怎么了，就算忘记了小时候的感受，可她在酒店也和陈桉独处过一室，按道理面对陈桉时她应该没那么生疏才对，但是不知道是时间不对，还是地点不对，她脑海里总是时不时浮现那天晚上她放不开自我的情景。

看着陆倾音这副样子，陆席南心里已经猜了七八分，视线搜索着罪魁祸首，和来自对面的陈桉的视线发出激烈的碰撞。

很明显，陈桉和他想到一块了。

在这一方面他们倒是很有默契。

晚饭之后，陆倾音默默看了陈桉一眼之后，瞬间就心虚地躲进了卧室里。

陆席南和陈桉争着收拾饭桌上的残局，陈桉是出于礼貌，而陆席南是在白方冉的眼神下不得不疯狂地表现自己。

到了厨房，陆席南望了眼陈桉手里的碗筷，瞬间就摆上了胜利者的姿态：“我比你多了一个碗。”

陈桉的心思显然还放在陆倾音的身上，面对陆席南的求胜欲毫无感觉：“你厉害。”

被陈桉这一句带过，陆席南就没那么快乐了，马上扯到了正题上：“你对我妹做了什么？”

听见陆席南这声污蔑，陈桉的视线终于落在了陆席南的身上：“不是你对她做什么了？”

“我？”陆席南一副“你玩笑开大了”的表情。说来也是悲伤，他这个哥哥可对陆倾音没有这么大的影响力，但他是不会在陈桉面前承认这一点的，“你少转移话题。”

在陈桉心里陆席南可是有案底的，毕竟在他眼皮子底下惹哭过陆倾音的只有陆席南这个人物，陆倾音情绪不对，他自然第一时间想到了陆席南。

“没转移话题。”陈桉很诚恳，“我以为是你的问题。”

“一句话就想洗清嫌疑？”陆席南发出一声冷笑，“我家有四个人，你现在只身一人，你最好束手就擒。”

陈桉瞥了陆席南一眼，淡淡开口：“我记得小时候欺负她的可都是你。”

陆席南当场翻车，脸有些挂不住，声音却越发大了起来：“今时不同往日，带点发展的眼光看我好不好？”

陈桉没有说话，加快了洗碗的速度，他不想和陆席南浪费口舌。

可如果陈桉不回答的话，落在他眼中就是做贼心虚。陆席南一脸“我就知道”的样子：“江山易改本性难移。”

眼瞅着陈桉就快要洗完，陆席南方才光顾着说话，碗几乎是没有动。

在自己擅长的领域里竟然还会输？

陆席南轻哼一声，输是输了，但他肯定是不服气：“你倒是个熟练工。”

“国外大部分时侯，我都是一个人生活。”陈桉话中不带一丝起伏。

在国外这么多年，徐漾一直要照顾外公，一日三餐都是他自己解决。

陈桉只是简单地陈述一句话，并没有卖惨的嫌疑，可陆席南脑海中却浮现出一幕凄惨的景象。

不对，他怎么能同情陈桉。陆席南找到自己的立场：“活该，谁让你欺负我妹的。”

陈桉的手一顿，望着陆席南，重复着两个字：“欺负？”

陆席南的反应速度相当快，一副“长了脑子”的样子：“别想从我嘴里套话。”

陈桉只当陆席南是口误，毕竟一个长期作案的人在他这里是没有信用度的。

陈桉也没再执着，还不忘扔下一句话，给陆席南一个暴击：“刚刚是你自己说的。”

陆倾音最近时常避着陈桉，陈桉根本没有机会问陆倾音到底发生了什么事，只要陆倾音一看见他就跟老鼠看见猫似的，闪得飞快。

陈桉这一个想不通，就给卢浩拨了一个电话过去。

“喂？”卢浩已经不是工作状态，心情明显好转不少，声音微微轻扬，“老大？”

陈桉应了一声：“嗯。”

然后两人便陷入了令人窒息的安静中。

卢浩还以为信号不好，望着手机上满格的信号，又问了一句：“老大，还在吗？”

这句话再配上卢浩怪异的声调，恨不得让人沿着网线去打卢浩。

陈桉无语道：“在。”

有什么事您倒是说啊。卢浩之前还希望陈桉委婉一点，可这样看来他还是更喜欢陈桉开门见山。他头皮发麻道：“您有什么事吗？”

陈桉还是不知如何描述他遇到的问题，眉头快要皱成一座小山。

隔着手机屏幕，卢浩都能感受到陈桉浑身散发的冷气，整个人大气不敢喘一下，声音颤了三颤还是吐了出来：“老大？”

听着卢浩的催促，陈桉更加没有头绪了，放弃道：“算了。”在挂断电话之前还将所有的过错推到卢浩的身上，“跟你说了也没什么用。”

被老大无情地挂断电话，卢浩呆滞着望着手机，一口老血哽在喉咙里，不是找他解决问题吗，怎么还带上了人身攻击？

陈桉坐在床上放空自己，将手机扔到一边，手指揉着太阳穴，他刚创业那会儿都没有这样挫败过。

陈桉很想和陆倾音回到小时候的相处模式，那时的陆倾音对他无话不说，而他比陆倾音还要了解她自己。

可现在一切都变了模样，隔了数十年的时光，陆倾音不再总是跟在他的后面，而他也不敢自诩有多了解陆倾音。

白方冉看陆倾音最近总是避着陈桉，害怕物极必反，只得暂时静观其变。

陈桉已经好久没有和陆倾音好好说过一句话了，而陆席南还不忘补刀，说他在陆倾音这里称王称霸的时代已经宣告结束。

真是想着想着就越来越觉得是真的。

陈桉觉得再也不可以坐以待毙，于是许久未上场的“许一曼”是时候为他的爱情事业贡献自己的一分力了。

“最近情况怎么样了？”陈桉盯着屏幕。

陆倾音的信息回得很及时，丝毫不像回他一般都是隔了十几分钟，瞬间答道：“我也不知道。”

陈桉在心里嫉妒了“许一曼”三秒钟，毕竟他这几天给陆倾音发信息得到的大部分都是“早点休息吧”。

“方便给我说说吗？”陈桉板着一张脸说着最柔软的话。

出于对“许一曼”的信任，陆倾音就把陈桉成为她邻居的事情告诉了“许一曼”。其实她和“许一曼”已经很久没聊天了，但丝毫不影响两人的感情。

她说：“我好像不知道怎么和他相处。”

说来也奇怪，陆倾音和许一曼的关系最多也只是雇佣关系，可只要许一曼一说话，她总有种想要向许一曼倾诉的欲望，或许隔着两个相识又没多少交集的屏幕，她有种说不上来的安全感。

不知道怎么和他相处？陈桉觉得这么多年的语文白学了，这些字他全都认识，可连贯在一起仿佛又不知道具体是什么意思了。为什么会不知道怎么和他相处呢？

陈桉在线求助：“他对你不好吗？”

“也不是。”陆倾音的语气中全是纠结，“成为邻居之前，我很想和他待在一起，可之后，相处就没有那么舒服了。”

陆倾音并没有将和陈桉是青梅竹马的关系对“许一曼”托盘而出，只是用一场意外解释了和陈桉成为邻居的事情。

在离陆倾音只有两堵墙的距离之外，陈桉心里无尽后悔，果然还是自爆早了。

“熟悉一下就好了。”陈桉一字一句地斟酌着每个字，生怕一个不小心将陆倾音推得更远了。

陆倾音相当信任“许一曼”，立刻问道：“只要熟悉一下就可以改变这种现状吗？”

“对。”陈桉一看事情另有转机，铆足所有的力气乘胜追击，“你们之间多接触一下就会越来越好的。”

然而，陆倾音并没有给他确定的回应：“我试一试吧。”

陈桉追加了一个“加油”的表情。

事实证明，“油”白加了。

虽然把秘密武器“许一曼”用上了，但收效甚微，陆倾音还是对陈桉避之不及，甚至还拒绝了陈桉的车接车送。

陈桉也只好同意了陆倾音的话，忍痛暂停了陆倾音专属司机的业务。

陈桉再次成为公司里最守时的员工,对此公司的气氛又多了一分凝重，员工们经过商讨后纷纷派出卢浩去打探情况。

“老大。”卢浩将文件放在办公桌上，看着头也没抬的陈桉，深呼一口气，道，“最近遇上什么事了吗？”

以往卢浩八卦的时候总会得到一个凌厉的眼神，这次却得到了一个不一样的待遇。

陈桉放下钢笔，问的问题那叫一个直白：“如果一个女孩不知道怎样和你相处，是什么问题？怎么解决？大概需要多长时间？”

望着陈桉一脸认真的样子，卢浩有种当众回答会显得不专业的顾虑，试探着问:“老大,需不需要我回去做个策划,然后用PPT给你展示一遍。”

自从陆倾音出现，陈桉就像是多了两个人格，一个是情场得意的大男孩，一个是多愁善感的贵公子。

而陈桉处在转化为贵公子的过渡期是很吓人的，卢浩瞬间就感觉一道忧郁又凌厉的视线射在他的身上。

“老大。”卢浩动用所有的脑细胞，充分结合陆倾音和陈桉的示例，业务能力超强的他很快想到怎么回答，“可以找些你们之间的共同回忆，两人一起重温一下这些美好回忆的感觉，肯定会增进感情的。”

听君一席话，胜读十年书。

陈桉脑海中瞬间就想起了城西的鸭脖子，他还记得陆倾音小时候就喜欢吃鸭脖子，而且据他观察陆倾音的口味到现在还是没变。

看着陈桉思索的样子，卢浩还不断宽慰道：“像陆小姐这样知书达理的女生肯定会体会到你的苦心的。”

“谁说是陆小姐了？”陈桉的嘴比鸭子的还硬，丝毫不愿意承认陆倾音和自己交流有障碍的事实。

卢浩咽下这口气：“是我唐突了。”

陈桉这才满意地点点头：“好了，你可以出去了。”

卢浩转身就翻了个大白眼，真是可惜了他刚刚生出的同情心，真是希望陆小姐能够好好地治一治陈桉这傲娇的性子，也顺便为他报个小仇。

下班之后，陈桉从城西捎回来鸭脖子，买的是陆倾音最爱的变态辣。

陆倾音从小就无辣不欢，可为了她的身体健康着想，每次白方冉只允许她尝一小块，但她一张口就忍不住，吃到额头冒疙瘩，后来这道美味就在陆家成了禁品。

陈桉将鸭脖子放在精美的盘子里，拿起手机对着鸭脖子寻找着最佳的拍摄角度。为了让鸭脖子的诱惑力更大一些，钢铁大直男还特意选了一个唯美的滤镜。

他满意地看着自己的作品，坐回沙发上，将图片发送给了陆倾音，发起了邀请：“顺路买了鸭脖子，你要不要来尝一尝？”

坐在客厅沙发上的陆倾音感觉到了手机振动，刚打开信息就看见了惹人流口水的鸭脖子。

对于一个酷爱鸭脖子的重度患者，陈桉的做法无异于投其所好。

陆倾音无法拒绝陈桉的邀请，就算能拒绝陈桉也拒绝不了来自鸭脖子的诱惑，但现在的情况不允许她离开。她手指微动婉拒了陈桉："家里来了客人。"

陈桉都已经站在陆家房门处等待陆倾音来给他开门了，结果下一刻却接收到了这样的信息。

陈桉脑海中浮现几个有可能的名字，最终定格在两个字上面：苏哲？

瞬间，危机感前赴后继地涌了上来。

"那我去找你。"陈桉刚发出这个信息，就将手机扔到一旁。

他脆弱的小心脏已经看不得拒绝，那最好的办法就是不看。

陈桉从陆倾音的卧室出来，在二楼就看见了楼下坐在沙发上的苏哲。

苏哲正对着陈桉的方向，一看到陈桉出现在二楼，面上闪过一丝讶异，在陈桉挑衅的目光下，慢慢调整为应战状态。

而陆倾音的视线都落在屏幕上，正在劝说陈桉不要出现，不然场面岂不是比现在还要尴尬上几分，她绝对不允许这样的事情发生。

可等到抬起脑袋的时候，天下全然变了模样。

陈桉怎么会出现？什么时候出现的？从哪里出来的？

陆倾音满脑子全是问号，在陈桉含笑的目光中，愣愣地将手机放了下来。

"小桉也来了。"白方冉是看着陈桉从陆倾音的卧室里走出来的，愣到现在才反应过来。

陈桉一到来，周围的空气都几乎要凝固下来。

陈桉对陆家熟悉得像是在自己家一样，将鸭脖子放在餐桌上，将激烈的情绪藏进笑容里："来客人了，我就把家里的鸭脖子拿了过来。"

陆倾音完全呆住了，且不说谁会用鸭脖子款待客人，就说陈桉这是尽的哪门子的地主之谊？

这是她家啊！

陆倾音头皮发麻，有了上次餐厅的事情，她很担心这两个人在她家当众斗殴，到时候她是举报还是拉架啊？

“音音最喜欢吃的鸭脖子。”说着这句话，陈桉望着鸭脖子的眼神都仿佛藏满了深情，询问着苏哲的意见，“你可以吃辣吗？”

苏哲的胜负欲全然被陈桉激发起来：“怎么不可以？”

不知道事情是如何发展成这般不可控的样子。

三人坐在饭桌上，对着一盘鸭脖子发呆。

白方冉也知道苏哲的来意，她是觉得苏哲不错，但自从陈桉回来后，她还是坚定不移地选择陈桉的，但是她对陈桉的喜欢的意义并不大，最主要的还是看陆倾音选择谁。

为了不影响陆倾音的选择，白方冉觉得还是先行告退为妙。

刚回到卧室，白方冉就给陆成发了个短信：“快，给我买点城西的鸭脖子来。”

“不是说了最近上火吗？”陆成回得极快。

上火算什么，她现在上瘾啊！

白方冉也不和陆成多解释，直接威胁：“不带回来我就不做饭了。”

发完信息后，白方冉便将手机扔在了一旁，咽了咽口水，其实她也酷爱吃鸭脖子，陆倾音吃辣成瘾的习性就是遗传自她。

一想起鸭脖子那个味道，白方冉就有些受不住了。其实她刚才真的想留下，但是身为一个长辈和小辈们坐在一起啃鸭脖子，那个画面她也只敢想一想。

此刻客厅里的三个人对着一盘鸭脖子。

陆倾音心想，是，她是喜欢鸭脖子，但不意味着她喜欢在两个大男人面前表演啃鸭脖子啊！

陆倾音坐在板凳上，满脸都是“我有一句话不知当说不当说”的样子。

可是身边的另外两个人很明显和她想法不一致，对着一盘鸭脖子跃跃欲试。

陆倾音显然还记得小时候陈桉不能吃辣的体质，语气里掺杂着许多担忧：“你行吗？”

苏哲听了这话就松了一口气，对着陈桉开启挑衅模式：“原来你不行啊！”

陈桉原本听见陆倾音的关心时还有些暖心，正要说些安抚她的话时，却被苏哲破坏了气氛，他轻哼一声：“行不行不是用嘴说的。”

即使对彼此的能力并不了解，但是两人都带着在放狠话环节是绝对不能输的气势。

而受到最大折磨的莫过于陆倾音，不仅要忍受着鸭脖子的诱惑，还绞尽脑汁地想着如何扭转当下的情节。

“来吧。”苏哲已经戴好了手套，瞪着陈桉，率先下了挑战书。

陈桉一副谁怕谁的样子，也戴上了手套，和苏哲一个对视，两只手同时出现在盘子上。

于是，两个成年男子啃着鸭脖子还不断用眼神挑衅对方的情景出现了，两人彻底将餐桌变成一个战场。

两人都对啃鸭脖毫无经验，吃相简直就是大型的修罗场，要多难看有多难看。

看见两人吃成这个样子，陆倾音终于也忍不住了，戴上一只手套准备开吃，似乎也不在乎形象好不好看了。

就算再不好看也超越不了这两人了。

五分钟之后，陈桉的战斗力已经耗尽，被鸭脖子辣得红了眼睛，令他倍感安慰的是，苏哲的情况也和他差不多。

陆倾音拿起第二个鸭脖子，望着脸色不好的两人："不行的话就算了。"

"不能算了。"苏哲怎么甘心服输，基于和陈桉上次和上上次的恩怨，这次他一定要陈桉付出惨痛的代价。

陈桉的想法和苏哲一样，秉承着"互相伤害"的原则，又咬了一口鸭脖子。

五分钟又过去了，陆倾音是越吃越爽，美味的鸭脖子已经让她忘掉了周围所有的人和事，全神贯注地投入到美食的盛宴里。

但陈桉此刻显然已经快要撑不住了，他感觉自己已经感受不到嘴的存在了，通红着一双眼睛望着苏哲，用眼神商量着：要不要停？

身体同样限制着苏哲想要赢的野心，默默点头：好。

尽管已经停止吃鸭脖子了，但属于两人的战役并没有因此结束，只是由嘴上的斗争又转化为了眼睛上的斗争。

而比赛规则已经变化了，现在比的是谁的眼泪被辣得先掉下来！

最终比赛以陈桉拉肚子而停止，苏哲肿着一张香肠嘴露出几个灿白的牙齿，比画了一个胜利的姿势。

可苏哲还没来得及高兴，就很快发现了不对，陆倾音的目光在随着陈桉远去的身影发呆。

怎么陈桉整这么一出拉肚子之后，倒显得是他格外不懂事了？苏哲被辣哭的眼泪就这样直直地掉下来，明明陈桉比他大！

虽然他是赢得了比赛，但陈桉赢得了陆倾音的心疼。

有这么对胜利者的吗？

苏哲心里是一万个后悔,捂着肚子表示,他现在也不舒服还来得及吗?

晚上，苏哲留下来吃晚饭，眼睛却盯着陆倾音的卧室，满眼望穿秋水地期待着陆倾音出现。

方才看见陈桉和陆倾音进了同一个房间，苏哲自然不相信他们俩住在同一个房间，而童年那一段短暂的记忆也终于浮现了出来。

陈桉！苏哲后知后觉地想到这个名字，自然也想起脑海中被陈桉“以大欺小”的惨痛回忆。

陆席南也听说了刚刚发生的荒唐事，虽然看陈桉不顺眼很久了，但他这人极其护短，而且看苏哲比陈桉还不像好人，瞬间就开启毒舌模式：“怎么不吃？”

苏哲当然不明白陆席南的别有用心，只道：“我不太饿。”

“这样啊。”陆席南点点头，视线落在苏哲红彤彤的嘴巴上，“嘴巴是天生的吗？”

苏哲连连否认：“辣的。”

“不能吃辣啊。”陆席南疑惑出声，还不等苏哲回应，又道，“年轻人就喜欢逞能。”

感受到陆席南语气里的不善,苏哲瞬间将陆席南当成陈桉请来的帮凶,将陈桉当作靶子：“陈桉还不如我。”

“呵。”陆席南像是忍不住笑出声，望着苏哲的眼中掺杂着些许同情，“所以你和他比是想证明什么,证明谁更蠢吗？”他又瞧了瞧苏哲的嘴唇，一副恍然大悟的样子，“照这个情况看，你好像是赢了。”

眼看着陆席南收不住自己的嘴巴，白方冉终于忍不住出声：“我做的饭不好吃？”

“怎么会？”陆席南切换到拍马屁的模式，“五星级大厨也比不上您的手艺。”

白方冉露出阴森的笑容：“那还堵不上你的嘴？”

晚饭之后，苏哲就坐在沙发上，还在等着陆倾音出现。

陆席南也是佩服苏哲的脸皮，拿着碗筷从旁边经过时，还不忘刺激苏哲：“兄弟，我们这里不包夜。”

苏哲抿抿嘴巴，自动过滤掉陆席南的垃圾话。

不知过了多长时间，陆倾音终于从房间里出来，看见苏哲还在难免有几分意外。

碰巧陆席南从厨房出来，看见陆倾音惊讶的眼神，微微一笑为之解惑：“这尊大佛等着你送呢。”

“哥，你正经点。”陆倾音清咳一声，走到苏哲面前，带着礼貌的笑容，“我送你。”

苏哲这才起身：“麻烦了。”

虽然结果已经昭然若揭，但他还是想最后争取一次，不然都对不起吃的那些鸭脖子。

夜晚的风很温柔，一盏盏路灯泛起暖黄色的光芒，陆倾音走在苏哲的左侧，低着脑袋不知在想什么。

也许是夜色太朦胧，苏哲的心跳也乱了，垂眸望着陆倾音小小的身影，率先亮出底牌：“我喜欢你。”

陆倾音听见这句话时微微一愣。

不是因为苏哲，只是单纯的被“喜欢”那两个字打动。

成人的世界里面，喜欢这两个字太难得了，大部分人都喜欢以爱为名，打着“永远”的幌子，去表达自己只有三分程度的喜欢。

注意到陆倾音微怔的表情，苏哲跑到陆倾音面前，鼓足勇气又说了一遍：“我喜欢你。”

灯光下，苏哲的表情是认真的，陆倾音微微有些出神，莫名感叹一句：“时间过得真快啊。”

苏哲没懂陆倾音的意思。

“当初跟在我后边叫我音音姐的小男孩。”陆倾音嘴角勾出一抹笑，望着苏哲却又不像是看苏哲，“竟然也对我说喜欢了。”

苏哲不好意思地挠挠头，声音带了些失落：“所以这是拒绝吗？”

“嗯。”陆倾音笑得还是一如既往的温柔，绕过苏哲向前走，“我有喜欢的人。”

虽然陆倾音没说是谁，但苏哲似乎知道是谁了，跟上陆倾音的步伐：“是他吗？”

陆倾音点点头，眼神比语气还要温柔：“对啊。”

如果是陈桉之外的任何一人，苏哲都会觉得委屈，他那么早就认识陆倾音，输给半路出现的人，他怎么会甘心？

可陈桉不一样，他出现的时候，陈桉已经在陆倾音的世界占据了举足轻重的地位。

他突然想起很久很久的事情，想起陈桉那时就对他不善的眼神。

或许那时，他就已经输了吧。

陆倾音回来的时候，就看到客厅里捂住肚子弯着腰的男人，停下了脚步。

陆席南正扶着脸色苍白的陈桉，大声嚷嚷着：“人家两个去约会你去掺和一脚干什么？”

“走开。”陈桉用仅有的力气推开陆席南，刚转身就看见陆倾音，有些不知所措起来，傻傻道，“回来了？”

因为陈桉不顾身体吃坏肚子的事情，她还在生气呢。陆倾音难免不太开心："不回来干什么？"

听见陆倾音这么生硬的回答，原本想掺和一脚的陆席南明智地选择了闭嘴。

真是三十年河东三十年河西，谁还不会被人怼呢？

陈桉显然也没想到会看见陆倾音的臭脸，整个人都慌了起来，连忙捂住原本不太疼的肚子，假装痛苦的样子。

陆倾音一惊，也没有心思生气了，连忙扶着陈桉的胳膊，语气都温柔了几分："没事吧？"

"疼。"陈桉半真半假地说道，原本搭在陆席南身上的一只胳膊趁势转到了陆倾音身上。

陆倾音皱着眉头："要不要看医生？"

陈桉表情微微一愣，继而摇摇头道："回去躺一下就好了。"

陆倾音的声音更像是哄小孩子，也顾不得男女授受不亲了："那我扶你回去。"

望着此刻剧情的突转，在一旁观战的陆席南摇摇头，对于陈桉的厚脸皮简直就是叹为观止。

陈桉怎么算也不过二十四岁，怎么就被油腻缠住了身体呢？

知道陈桉闹肚子，白方冉特意熬了小米粥，将碗交给陆倾音道："慢点，有点烫。"

陆倾音接过碗筷，还没来得及说几句话，白方冉就离开了房间，将所有的私人空间留给了两人。

陈桉的视线落在陆倾音的背影上，眼神中全都是柔软，在陆倾音转身之后又捂住肚子，一副要死要活的样子。

“有点烫。”陆倾音坐到床边，用勺子轻轻搅拌着粥，望着陈桉苍白的脸声音又轻了几分，“你等会儿。”

陈桉虚弱地点点头，声音闷闷道：“嗯。”

顾忌着陈桉是个病人，陆倾音也没有什么机会想太多，更没有注意力放在两人的关系上，只是时不时地问着陈桉：“有没有感觉好一点？”

“老样子。”陈桉回答得很谨慎，既不想因为“病情严重”被拉去医院，又不想让陆倾音离开，于是始终摆出一副“你陪我，我才可以勉强撑住”的表情。

“既然不能吃辣为什么逞能？”原本看着陈桉胸有成竹的样子，陆倾音还以为陈桉长大后已经可以吃辣了，结果吃成这个样子。

陈桉语气中有几分赌气的因素：“你知不知道男人不能被说不行？”

“所以你这样就行了？”陆倾音难得比陈桉成熟了一次，“你小时候可不会做这样毫无意义的事情，现在怎么越活越回去了？”

陈桉一点也不介意这话，甚至还觉得有几分舒服：“人总是要朝着更好的方向发展。”

“更好的方向？”陆倾音望着陈桉重复了一遍，心里有种怪怪的感觉，却又一时想不起到底哪里不对。

陈桉一看事情不妙，蹙起眉头，一脸痛不欲生的表情，倒也糊弄了过去。

陆倾音感觉粥的温度也不烫了，示意陈桉起身：“坐起来点。”

陈桉用手撑着床，明明只是一个对他来说很轻易的动作，却故意露出一副略微吃力的表情。

“喏。”陆倾音将碗筷递到陈桉面前。

不喂他吗？

看着陆倾音的动作，陈桉心里有几分不开心，身体不舒服但智商在线，他随即颤着手去接碗筷。

陆倾音倒是不放心了：“你行吗？”

这会儿陈桉忘记“男人不能说不行”的话了，虚弱地摇摇头，一副“我完全不行”的样子。

“算了。”陆倾音瞬间妥协，将身凑过去几分，“我喂你。”

陈桉嘴角忍不住弯了一个弧度，为了掩盖愉悦的心情还故意轻哼了一声，才堪堪收住笑容。

陆倾音的动作很轻，小心翼翼地喂着陈桉喝粥。

卧室只有两个人的呼吸声，气氛刚刚好。

这时，他想起卢浩说共同回忆能增进感情的话，陈桉趁着嘴巴空着的间隙，状似无意开口道：“小时候都是你生病我照顾。”

他顿了一下又道：“现在好像和小时候刚好相反了。”

“才不是。”陆倾音的思路完全跟着陈桉走，将一勺粥送到陈桉的嘴边，颇有几分抱怨的味道，“我现在照顾你的时候是温柔的，可是你照顾我的时候每次都臭着一张脸，对我态度可不好了。”

陈桉知道自己小时候是什么性子，在线认错：“都怪我小时候太不懂事。”

难得听见陈桉自我检讨，陆倾音哼了一声：“你知道就好。”

一碗粥已经见底，陆倾音将碗筷放下的时候，不小心撞上了陈桉的目光，就陷进那双只有她的眸子里。

“那不是态度不好。”陈桉很认真道，“我小时候表情匮乏，怎么样都像是臭脸。”

陆倾音像是被蛊惑一般，怔怔地望着陈桉，等待着陈桉继续说。

陈桉的声音又低了几分，飘在空气中：“而且那时我对你是心疼，你每次因为感冒生病而难受，我都恨不得代你受这个痛苦。”

心跳乱了，温度升高，一切都不对了。

陆倾音觉得心在怦怦地跳个不停，一下子站了起来，在心脏快要爆炸之前突然转身："你早点休息吧。"

看着她已经红通通的耳尖，在她看不见的身后，陈桉放纵了所有对她的感情："你明天还会来照顾我吗？"顿了一下，声音里带着不可抑制的委屈，"这几天你都没有理我。"

"我没有。"陆倾音下意识地反驳。

陈桉也没非逼着陆倾音给出想要的答案，曲解着陆倾音话语里的意思："所以你明天还会来吗？"

陆倾音沉默了半晌，最后点点头："嗯。"

"我马上睡。"陈桉声音里的失落全数消失，对着陆倾音的背影道，"那明天见。"

听见外面的脚步声，陈桉马上躺到床上，摆上痛苦的表情，迎接美好的一天。

陆倾音整个周末都围着他转，丝毫没有逃避他的感觉了。

得到这个结论，陈桉觉得这场病真是来得像场"及时雨"。

陆倾音端着粥，望着陈桉还不见好转的表情，关切道："感觉怎么样？"

"还是老样子。"如果每天都能享受到这样的待遇，陈桉不介意这样躺一年，他现在终于知道小时候为什么陆倾音生病不去打针总是在家里躺着的了，因为在家里躺着被人照顾真是太舒服了。

陆倾音则是轻轻拧起眉头："奇怪？"

明明陈桉的脸色已经红润起来，应该没什么大碍才是，陈桉的表情却是一天比一天严重。

听见陆倾音的自言自语，陈桉的神经绷紧："什么？"

"没什么。"陆倾音将多余的心思甩掉，"吃饭吧。"

陈桉用力表演着吃力，缓缓将身体上移。

一切事物都朝着美好的方向发展的时候，不美好的事就要来了。

陆席南不请自来，拿走陆倾音手里的碗："你先去吃饭，我来照顾他。"

"你可以吗？"陆倾音语气里是满满的怀疑。

陈桉也激动地挺直身体，在陆倾音的注视下重新躺了回去，对陆席南也是没有自信："我拒绝。"

"有我在，没意外。"陆席南温柔地对着陆倾音说完，转身便是一副凶神恶煞的样子，"我妹已经好几顿没好好吃过饭了。"

陈桉心里慌，比陆倾音还要着急："那你快去吃饭。"

陆倾音还是怀疑成分居多："真的可以吗？"

陆席南马上用事实说话，坐到床边，温柔地盛一勺子粥，声音温柔得有点让人反胃："张嘴。"

陈桉闭着眼睛，像是在经历一场死刑。

看着两人可以和平相处，陆倾音终于放心地离开。

在陆倾音消失的下一刻，两个男人同时撕开嘴脸，露出被恶心到了的表情。

身为男人，陆席南对陈桉那几两花花肠子掌握得很清楚，将粥放在陈桉的手里，满脸都是嫌弃："怎么出个国还把脑子落到国外了？你要求我一下，我可以勉强答应给你找回来。"

陈桉绷着一张脸不说话。

"呵。"陆席南也没有和陈桉谈心的欲望，"已经两天了，你的病再不好的话，我不介意亲自替你治，不要钱。"

陈桉深呼一口气，从牙齿里蹦出两个字："出去。"

第五章

小星星还不快去找妈妈

/

NIDEXIAOXIANNVTANCHUTOULAI

陆倾音最近已经没有刻意躲自己了。陈桉意识到这个问题的时候，围绕在他身边的风都变得温柔许多，所以在陆倾音反应过来之前，他必须要先下手为强，让陆倾音习惯两人这样的相处。

晚饭之后，陈桉换了一身运动服，敲开了陆倾音卧室的门。

陆倾音刚想洗澡，打开门望着特意换了一身衣服的陈桉，疑惑道：“怎么了？”

“跑步吗？”陈桉开门见山道。

陆倾音愣了一下，看了看天色：“现在吗？”

“有路灯也不算黑。”陈桉感觉到了陆倾音话语中的拒绝，马上实行计划B，摸着自己的肚子，悠悠道，“我好像有点撑，运动一下有助于消化。”

想起前几天陈桉苍白的样子，陆倾音犹豫了一下，便道：“你等我一下。”

夜晚的风已经有点凉了，但城市的热闹依旧不受丝毫影响。

两人并肩而行，一句话没说却又不觉得尴尬。

三里公园还是一如既往的热闹。

“坐一会儿？”陈桉可不是单纯过来跑步的，而是带着和陆倾音增进感情的目的来的，可跑步时气息不稳完全没办法交流，所以就故意带着陆倾音来到了这里。

陆倾音完全摸不透陈桉这个大尾巴狼的想法，单纯地坐在了椅子上。

这个位置正好是上次“许一曼”告诉她陈桉的位置，陆倾音不可避免地就想起上次被相亲阿姨团给团团围住的陈桉。

女生生气的点永远都是无迹可循的，陆倾音心里漫过一丝酸涩，在陈桉要坐到身侧的时候，突然道：“我有点渴了。”

陈桉马上直起身子，望着情绪莫名变化的陆倾音试探道：“那我们去买水？”

“我有点累了。”陆倾音丝毫没有起身的意思。

陈桉最近没少扮可怜，这会儿熟稔地摆上熟悉的表情，声音闷闷道：“你不和我一起去吗？”

“当然。”陆倾音仰着头，在陈桉露出开心的表情时，又改口，“不。”

无论什么原因，陈桉都不愿意勉强陆倾音，但不代表他不会担心：“那你好好在这里待着，不要乱跑，等我回来，嗯？”

陆倾音有几分想笑，好几年前就已经成年的她，已经很久没听过这样对待小孩子的话了。但是陈桉的表情里带着不可置疑的认真，她莫名就有了几分重视，点点头：“好。”

陈桉一回来，就看到了一个熟悉的画面。

曾经围在他身边的广场舞大妈，密不透风地把陆倾音围了起来。

实话说，陈桉刚看见的时候就急眼了。

这才离开多长时间，他的小朋友就被人盯上了，还是这么多人！

陆倾音一脸蒙，拘谨地坐在正中央，后背坐得笔挺，耳朵里全是疑问句。

“小姑娘，住在哪里？”

“平时也没见过长得这么标致的小姑娘，几岁了呀？”

“有没有男朋友？”

……

陈桉站在外围，也不管什么生人勿近的人设了，双手拨开几乎要黏在一起的阿姨，凭着身高的绝对优势，焦急道：“麻烦让开点。”

“怎么这还插队？”阿姨还以为遇到竞争对手，转身不满地望着陈桉，视线在落到陈桉脸上时愣了一下，“是你？”

“阿姨？”陈桉认得这张脸，上次去追陆倾音的时候，就是这张脸挡在他面前，没想到这次竟然还会碰上，“您家里不是女儿吗？”

听见陈桉这样一问，阿姨倒是有些不好意思了：“实不相瞒，我家里还有个不成器的儿子。”

这就尴尬了！

“阿姨，就算情况紧急，也不提倡插队。”陈桉顿时就慌了。他这已经排了十几年，哪有眼睁睁看着别人捷足先登的事。

阿姨也是新新人类，当下就拿出流行语反驳道：“爱情哪有先来后到的原则，都是后来者居上。”

陈桉三两句就被说蒙了，下意识地牵着陆倾音的手，又开出一条道：“不好意思，让各位失望了。”他也没敢直接宣布主权，只是说了句模棱两可的回答，“人我带回家了。”

在众人期待的目光下，陆倾音没有反驳，愣愣地被陈桉牵着，眼睛里只有那双握在一起的手。

凉了！看见陆倾音的反应后，阿姨们眼神暗了下来，她们都经历过人间种种事，说看透爱情也不为过，看这情况都知道没什么希望了。

就算这两个人还差了一层窗户纸，但其他人再想插进去也很难了。

陈桉觉得身后是一群狼豺虎豹，于是走得极快，丝毫没有注意到陆倾音小跑才能跟上他的步伐。

一阵凉风吹来，将陆倾音心里的旖旎全部吹散，她一瞬间反应过来。

奇怪，她为什么要跟着陈桉跑？

陆倾音停下来，陈桉下意识又握紧几分，转身望着陆倾音："怎么了？"

感受到陈桉的用力，陆倾音不满地蹙起眉头："疼。"

她原本不是这般矫情的人，在陈桉面前却总是忍不住要小性子。

所幸陈桉也由着陆倾音的任性，立刻将陆倾音的手举起来，比陆倾音还要矫情："对不起，我没太注意。"

手根本连红都没有红。陆倾音一阵脸红，在陈桉要查看她的手时，及时抽出自己的手，眼神飘忽着不敢看陈桉，将手背在身后："这样就不疼了。"

陈桉莫名轻笑一声，将手里的柠檬水拧开，递给陆倾音："给你。"

在喜欢的人面前，宠爱只会激发出对方更大的任性。

陆倾音的小公主脾气被最大化地激发出来，仰着头哼了一声，绕过陈桉的身边，晃晃悠悠地朝前继续走："我现在又不渴了。"

陈桉愣了一下，表情却越来越柔和。他跟在陆倾音的身旁，语气中全是满满的宠溺："那我帮你拿着，等你渴了再给你。"

月光散落下来，沐浴在世间万物上，陈桉望着陆倾音的背影，微微勾唇。

终于，陆倾音越来越像小时候的她了。

为了避开公园里那些对陆倾音虎视眈眈的阿姨们，陈桉在夜跑时选择了另一个方向。

还没跑十分钟，陈桉就佯装跑不动了。

“你身体里住着一个林黛玉吗？”陆倾音上下打量了一眼陈桉，对陈桉的身体素质很是担忧。

作为一个所有指标都达到巅峰的男人，陈桉确实表演得太过分了。

为了达到逼真的效果，陈桉的一句话恨不得分成三口气：“我也不清楚是怎么回事！”

于是，凭着陈桉精湛的演技和一张厚脸皮，一场以锻炼为名的夜跑彻底沦为散步。

散步时，陈桉自然不会放过这个说话的机会，望了望周围：“果然慢下来才能看见沿路的风景。”

陆倾音看着人生导师附身的陈桉，极其不配合道：“你以前可都是觉得浪费时间。”

陈桉面色一僵，所以他小时候是多么令人讨厌的一个人？

“喵……”

一道微弱的声音从一旁的草坪中传来。

陆倾音停下脚步：“你听见什么声音了吗？”

说实话，没有。这是小时候陈桉的回答，但他现在已经长大：“好像是听见了。”

陆倾音慢慢蹲下，望着草坪。

一只浑身脏兮兮的小猫从草坪里钻了出来，眼神带着试探地望着陆倾音。

“这是谁家的小猫？怎么在这儿呢？”陆倾音心都要软了，朝着小猫勾了勾手指，“小可爱来这边。”

小猫虽然身上粘了树叶，但丝毫不影响它的颜值，全身白色，浅蓝色的眸子让人心生怜爱之情。

似乎感受到了两人的善意，小猫放下戒备，朝着两人靠了过来。

“是找不到回家的路了吗？”陆倾音摸了摸小猫的脑门，声音轻柔得像是能被一阵风吹散一般。

陈桉也蹲了下来：“看它的样子应该是流浪好几天了。”

陆倾音轻柔地将小猫抱在身上：“真是个小可怜。”

如果是其他的东西陈桉肯定提议抱回家养着,可是望着小猫却犹豫了。

记得很久以前，陆倾音也有一只猫，和这只猫有七分相似，名叫星星，尽管悉心养着，但小猫还是生病离开了，他记得陆倾音当时哭着说再也不养猫了。

陆倾音从小就是典型的“一朝被蛇咬，十年怕井绳”的人，她只要对一件事或者一个人失望一次，以后都要避之三舍，生怕再重蹈覆辙。

“姐姐帮你找个家。”陆倾音爱怜地摸摸小猫，想要抱着起身。

陈桉还忌惮着陆倾音曾经被猫抓伤的事情，连连从陆倾音的手里接过来：“我来吧。”

陆倾音狐疑地望着陈桉，她记得星星还在的时候，陈桉可是避之不及，每天站在离星星好几米的地方，生怕星星玷污了他的衣服。

“你不是不喜欢猫吗？”陆倾音忍不住道。

“怎么会？”陈桉心里全是拒绝，表面上却用慈父般的眼神望着怀里脏兮兮的小猫，“这么可爱谁不喜欢？”

陆倾音又望了一眼陈桉，如果不是社会主义接班人的身份拉着她去相信科学，她绝对要用网络上的热词“献舍”来解释陈桉种种的反常。

一家宠物店门口，宠物店的老板正在逗着一只乖巧可爱的小兔子，直到看到了陆倾音走来，手上的动作一顿。

“陆小姐？”

陈桉望了眼面前陌生的男人，不等陆倾音回头，便扭头先发制人道：“认识？”

“嗯。”陆倾音简短地回应了一句，才将视线放在程谦身上，笑容浅浅，“叫我名字就好。”

大抵周围还有一个男性在场，受到了来自情敌的压迫，程谦压下所有的不好意思，瞬间和陆倾音亲近起来：“倾音。”

陈桉脑门冒出黑线，这摆明了就是蹬鼻子上脸。

“这位是？”陈桉摸了摸小猫的脑袋，礼貌道。

陆倾音介绍道：“程谦，这家宠物店的老板。”轮到陈桉就没这么走心了，只是说了名字，“陈桉。”

陈桉恨不得重新将自己介绍一番。

“宠物店又来了很多新朋友了啊。”陆倾音在宠物店望了一圈，和程谦打了声招呼，“我去给新朋友打声招呼。”

程谦眉眼弯弯：“好。”

看着两人熟稔的样子，陈桉嘴上不说，心里却是说不出的嫉妒。

曾几何时，只要有他在，陆倾音哪里还看得到别的异性，可现在情况完全反了过去。

陆倾音将两个大男生丢在一旁，一个人忙着认识新朋友。

陈桉是陆倾音带过来的，程谦自然不会冷落陈桉，朝着陈桉怀里的猫示意道：“我去帮它洗个澡。”

“我抱着就好。”陈桉突然不舍得放手了，伸出一只手，重新自我介绍道，“陈桉，她的青梅竹马。”

“嗯？”程谦笑意不达眼底，“我没听她说过。”

“我认识她的时候，你还不知道在哪里。”只要面对的是情敌，陈桉的气场一向开得很足，“去哪里洗？”

“以前的过往不重要，现在的经历才重要。”程谦声音压到陆倾音听不到的分贝，下一句却恢复到正常的音量，“这边来。”

程谦喜欢陆倾音是毋庸置疑的，但他又很明确地知道自己不是陆倾音喜欢的类型，为了能经常和陆倾音见面，他只能永远和陆倾音保持在一个合适的关系，而这份舒适感才让陆倾音得以继续靠近。

“我喜欢她。”陈桉率先亮出了底牌。

程谦没有丝毫惊讶，连声音都不带一丝起伏：“喜欢她的从来不止你一个。”

陈桉手一顿。

“我们宿舍四个人除了有女朋友的一个，其余全都暗恋她。”程谦那些不能对陆倾音说的话，讽刺到只能对陈桉开口，“我就是其中一个。”

陆倾音在 A 大的受欢迎程度永远不能用“校花”的头衔简单概括，她几乎是所有男生的一个梦，站在所有人可望而不可即的地方闪着光。

陆倾音走到身边的时候，两个男人默契地保持沉默，仿佛方才的针锋相对只是一场幻觉。

“我抱抱。”陆倾音小心翼翼地抱起小猫，摸着它的小脑袋，“你一定要给它找到一个好的主人。”

程谦又恢复到温润如玉的样子，眼睛望着陆倾音，视线不知是落在小猫的身上多一些，还是落在陆倾音的身上多一些。

“很可爱，你自己不养吗？”

“不养。”陆倾音拒绝得很干脆，声音轻轻，“我不适合养宠物。”

虽然陆倾音还保持着原来的微笑，但程谦还是觉得有些心疼：“喜欢就适合。”

“喜欢是喜欢。”陆倾音望着怀里的小猫，还是将它递给程谦，“可是总不能因为一句喜欢就随意做决定，做了决定是要负责的。”

陆倾音已经变成了一个理智的人，再也不会感情用事。

就像喜欢陈桉这件事，她从来都看作是自己的事情，就算很想得到陈桉的回应，可是她更怕陈桉为难，她不想再拿“陈桉会离开”为代价做任何赌注了。

离开宠物店的时候，夜色更加浓重了几分。

“星星一定会在另一个世界过得很好。”陈桉沉默半晌，却还是开口道。

陆倾音耸耸肩，故作轻松道：“它那么可爱一定会幸福的。”

气氛瞬间陷入凝重，她转移话题道：“什么时候你变得会安慰人了？”

陆倾音没什么言外之意，但听进陈桉耳中就不一样了，他不想再以一个陌生的姿态呈现在陆倾音的世界中。

“和你在一起很容易想到小时候。”

陆倾音沉默了一会儿，她又何尝不是，有陈桉在的时候她的世界里都是陈桉，陈桉不在的时候她的世界全都是陈桉的影子。

没听见陆倾音的回答，陈桉又继续道：“音音，我还是当初的陈桉。”

一样地站在你身边，一样地喜欢着你。

陆倾音被这句话触动，停在原地望着陈桉，满眼的情绪无处安放。

气氛终于轻松了一些，但很快就被人破坏了。

“你们干什么去了？”陆席南眉头皱成一座小山，活像个抓住女儿早恋的老父亲，直接上手将陆倾音拉到自己身后。

在陆倾音的面前，陈桉还必须做着表面工作：“夜跑，锻炼身体。”

“少来。”陆席南终于占了上风，趾高气扬道，“长了腿还需要人搀扶你跑步？”

知道陆席南要耍会威风，陆倾音也不好打扰他的发挥，和陈桉摆摆手，便安静地离开了。

陈桉沉默着，不言一语。

看见陈桉这副小媳妇的样子，陆席南觉得有些上瘾，又嚣张了几分：“怎么不说话，哑巴了？”

陆倾音的背影消失在眼前，陈桉熟悉的气场终于回归，淡淡地瞥了陆席南一眼：“并不是所有人都像你一样，时刻炫耀着自己长了一张嘴巴。”

“你听听这像人说的话吗？”陆席南还以为仅凭一人之力就成功让陈桉露出了真面目，扭头开始搬救兵，下一秒才意识到情况发生了逆转，他的身后哪还有什么人，“什么时候……”

望着陆席南不解的眼神，陈桉淡淡道：“就在你拼命证明自己不是哑巴的时候。”

“你等着。”陆席南看到占不到什么便宜之后，轻哼一声，气愤转身，“下次就不会这么便宜你了。”

望着陆席南的背影，陈桉有些自叹不如。

说实话，陆席南这张脸皮厚得他都有点羡慕。

陈桉的生日快到了。

以往他一向不在意这些形式，这次倒是满心欢喜，但也有自己的忧虑，可以称得上喜忧参半。

万一陆倾音不记得他的生日怎么办？

如果是以前的陆倾音肯定比他还要激动，现在他却没这个把握。

陈桉坐在办公椅上，转着钢笔，不知在想什么。

卢浩再次踏着风走进办公室：“老大。”

卢浩倒是从不缺席每个重要的时刻。陈桉望向卢浩，要不怎么最近越看卢浩越觉得顺眼。

莫名看见陈桉的笑容，卢浩只觉得身边一阵阴风环绕在自己身边：“老大，你还有事？”

“过几天我生日。”陈桉说得那叫一个自然。

这句话却在卢浩的世界掀起惊涛骇浪，不过想想也知道陈桉不会期待他的礼物。片刻，他就理会到了陈桉的话外之意：“陆小姐要送您礼物了吗？”

“不是。”陈桉说得云淡风轻，手指点了点桌面，“我要怎么提醒她记得我生日？”

自从陆倾音出现之后，陈桉就不再是不食人间烟火的模样，竟然也和普通人一般有了烦恼。

“就像您刚刚提醒我的那样。”卢浩更加倾向于快刀斩乱麻的做法，“想要礼物又不是什么丢人的事情。”

这话听着没毛病，陈桉却是越想越不舒服。

如果陆倾音不但记得他的生日，而且已经为他准备了惊喜，他贸然开口岂不是破坏了气氛？

陈桉轻蹙起眉头，再次看向卢浩：“没有其他的办法了吗？”

为老板想出最无懈可击的办法是作为一名合格的下属应该具备的职业素养。卢浩并没有想到什么办法，但下意识就给了答案：“当然有。”

陈桉的眉头舒展，满意地望向卢浩：“说。”

“等一下。”卢浩即使有再强的应变能力，可对于眼前的情况也有几分心有余而力不足，在陈桉的面前转着圈，摸着下巴想对策。

陈桉并不意外卢浩这副举动，这是卢浩独特的思考方式。

而作为一名优秀的管理者，陈桉给予有能力的人最大的宽容，只要卢浩能够解决问题，别说只是转圈圈，就是在他办公室撒野奔跑他都没任何意见。

当然，前提是能够高效率地给出解决方案。

卢浩踱步的速度越来越慢，到最后终于停了下来："有了。"然后双手按在办公桌上，望着陈桉的眼睛，"你们有没有共同好友？"

共同好友？陈桉倒是认真地想了一下。

陆席南？不行，这是一匹脱缰的野马，最好还是不要冒险了。

白方冉？好像也不太行，关心则乱，到时候可能还不如陆席南这匹脱缰的野马。

那还有谁？

陈桉的眉头又皱了起来。

卢浩充分了解陈桉在人情世故方面是绝对的弱者，再次提示道："也不用太熟悉，只要同时认识你们就行。"

陈桉终于想到了合适的人选，顺势翻了翻卢浩刚送上来的文件，随意看了两眼："做得不错，涨工资。"

卢浩方才死去的脑细胞得到了应有的回报，顿时眉开眼笑："老大，只要你一天不垮，我愿意一辈子追随你。"

每个公司要是都有陈桉这种大方的老板，哪还有人抱怨"996"的工作制度。

"许一曼"就是陈桉所找到的合适人员。

以前看电视的时候，陈桉还有些不懂为什么会有人扮演两个身份，不累吗？

可现在陈桉因"许一曼"这个身份受益种种之后，他觉得再累也是值得的。

"他的生日就要到了。"陈桉看着发出去的消息，不知出于什么心理，又补充了一句，"你知道吗？"

陆倾音的信息很快就传了过来：“当然知道。”

看着屏幕里的四个字，陈桉的心情飞扬，嘴角的弧度越发扩大。

原来她还是知道的。

在陈桉的事情上，陆倾音格外信任“许一曼”，这会儿问“许一曼”的意见：“一曼姐，你有没有好的意见，我最近在想送什么礼物想得头都要秃了。”

陆倾音不但记得他的生日，而且还很重视这件事。

陈桉好像突然被天上掉下来的馅饼砸中，整个人都有些晕乎乎的。果然和他想的一样，陆倾音还是在乎他的。

“不用纠结。”陈桉可不忍心让陆倾音秃头，虽然陆倾音变成什么样子都不影响他喜欢她，可他还是更喜欢长发飘飘的陆倾音，“只要你喜欢就好了。”

陈桉已经飘了，甚至忘记了此时占用的是“许一曼”的身份。

陆倾音也是没能明白“许一曼”的意思，只当“许一曼”是打错了字，便道：“一曼姐，你觉得他会喜欢什么？”

看到这句话，陈桉才感觉到自己得意忘形了，顺着陆倾音的话就接道：“我也不太清楚。”

他继续道：“不过我相信送你最喜欢的东西，他肯定会更开心。”

这句话倒是真的，任何礼物只要加上“陆倾音”这三个字为前缀，他都没有拒绝的能力，而如果能让陆倾音也开心一点，自然是最好的礼物。

凭着陆倾音对“许一曼”的绝对信任，她轻易就相信了陈桉的鬼话，当下就有了自己的主意，还不忘对“许一曼”表示感谢：“一曼姐，谢谢你。”

“没事。”陈桉回道，这都是他应该做的。

陈桉的生日逼近，白方冉早已经按捺不住，明里暗里提醒过两人，生怕两人用“不知者不罪”当作借口。

虽然陆倾音告诉白方冉自己早已准备好了，但其实她只是有了想法，完全没有付诸行动。

陈桉生日的当天，陆倾音才觉得要将礼物带回家，下班之后没有立刻回家，而是拐到了宠物店。

陆倾音到的时候，程谦已经在宠物店等着了。

“程谦，我来了。”在陆倾音心里程谦是她为数不多的朋友，和他说起话来没有多少拘谨，“我的小猫有帮我留着吧？”

“当然，我照顾得很好。”程谦示意陆倾音跟着自己，走到一旁将小猫抱起来，递到陆倾音面前，“快点检查一下有没有轻？”

小猫似乎对陆倾音还有印象，丝毫没有认生，亲昵地躺进陆倾音的怀里。

“好像还重了一些。”陆倾音摸着小猫的毛发，轻轻点了点小猫的脑门。

在请教过“许一曼”后，陆倾音就和程谦说要领养小猫回去。

她不知道陈桉想要什么，甚至知道陈桉这种从小就生活在金字塔顶端的人是不会缺什么东西的，所以她能送的便只有回忆。

“看得出来它很喜欢你。”程谦眼睛落在一人一猫身上，眼神有些微微失神。

陆倾音也笑，怜爱地摸了摸小猫的脑袋：“它并不吃亏，因为我也很喜欢它。”

程谦整个人陷入回忆中，一双清冷的眸子中也只有陆倾音的身影。

在陆倾音毕业之后，全校男生都陷入失恋的狂潮，朋友圈十之八九都是“她带走了我的初恋”，还有个配图，就是从贴吧上找的陆倾音的照片。

别人只是说说，没有被陆倾音的离开影响正常的生活，他却在这场只有自己的暗恋独角戏中陷了进去。

和陆倾音一同毕业之后，程谦便找了距陆倾音家只有一个转角距离的店铺，经营着这家宠物店，也经营着他的暗恋。

原本他只是想能够看看正好经过转角的她也好，万万没想到陆倾音竟然会走进他的生活里。

陆倾音真的很喜欢小动物，第一次走进这家店的时候就带着满心的欢喜，和小动物们一待就是很久，最后她甚至还要了他的微信，问他可不可以和他还有他的小动物们做朋友。

那一刻于他而言简直就像是做梦一样，好像梦里的人跨越次元朝着他走了出来。

可人生就是这样，他只有被陆倾音记住的幸运，却没有被陆倾音喜欢的运气，而喜欢也不是仅凭一人努力就可以改变。

"我可以跟在你身后，像影子追着光梦游……"

手机铃声将程谦从冗长的回忆中拉回现实，他回过神便看见陆倾音从包里拿出手机。

屏幕上"陆席南"三个大字正闪烁着，不用多想也知道他是奉了白方冉的命令，让陆倾音早点回家。

陆倾音挂断了电话，仰起头道："那我带回家了。"

"嗯。"程谦摸摸小猫的头，不知是在说陆倾音还是在说小猫，"一定要幸福啊。"

陆倾音抱着一个小箱子出现在客厅的时候，瞬间吸引了所有人的注意力。

陆席南无疑是其中最好奇且最不会说话的那个，当下就凑了过来，瞅了一眼箱子：“这是什么见不得光的宝贝？”

陆倾音深呼了一口气，她现在总算有点相信白方冉的话了，陆席南这张嘴巴绝对是开了光的。

小箱子里的小猫似乎感受到了不同的气氛，“喵”地叫了一声来证明自己的身份。

“猫？”陆席南知道里面是只小猫后，表情更是奇怪了，伸手就碰陆倾音，“你不是说一辈子都不愿意养猫了吗？”

陆倾音头顶飘过一行乌鸦：“不是我养。”

“不是你？”陆席南的视线扫过在场的各位，最终落在了陈桉脸上，拆台道，“不是我打击他，你这样的行为就等同于谋害猫命。”

全家谁不知道最最讨厌猫的人就是陈桉，更准确的是陈桉讨厌一切长毛的动物。

“某人自从进化成了人类，就再也不和其他动物玩了。”陆席南可谓是一丝机会都不愿意放过，找了个空闲的时间就袭击陈桉。

在陆席南无视掉白方冉的眼神之后，白方冉也不给陆席南面子了，直接上手拍了下陆席南的后脑勺：“我刚学了刺绣，不想我拿你下手就少说两句。”

一句话就吓得陆席南惊恐地闭上了嘴巴。

陆倾音和陈桉对视一眼：“我先送它去楼上。”

想起那只在夜里遇见的小猫，陈桉表情松动：“好。”

晚饭吃得倒是和寻常一般，等到吃得差不多的时候，白方冉就朝着陆席南使眼色。

可陆席南的眼睛里只有食物，丝毫没有注意到白方冉。

整个饭桌上，怕只有陆席南忽略了白方冉几乎要冒火的眼神。

“咳！”坐在陆席南一旁的陆倾音头皮发麻，碰了碰陆席南的胳膊，

“哥，妈好好像有事给你说。”

“食不言饭不语……”陆席南刚一抬头就被白方冉恐怖的眼神盯上，咽下后半句，“妈，您有事？”

白方冉马上要自燃了。

但凡陆席南没心没肺的性子收敛几分，她都不会光明正大地偏心陆倾音，奈何陆席南除了吃的眼里再也容不下其他。

在白方冉的持续黑脸中，陆席南终于想起了白方冉交给他的任务，起身的时候还不忘往嘴里塞了一个肉丸子：“我这就去办。”

陆席南端着蛋糕从厨房出来的时候，餐桌上已经空出了位置。

“小桉。”白方冉顿了一下，然后四人的声音一起响起——

“生日快乐。”

陈桉说不感动是假的，只是小时候可能会别扭，这会儿已经将感谢挂在嘴边：“谢谢大家。”

“谢什么，应该的。”白方冉将蜡烛插好点上，期待地望着陈桉，“许愿吧。”

陆倾音和陆席南对视一眼，用眼神商量着待会儿被陈桉拒绝后，怎样安慰受伤的白方冉。

小时候的陈桉过生日时，也总是会吹蜡烛、吃蛋糕。即使不愿意，也都会黑着脸配合，但许愿这件事可没有成功的先例。

也许是自小过于优越的条件，使得陈桉的身上也沾染了几分自负，再加上他的性格，凡是他想要得到的都会闷不吭声地去争取，从不会将希望寄托在这些虚无的形式上。

陆倾音眼神暗了暗，不仅在这件小事上，很多事情他们都仿佛站在了两个对立的极端。

然后陆席南碰了碰她的胳膊，陆倾音抬头便看见陆席南一脸见了鬼的样子，顺着他的视线，她也是微微一怔。

二十三岁的陈桉闭着眼睛，满脸都是虔诚，一分钟之后睁开眼睛，吹灭了所有的蜡烛。

看着所有的蜡烛瞬间熄灭，陆倾音感觉整个世界全是她的心跳声。

所以，陈桉也开始有需要许愿的梦想了吗？

那么，和她有关吗？

为了将更多的空间留给两人，白方冉一早就把不停刷存在感的陆席南赶回卧室，然后笑道："你们也别站着了，快去看看音音买的礼物。"

卧室里，小猫早已经从关得并不严的小箱子里成功越狱，正在用眼睛打量着新鲜的一切。

陆倾音推开门的时候，小猫似乎被吓了一跳，看见来人是陆倾音时，明显地放下心，然后朝着陆倾音走去，蹭了蹭陆倾音的脚踝。

"在干什么坏事？"陆倾音眼神变得温柔，从地上捞起小猫，摸了摸小猫的脑袋，朝着陈桉望了过去，"你的礼物。"

其实到现在为止，陆倾音的心里都是忐忑，她知道陈桉不喜欢猫，可是曾经没养好"星星"，她一直满心遗憾，而这只猫长得很像"星星"。

可即便如此，陆倾音也不确定陈桉会不会接受，毕竟这只是她一个人的遗憾，陈桉如果不能接受，也情有可原。

在陆倾音的忐忑不安中，陈桉小心翼翼地摸了两下小猫，心里柔了几分，并不掩饰自己的愉悦："我很喜欢。"

"喜欢就好。"陆倾音所有的担忧全数消失，眉眼弯弯，将小猫递给陈桉，"喏，你抱一下。"

老实说，陈桉的动作有几分笨拙，但抱着小猫的动作异常轻柔。

"它有没有名字？"

“没有。”陆倾音知道陈桉不同于小时候那般古板，连起名字这样的头等大事都留给了陈桉，她倒想看看陈桉会取个什么样的名字，“你帮忙取个。”

“我想想。”怀中的小猫爪子轻轻挠了他一下，正巧和陈桉的视线对上，“就叫小星星，好不好？”

闻言，陆倾音整个人都恍惚了一下。

她不可避免地就想起曾经那只也叫星星的猫。她记得当时她起“星星”这个名字的时候，陆席南还嘲讽过她起名的水准，说人家明明是只猫却要硬生生地被迫扛起振兴猩猩的重担。

当时，她记得陈桉也是站在她这边的。

莫名地，陆倾音就对陈桉方才许的愿多了几分好奇心，目光盯着陈桉，将心里的疑问脱口而出：“你刚才许了什么愿？”

“愿望说出来就不灵了。”陈桉说着曾经陆倾音说过的话回答，顺手捏了捏小星星的耳朵。

陆倾音难免有几分挫败感，轻哼一声：“不说算了。”

“如果你能帮我实现的话。”陈桉的目光里全是认真，“我就告诉你。”

听着倒是很公平，陆倾音的心里却在打鼓，她好像知道陈桉会许什么愿望，好像又不太知道。

这种感受让她心里痒痒的，折磨着她那一刻急需满足的好奇心。

在陈桉越发热切的目光下，陆倾音终于败下阵来。

她，还没准备好，无论等待她的是什么答案，她都还没有做好充足的准备。

“哼。”陆倾音避开陈桉的目光，将小星星从陈桉的怀里抱出来，将尴尬推到无辜的小星星身上，“我看小星星好像并不想听。”

即使想到陆倾音会逃避，陈桉还是不可避免有些失望，不过几秒之后便立刻调整过来，顺着陆倾音的话接道："那就等小星星想听了，我再说。"

陈桉觉得小星星简直就是上帝派给他的天使。

自从小星星入驻之后，每天叫醒他的从闹铃变成了陆倾音的敲门声。

"陈桉，开门。"陆倾音长大了，也不好和从前一样叫他哥哥，尝试着连名带姓地叫他，没想到越叫越觉得顺口，"小星星又要来找你了……"

陈桉眼睛还没完全睁开，便直接下床，靠着直觉摸索着开门，就看见同样睡眼惺忪的陆倾音。

"找你呢。"陆倾音本来就喜欢睡懒觉，可天只要有些亮了，小星星就一直吵她让她带着它去找陈桉。

陈桉接过小星星。

小星星浑身都舒服了，乖巧地窝在陈桉怀里。

"也不知道是谁惯的坏毛病。"陆倾音眯了眯眼睛，打着哈欠朝着卧室走去，"我再去睡会儿。"

陈桉望着毫无芥蒂的陆倾音，心情大好地揉了揉小星星。

小星星晚上必须跟着陆倾音睡，但是早上一睁开眼睛就要去找陈桉，每大都是如此。

拿着陆倾音给小星星买的玩具，陈桉倒是捡回了丧失许久的童心。拿着逗猫棒和小星星玩闹了半晌，到了陆倾音清醒的时间，他才抱着小星星敲开了陆倾音的卧室。

因为小星星的缘故，最近两人的接触时长呈指数上升，陆倾音一大早被小星星吵起来，连起床气都磨没了，哪还有心思去想和陈桉的关系，自然是怎么舒服怎么来。

"你说，它是怎么回事？"陆倾音的视线从小星星的身上转移到陈桉身上，满脸都是幽怨，"说它朝秦暮楚也不过如此吧。"

陈桉难得为小星星开脱：“可能这就是猫的性格，不能怪它。”

陆倾音顿时瞪大了眼睛，朝着陈桉靠近一步，逼问道：“你的意思是怪我了？”

“当然不是。”陈桉毫不迟疑，瞬间又抛弃了小星星，“怪它。”

陆倾音也没真的幼稚到和小星星计较，顶多就是抱怨两句，坐到床上：“你说小星星为什么晚上要睡到我这里来。”

如果是睡到陈桉那里的话，岂不是不用麻烦她早起，而且小星星现在是陈桉的所有物，所有的责任归根结底都是要算到陈桉的头上。

陈桉的视线落到小星星身上，冥思苦想得出一个可能正确的答案：“大概小星星是个姑娘？”

姑娘？

这可真是个糟糕的答案。陆倾音瞧着小星星舒服地躺在陈桉的怀里，又想起小星星是个女儿身，瞬间心里就有种说不出来的滋味。

“给我。”陆倾音还是说服不了有个姑娘躺在陈桉的怀里，就算是一只猫也不行。

陈桉小心地将小星星递到陆倾音手上，看着陆倾音一脸凝重：“怎么了？”

“男女授受不亲。”陆倾音倒是较真了，也不管陈桉是什么反应，对着怀里的小星星教育，“你是个姑娘，以后要离臭男人远一点。”

陈桉愣在原地，他什么时候就成臭男人了？

公司里的手游已经到了收尾的工作，配音的事情也忙起来了。

卢浩已经联系好了配音公司，不过他有些疑惑，因为这次的配音公司是陈桉亲自选的，更值得注意的是陈桉竟然指定一个叫“尘音”的配音演员配“青音”这个角色。

要知道青音在他们的剧本里可是当之无愧的女主角，而从他看到青音的形象时，就猜测这个角色的原型多半是陆倾音。按理说，陈桉肯定格外重视这个角色，而现在竟然会指定配音演员，这背后肯定藏着不为人知的秘密。

于是，卢浩便带着文件和八卦到达了“尘音”的公司。

一路跟着人来到总监办公室，卢浩也没发现疑似“尘音”的人，难道是他猜错了？他摸了摸下巴，难道老大只是单纯地欣赏尘音的才华？

“林致，我早就说了要青音的角色。”顾盼的声音在安静的办公室尤为刺耳，“可是现在是怎么回事？”

林致的耐心已经被消磨殆尽，声音里尽是疲惫和不耐烦：“我说了是对方公司要求的。”

“少拿这一套说辞哄我。”顾盼早就崩溃，“我这就去看看尘音到底有什么魅力，让你步步退让。”

“顾盼！”

卢浩刚到办公室就听见了这出好戏，正想站出来替林致做证，没想到办公室的门就被推开了。

顾盼望了一眼卢浩，也没在意多出来的这号人物，将门甩得巨响，愤愤离开。

“顾盼！”林致追了上来，看见卢浩有几分诧异。

“林致先生吧。”卢浩露出职业的微笑，友好地伸出手，“我是速越游戏公司的卢浩，负责签署这次的合同。”

“你好。”林致堪堪维持住风度，却没有谈合同的心思，“您先在里面等我一下，我去处理一些事情。”

说完也不管卢浩是何反应，林致就去追顾盼。

卢浩还从没遇见过这种情况，收起伸出的手，望着两人离开的方向。

让他一个甲方孤零零地站在这里，不太合适吧，他不应该是传说中的“金主”吗？

既然暂时干不了正事，那就去凑个热闹，正好他也想看看尘音是什么人物。

陆倾音录好音，正要回到自己的座位上，却被顾盼莫名其妙地推了一下。

手掌擦过桌角，陆倾音感觉到一丝麻木，看着被蹭破皮的手背，皱着眉望着顾盼：“你干什么？”

“干什么？”顾盼相当失态，精致妆容都掩盖不住她狰狞的表情，“你找林致开后门的时候没想到后果吗？”

听见林致的名字，陆倾音倒也冷静了不少。

顾盼喜欢林致是全公司众所皆知的事情，两人青梅竹马，顾盼一直追在林致的身后，如果不是落花有意流水无情的话，没准也是一对令人惊羡的情侣。

陆倾音稳了稳情绪：“你是不是误会什么了？”

“误会？你当我是三岁的小孩子那么容易被哄骗吗？”顾盼被这两个字刺激，拿起一旁的文件，朝着陆倾音砸去，“表面上和林致只是上下属的关系，其实你早就算计好了吧。不过我倒是没想到你这么心切，狐狸尾巴这么快就露了出来！”

幸好林致出现得及时，快步走上去，将陆倾音护在后面。

“你没事吧。”林致顾不得和顾盼发火，关切地问着陆倾音的情况。

陆倾音摇摇头：“没事。”

顾盼情绪更加失控了：“林致，你让开！”

“顾盼！”林致从来没有这样失礼过，看顾盼的眼神像是看一个陌生人般冷漠，“你闹够了没有？”

顾盼被这一吼吓到了。

同样愣住的还有充当吃瓜群众的卢浩，他望着陆倾音，好久之后才反应过来。

他就说老大那只老狐狸怎么会突然关心配音这件小事，如果尘音就是陆倾音本人的话，那么他所有的疑惑就都可以解释清楚了。

倾音配青音的声音？他老大这算盘打得可够久的。

顾盼反应过来，不可置信地看着林致，眼睛里泛着泪花：“还说你们没关系？”

在林致和陆倾音跳进黄河也洗不清的时候，卢浩站了出来：“这件事和这两人没关系，有疑问可以来找我。”

陆倾音看见卢浩时，完全愣在原地，丝毫不知道卢浩怎么会出现在这里。

“嗨……”为了不吓到陆倾音，卢浩将“嫂子”两个字硬生生咽了下去，然后改口为，“陆小姐。”

林致看了眼卢浩，又想起合同上新增的一条，心里涌上一股不安：“你们认识？”

“何止认识。”卢浩也是人精，一眼就看出林致的心，这会儿连忙巩固陈桉的位置，“我们老大和陆小姐很熟。”

林致的眉头皱了下，顾盼则直接跳脚，恶毒地瞪着陆倾音：“所以你根本不是单身，还和林致搞暧昧，陆倾音你可真是厉害！”

陆倾音的脸马上就冷了下来：“你放尊重点。”

林致对顾盼的忍受达到极端，望着顾盼，只吐出一个字：“滚。”

顾盼到底也是个女孩子，被喜欢的人这样对待，掩不住伤心地哭着跑开了。

办公室里，卢浩绘声绘色地传达了所见的一切。在看见陈桉不善的眼神时，他慢慢地停止了自己的表演：“我以性命起誓，陆小姐真的只是手背擦伤了一点，没受到实质性的伤害。”

陈桉表情丝毫不见松动：“然后呢？”

看着陈桉不善的脸色，卢浩立即将最大的收获供了出来：“老大，陆小姐的身边好像有个你的潜在情敌。”

果然，陈桉的注意力立刻被转移了：“谁？”

“林致。”卢浩片刻没犹豫，马屁说来就来丝毫不含糊，“不过没老大长得帅。”

陈桉抬眼看了卢浩一眼：“谁告诉你的？”

卢浩在心里懊悔被老大在言语上抓到了把柄，才刚刚逃离一个困境，又再次成为挡枪的靶子。

“我觉得……”

“我不要你觉得，你认为你觉得重要吗？”陈桉在工作上也是铁面阎王，可是一触及感情，随便一句话就有可能爆炸。

卢浩只觉得心累，默默地闭上嘴巴。

所幸，陈桉的注意力很快就转移到另一件事上——

“给你个将功赎罪的机会。”

他干什么了？还赎罪？卢浩也只敢在心里吐槽，面上表现得像个积极分子：“您说。”

“因为你，现在变成了这个情况。”陈桉说得理直气壮，“你做错了事情，当然你来想办法。”

卢浩平静地勾出笑容，在心里吐槽陈桉一万遍，嘴上却说：“好。”

吃完晚饭，陈桉照例走到陆倾音的卧室，这次却没有走向“天梯”回到自己的卧室，反而坐到一旁的沙发上。

“怎么了？”陆倾音正在逗小星星，看着陈桉异常的反应，将小星星抱在怀里，“小星星要睡觉了，你还在这里不合适吧。”

听见这话，陈桉反而靠得更近了，视线落在陆倾音红了一块的手背上：“没事吧。”

“没事。”陆倾音倒是开起玩笑，“你要是再晚一些看见，没准都愈合了。”

陈桉望着陆倾音满是无奈。

小星星还在她的怀里爬来爬去。陆倾音帮着小星星顺毛，成功让小星星乖巧了许多，她也问出了好奇的问题：“那个角色一定要是我吗？”

陈桉点点头，声音里全是坚持：“嗯。”

陆倾音手一顿，接着恢复如常：“为什么？”

“因为没有人比你更合适。”陈桉倒没有隐瞒。

陆倾音也笑：“那至少要告诉我角色名吧？”

“青音。”陈桉回答得很坦荡，眼睛里没有丝毫闪躲，像是要望进陆倾音的心里，“青色的青，音是你名字的音。”

陆倾音整个人慌了起来，像是被陈桉炽热的目光所灼烧，瞬间避开了陈桉的目光。

如果陆倾音要继续问的话，那么他可以将青音的故事如实告诉陆倾音，甚至会告诉她这个角色是他最在乎的游戏角色，因为这个角色的原型就是她。曾经他让设计师一连换了好几版形象，他都不满意，因为不够像她。

可惜陆倾音的好奇心却到此为止，没有给他继续讲清楚的机会。

“嗯。”陆倾音将所有的情绪如数藏了起来，半开玩笑道，“反正你是老板，到时候多给我点配音的报酬就好了。”

撸猫的动作却没停。

夏悠然本来还想着借题发挥，闹一闹巩固一下自己的地位，手却忍不住摸着小星星柔软的毛发，哼哼道：“有儿子竟然没有第一时间通知我，下不为例。”

“不是儿子。”陆倾音摸两把小星星，心情都不知道好了多少倍，学着陈桉的样子，“人家是个姑娘。”

夏悠然当场被气死。

第六章

我差点以为这辈子就你了

NIDEXIAOXIANNVTANCHUTOULAI

机场里。

穿着连帽衫，戴着夸张的墨镜，俨然成为机场众人眼中焦点的女孩完全不自知，推着纯黑色的行李箱在人群中张望。

在看见一抹熟悉的身影后，女孩停下嚼口香糖的动作，兴奋地举着双手，大声呼唤道："表哥，我在这里！"

闻言，陈桉朝着徐栩这边走。

徐栩是他表妹，也是徐骁的亲妹妹，按理说有徐骁在，还轮不到他来接机才对，可是徐栩指名道姓地要他来。

陈桉接过徐栩手里的行李箱，好奇地问："怎么不让你哥来？"

"你也是我哥。"徐栩一脸理所当然，笑得意味深长。

她当然是带着任务过来的，听她小姨徐漾说陈桉好像在谈恋爱，她倒要看看对方是何方神圣，竟然能忍受得住陈桉这样的臭脾气。

怀揣着醒来就能看见小表嫂的梦想，徐栩在车里睡着了，毕竟是第一了陈桉的背影上，稍稍挣扎，“妈，我现在看见一个认识的人，先上去打个招呼。”

“谁？”夏母顺着夏悠然的视线望了过去，“我和你一起去。”

“没有。”夏悠然一蔫，耷拉着脑袋，应了一声，“看错了，看错了。”

看着夏悠然的样子，夏母倒是来了兴致，盯着对面的酒店：“真的吗？”

“千真万确。”夏悠然直接推着夏母离开，“什么事都能耽误，相亲可不能迟到。”

距看见陈桉过去了好几天，夏悠然一直密切注意着陆倾音的情绪，随时准备贡献出肩膀供陆倾音脆弱的时候给她依靠。

可陆倾音根本没什么异常，夏悠然忍不住了，拉着椅子坐到陆倾音旁边：“最近心情不错？”顿了一下，才试探着问出，“和陈桉现在是什么情况啊？”

虽然她确实看见陈桉和别的女人在一起，但是她也不了解事情的始末，万一误会陈桉，惹陆倾音不开心就罪过了。

陆倾音想了一下，耸耸肩道：“还是那样。”

“不是。”夏悠然凑近陆倾音，作为一个旁观者，她都有些着急，“你是怎么想的？怎么，还准备将暗恋进行到底？”

夏悠然倒不认为告白一定是男生的义务，在双方都有意思的情况下，谁开口都是一样的。可陆倾音和陈桉都是奇怪的主，到了现在竟然还没一个人有捅破这层窗户纸的打算。

“也不是。”陆倾音摇摇头。

暗恋能让人有对抗世界的勇气，也会让人害怕到连句喜欢都说不出来。她是这般，陈桉的心思她有些摸不准，因此维持现状也许对双方都算得上是最好的选择。

看着陆倾音的样子，夏悠然不可思议道：“你不会是害怕了吧？”她撞了撞陆倾音的胳膊，满脸不可置信，“你原来是这么胆小的人吗？”

陆倾音倒也不觉得羞愧，大方地承认：“暗恋的人只有很少的时候像英雄，大部分时间都像狗熊。”

“你这是污蔑狗熊。”被陆倾音这样一打岔，夏悠然的心情也不像方才那般凝重，轻松了许多，替狗熊澄清，“狗熊才没有你们这么屃。”

陆倾音望了夏悠然一眼：“你倒是维护起狗熊了。”

夏悠然一脸“不然还能维护你”的表情，换个不在场的人批评：“你一个弱女子就算了，陈桉可是个男子汉，我倒是想请教他一下，这么屃是怎么做到的？”

比起这种剪不断理还乱的感情，夏悠然更喜欢快刀斩乱麻的感情，自然是理解不了陆倾音和陈桉此刻的状态。

一听见夏悠然批评陈桉，陆倾音的态度可比方才强硬多了：“像你这样粗枝大叶的人是不会有这么细腻的感情的。”

“哎哟。”夏悠然直接上手，“你是不是要抛弃和我多年的感情，准备投入到别人的怀抱中？”

“那倒不用。”陆倾音揽过夏悠然的肩膀，“长两只手是干吗的？自然是左拥右抱了。”

两人打闹一团，夏悠然这才提示道：“你还是多长个心眼，不要被人骗了还帮人数钱。”

“知道了。”陆倾音回答得很不走心。

这个世界谁都可能欺骗她，但陈桉不会，毕竟这个宇宙大直男连善意的谎言都不会撒，又怎么会费心去编别的谎言。

在酒店蹦跶了几天，徐栩早就耐不住性子了，幸好她回国后还有另一件事要做。

简单收拾一下之后，徐栩就走出了酒店。

徐栩是带了两个任务回国的,除了要帮徐漾刺探陈桉的感情情况以外，更重要的就是追星。是的，没错，她还是一个追星女孩。

相比于同龄人喜欢当红流量小生，徐栩喜欢的人相对来说没那么有名气。

她是一位幕后配音演员，还是个从没露过面的女生。

徐栩是动漫的忠实追随者，虽然在国外长大，但时刻关注中国的文化，特别是动漫领域，只要国内新出一个动漫，她肯定第一时间支持，这才有幸发现“尘音”。

只要徐栩一提起“尘音”两个字，她眼里散发出来的光亮就不输给任何一个人。

第一次听见尘音的声音时，徐栩就感受到了“惊艳”两个字的巨大魅力，她从来没有觉得声音可以带给人这样的力量，尘音的声音明明拥有震撼灵魂的力度，却又散发着不知名的温柔。

从那之后，徐栩也开始有了偶像，听尘音的所有音频，成了尘音骨灰级别的粉丝。

徐栩到了尘音的公司楼下，抬眼看了一眼周围，想着贸然上去找尘音也不合适。她决定还是先找个地方坐着，观察着进出这栋大楼的人。

她应该可以认出尘音的。

徐栩也不知这种自信是从何而来，她从来没见过尘音的样子，可却感觉只要尘音出现，她就一定能第一时间认出来。

尘音可是她心心念念喜欢了好多年的人，徐栩揉了揉眼睛，视线不放过任何一个路过的人。

快到上班时间了，流动的人很多。徐栩也不着急，气定神闲地坐着打量来往的人。

这可比在酒店的时候有趣多了。

楼下一角，陆倾音和夏悠然正巧在路上碰见了，两人说说笑笑地朝着公司走去。

看见徐栩的时候，夏悠然突然愣住了。

“怎么了？”陆倾音顺着夏悠然的视线望去，发现只是个小姑娘，疑惑道，“认识？”

根据陆倾音说的这些话，夏悠然判断出陆倾音并不知道徐栩的存在，可显然对方已经找上门了。

“远方的一个亲戚。”夏悠然随意扯了个借口，“我去问问是怎么回事，你先上去。”

“好。”陆倾音没有起疑，“注意点时间，不要迟到了，这周你已经迟到三次了。”

夏悠然满脸不在乎：“知道了。”

夏悠然刻意挡住了徐栩的视线，如果这个女生真的是因为陈桉而来找陆倾音的，那也不应该让陆倾音处于什么都不知道的被动状态。

徐栩的视线也无意间朝着陆倾音的方向探过来,尽管夏悠然走在前面，但她还是一眼就看见了陆倾音。

陆倾音的长相一下就击中了她的心。

徐栩起身，下意识地朝着陆倾音走去。

夏悠然一看徐栩的动作，更加肯定了方才的所想。为了将徐栩罪恶的想法扼杀在摇篮里，她不惜牺牲自己，一把抱住了徐栩。

陆倾音笑了一下，也没有起疑，便离开了。

徐栩完全没想到有一天竟然会被一个女流氓当街袭击，整个人足足灵魂出窍了一分钟。

等到陆倾音的身影完全消失，徐栩才堪堪反应过来，发出尖叫：“神经病啊你！”

夏悠然耳朵靠徐栩的脸很近，有一瞬间觉得自己要聋了，嫌弃地松开徐栩，后退三步：“吵死了。”

“你还说我吵？”徐栩像是听见了不可思议的事情，被夏悠然气得也顾不得追陆倾音，面部扭曲地望着夏悠然，“你脑子有问题啊！凭什么抱我？”

夏悠然并没有多余的时间和徐栩纠缠，开门见山道：“你认识陈桉吗？”

徐栩眉头皱起来：“认识又怎样，不认识又怎样？”

这么说就是承认了。夏悠然的态度明显变得不善起来：“看你年纪不大，最好离成年男人远一些。”

由于自小在美国长大，徐栩的穿衣风格比同龄人成熟一些，但是她何止年纪不大，更是未成年人呢！

徐栩蹙起眉头，虽然她平时也不愿意去接近陈桉，可夏悠然说的这话她就很不喜欢。她直接和夏悠然戗了起来：“和你有什么关系吗？”

“当然和我有关系。”夏悠然像白痴一样望了徐栩一眼，继续道，“陈桉有喜欢的人了，不想受伤的话就离他远一些。”

否则，一旦陆倾音受到精神层次的伤害，她一定会在肉体层次上折磨这两人。

夏悠然的话讲得并不怎么清晰，徐栩下意识就将夏悠然此番行为看作是宣布主权了，当下逆骨也被激发出来：“我还就黏上他了，你能把我怎么样？”

“我说你这死小孩怎么不听劝？”夏悠然恨不得当街欺负小朋友，但在公司门口也不愿和徐栩多纠缠，“反正话我已经带到了，如果你还执迷不悟的话，到时候也不要怪我心狠了。”

徐栩上下打量着夏悠然：“呵，看着没什么本事，口气还挺大。”

“姐姐一张嘴能吃了你。”夏悠然作势恐吓了一下徐栩，也不理会徐栩的叫嚣，扭头走开了。

徐栩哪是吃亏的主，跟上夏悠然企图讨回公道，最后被一扇玻璃门拦在外面。

望着玻璃外的徐栩，夏悠然炫耀似的举了一下工作牌，好脾气地朝着徐栩挥挥手。

徐栩无功而返，还吃了一肚子的气，拿出手机就给陈桉告状。

“陈桉。”徐栩气急了，连表哥也不叫了，“我不喜欢你的心上人。”

听见这没头没脑的一句话，陈桉一头雾水，望了眼手机屏幕，确定是徐栩的手机之后，才道：“你是不是做噩梦没睡醒？”

小时候徐栩只要一做噩梦，早上起来起床气都会特别严重，陈桉没想到其他原因，只想到了徐栩的这个毛病。

在陈桉的努力下，徐栩又添了一肚子的气，愤愤地踢着小石子，“你什么眼光，怎么能喜欢上那样的人？”

夏悠然已经被徐栩钉在罪恶十字柱上，她恨不得将夏悠然大卸八块，但是无奈条件不足，她连个人影都抓不住，只好对着陈桉发脾气。

“徐栩。”陈桉听见这话，语气就危险起来了，“这样的话我不希望听见第二遍。”

徐栩也是气昏了才会想到找陈桉吐槽，但即使在气头上，她也没敢忘记陈桉的坏脾气，而且 A 城就她和她哥，他们完全不是陈桉的对手。

惹怒陈桉无异于在太岁头上动土，徐栩很明智地认尿，声音可怜巴巴道：“你们都欺负我？”

你们？陈桉抓住徐栩语气中的关键：“还有谁？”

徐栩才没有傻到自爆，马上否认：“除了你还能有谁？”

陈桉也没有起疑，只是安慰道：“你看到她肯定会喜欢她的。”

我看见了，不喜欢，非常不喜欢。徐栩想起夏悠然那副嚣张的样子就来气，转了个眼珠，开始试探陈桉：“如果我看见了也不喜欢，怎么办？”

陈桉的话一针见血：“那你可能需要去医院看眼睛了。”

在他的眼中，陆倾音可是能够配得上这世界上最美好的形容词的女孩，如果是一般人这样挑衅他的话，他肯定直接说那人是瞎了。

饶是这样委婉的话，徐栩都成功被噎了一下：“我的房间你收拾得怎么样了？”

等她见到了夏悠然，到时候两人互相生厌，相互排斥的话，陈桉怎么也不能只怪她一个人了吧。

“周末我去接你。”陈桉应了一声。

徐栩的声音没有当初那般活力，闷闷道：“你可别忘了。”

徐栩感觉闷在酒店头上都要长蘑菇了，就算告诉她陈桉家里住了一匹狼，也拦不住她想要前进的心，而且到时候鹿死谁手还不一定呢？

徐栩想着浑身又充满了力量，她一定要让陈桉认清夏悠然的真实面目。

此时，徐栩已经完全忘记了徐漾放她回国的真正目的，倒戈成为陈桉脱单路上的最大绊脚石。

“你有没有发现小星星最近好像胖了点。”陆倾音小心翼翼地提起小星星，一副“吾家有女初长成”的样子，欣慰道，“而且越来越漂亮了。”

陈桉已经完全褪去儿时的毒舌特性，在陆倾音面前一副“马屁精”的样子，顺着陆倾音的话接道：“随它妈。”

陆倾音脸上一红，将小星星放到腿上。想起小星星在办公室亮相那一次，她后知后觉地算起账来：“别把我叫老了，我顶多算得上小星星的姐姐。”

“这样的话。”陈桉厚脸皮道，“那我就是小星星的哥哥了。”

“少来。”陆倾音拍拍小星星，故意道，“小星星，来叫叔叔。”

陈桉轻笑一声：“这样的话，辈分就对不上了。”

“什么辈分？”陆倾音整个人处于不动脑子的状态，丝毫没意识到自己已经跳到了陈桉挖好的陷阱里。

陈桉作势想了一下，才开口：“我记得，你小时候好像叫我哥哥。”

陆倾音最近发现自己的血液流通不顺，不然她怎么总觉得头脑容易发热。

“我发现你最近越来越像我哥。”陆倾音哪里能让自己处于弱势，想方设法地把陈桉拉下水。

一见陆倾音气急败坏的样子，陈桉只觉得有趣，丝毫没觉得一点不自在：“我终于知道他为什么厚脸皮了，这感觉还不错。”

陆倾音顿时就无话可说了，下巴一抬，下了“逐客令”：“我和小星星要休息了，请出去。”

“等下。”陈桉这才想起徐栩的事，不知道徐栩为什么抵触陆倾音，为了防止情况失控的场面出现，他只好先和陆倾音打好招呼，“这周末我有个亲戚需要来借住几天，到时候可能会打扰到你。”

陆倾音的手顿了一下，望着陈桉：“怎么现在才说，我都没准备礼物。”将小星星放在床上，她询问着陈桉，“你亲戚喜欢什么？”

陈桉知道不说反而让陆倾音更不安，继续道：“赛车、手办之类的东西。”

这个喜好倒是和陆席南一样。陆倾音若有所思，下意识地将未曾谋面的徐栩当成了男孩子。她点点头：“等有时间了我去挑礼物。”

“随意一点就好。”陈桉笑道，“她那个人很好哄的。”

虽然陆席南房间里全是徐栩喜欢的东西，但陆倾音还是拉上了夏悠然一起去逛商城。

“不是说喜欢你哥的玩具吗？”夏悠然望着赛车和手办，内心掀不起一丝波澜，“随便去你哥屋里拿两个就好了。”

“我哥屋里的都是古董级别的。”陆倾音对这一方面完全不懂，根本不知道陆席南拿命保护的是什么宝贝，望着眼前眼花缭乱的手办，碰了碰夏悠然，“哪个好看？”

望着手办整齐地排列在眼前，夏悠然觉得自己有些脸盲，凑近瞅着几乎从一个模子里刻出来的人物，轻蹙起眉头：“有什么区别吗？”

“当然有区别了。”说实话，陆倾音也陷入了和夏悠然一样的境地，只好拿出陆席南的至理名言，“它们都是有灵魂的。”

“神棍。”夏悠然轻哼一声，“这句话一听就是出自你哥。”

陆倾音也笑了：“你倒是了解我哥。”然后继承了白方冉的衣钵，亲自下场为陆席南做媒，“好看的皮囊千篇一律，有趣的灵魂万里挑一，你都这么了解我哥了，这说明上天想让你们做一对灵魂伴侣。”

“呵。”夏悠然轻嗤一声，一本正经道，“就你哥那简单的灵魂，明眼人一看都能了解个透彻。”

这话倒是剖析得彻底，连陆倾音都替陆席南不好意思起来。

商场的另一边，徐栩好不容易拐来了陈桉替她买单，当下就拉着陈桉在商城里乱转。

一个看什么都想买，一个看什么都疲惫，两人都致力于将对方降服，让对方按照自己的思路走。

就在这两人的意见产生分歧时，陆倾音却一个不注意，视线落在了两人身上。

徐栩扯着陈桉的衣角，那副亲密状态一如她和陈桉的从前，一瞬间就刺痛了她的眼睛。

夏悠然也注意到了不同寻常之处，看见徐栩时，眉头都皱了起来，下意识就要去找两人算账。

“算了。”陆倾音慌忙收回视线，拉住夏悠然的胳膊，声音是前所未有的沉重，“我们走吧。”

夏悠然一双眼睛死命地盯着那两人，恨不得将两人身上盯出一个洞来。

两人感受到视线的压迫后，下意识地朝着陆倾音她们的方向望了过去。

只不过陈桉的视线落在陆倾音身上，而徐栩的视线则全数落在夏悠然身上。

下意识地，陈桉就追了上去。

“表哥。”徐栩拉着陈桉的胳膊，摆明不想让陈桉去追夏悠然，“我还没有买。”

一看见陆倾音的反应，陈桉就知道陆倾音是误会什么了，可被徐栩耽误了一会儿，陆倾音和夏悠然已经消失在人海中了。

徐栩还没得意多久，就看见陈桉压迫性的目光。她声音带了些委屈，但是态度却异常坚硬：“你答应给我买礼物的。”

“下次。”陈桉不知道徐栩方才是故意的，收敛了情绪，转身便走。

“表哥。”徐栩小跑着追上，“我们去干什么？”

“回酒店收拾行李。”陈桉也不等周末了，步伐只快不慢，“我带你回家。”

徐栩扁了扁嘴巴，完全笑不出来。

陆倾音一回家就将自己关了起来。

小星星也察觉到陆倾音的情绪和平时不太一样，老实地窝在陆倾音的怀里，眼巴巴地望着陆倾音。

陆倾音下意识地摸着小星星，安静地望着旁边的东西出神。

她从来没想过这样的一幕会出现在自己眼前。

陆倾音心里有嘲讽漫过，好像从一开始她就觉得能站在陈桉身边的只能是她，这种自信从小时候就在心里扎根成长，以至于数十年后这个想法依旧根深蒂固地驻扎进她的心里。

不过也是正常，重逢陈桉之后，他一直没许诺过自己，陆倾音自嘲地笑了笑，之前都是她自作多情了。

陈桉心里的人凭什么还会是她呢？他那么优秀的一个人，从来都不是非她不可。

陆倾音眼睛里的涩意不断地加重，只能努力地扬起脑袋，让眼泪不流出来，嘴巴紧抿着。

已经很久都没有这种想哭的感觉了。

将小星星放到一旁，陆倾音整个人倒了下去，将手掌轻覆在眼睛上，任泪水从眼眶流进头发里。

小星星也仿佛做错事情一般，窝在陆倾音的旁边，一动不动地望着陆倾音。

大概过了十几分钟，陆倾音才算勉强控制住自己的情绪，从床上缓缓地坐了起来。她望着一旁的小星星，轻叹一口气将它抱回怀中，声音轻轻道："小星星，我是不是吓到你了？"

小星星下巴轻轻趴在陆倾音的腿上，不动一动，一副做错事情不敢造次的样子。

陆倾音的视线落在床头的一个小盒子上，伸手拿起来。

这是小时候陈桉送给她的，说只要将愿望放进小盒子里，梦想就会成真。

那时陈桉的话在她这里就是真理，陆倾音自然是信以为真的，到现在她依稀记得她许过的愿望。

我想吃糖。

第二天书包就会多出一块糖。

我喜欢超市的哆啦A梦的本子。

第二天她的床边就会多出同样的本子。

我想要喝柠檬味的饮料。

第二天陈桉一定会买一杯递给她。

当时她觉得许愿盒能实现她所有的梦想，可是在陈桉离开后，她放了无数张让陈桉回来的字条，只是这个愿望被搁置了数年。

为了验证许愿盒的魔力，她写了实现过的好多愿望，可许愿盒的魔力随着陈桉消失不见了。

在陈桉离开之后，陆倾音才开始学会接受成长，学习接受那些命中不可得的东西。

陆倾音轻轻打开许愿盒，看着许愿盒里数十张飞往同一个地址的机票，泪水再次决堤。

她状似无意地将眼泪擦去，然后将许愿盒放在一边。

小星星似乎意识到陆倾音的情绪，轻轻拱着陆倾音的小肚子，用它独特的方式安慰着陆倾音。

陆倾音红通通的眼睛里终于沾染了几分笑意，摸了摸小星星的脑袋，像是自言自语般："小星星，他喜欢我这件事好像一直都是我的错觉，但我好像有些沉迷于这个梦境了。"

徐栩是被陈桉提着领子送到陆倾音的卧室前的，但她的视线全在身后的“天梯”上，颇有些敬佩地望着陈桉：“表哥，你可真是个人才，小姨竟然说你在感情方面还是张白纸，可我看你明明是个高手啊！”

如果不是需要徐栩解释，陈桉肯定当场就缝了徐栩的嘴巴：“知道该说什么吗？”

徐栩心里全是抵触，却不得不看着陈桉的脸色说话，闷闷道：“知道。”

“敲门。”陈桉下巴一抬，示意得很明显。

徐栩心里带着气，所有的情绪都发泄到了无辜的门上。

陆倾音一听见粗鲁的敲门声，满心的委屈渐渐地转成怒火。

她还没委屈呢，陈桉竟然还敢找上门来？是解释，还是干脆承认？无论哪一种结果，她都没有开心的可能。

陆倾音倒在床上，用枕头蒙住自己的脑袋，唯恐一个狠不下心去开门。

看着眼前的反应，陈桉更加知道误会大了，推了推徐栩：“叫人。”

“喂。”一想到夏悠然得逞的样子，徐栩头都大了，语气自然好不了多少，“开门。”

听见女生的声音，陆倾音直接从床上坐了起来。

陈桉竟然把人带回来了？还找她？真当她是枚软柿子，不会发火的吗？

陆倾音一个激动就起了身，可真到了门前，却又㞞了。

没准不是像自己想的那般。陆倾音这样安慰自己，说服着自己那颗倔强的玻璃心，却还是没有足够的勇气面对那个未知的结果。

“音音。”陈桉说话的时候连带着声音都温柔了许多，解释道，“我表妹。”

表妹？陆倾音瞬间如同五雷轰顶，所以她到底是干了什么蠢事？

陆倾音急忙推开门，正对着徐栩，不过徐栩可没正眼看她。

“对不起，虽然我不知道什么地方错了，但是表哥硬是对我屈打成招。”

徐栩低着脑袋看着脚尖，道歉全然没有几分像样的诚意，“我孤苦伶仃，是个没靠山的小可怜，所以……”

陈桉看着如此拆台的徐栩，有几分头疼：“我表妹徐栩，平时就喜欢演戏，这会儿沉迷角色呢。”

“谁沉迷角色，欺负我还不让说了。”徐栩深呼一口气，直接抬起脑袋，打算和夏悠然鱼死网破。

瞧着徐栩眼底的敌视，陆倾音有几分诧异，刚哭红的眼睛将无辜演绎得淋漓尽致。

是她？徐栩瞪圆了眼睛，朝着陈桉求助：“她……”

“陆倾音。”陈桉介绍道，“按照年龄，你应该叫姐。”

不是夏悠然，是仅用美色就征服了她的人。徐栩恍惚地理清思绪，方才的敌意顿时销声匿迹，这会儿倒是不好意思，朝着陆倾音弯了弯嘴角：“吓到你了吧，不好意思，我刚才太入戏了。”

“倾音姐。”徐栩的态度来了一个一百八十度的大反转，她一向以假小子著称，面对陆倾音这会儿倒不好意思得像个姑娘了，“我可以这样叫你吗？”

“可以。”陆倾音也有些无措，下意识地望了眼陈桉。

陈桉摆摆手，表示自己也不知道怎么回事。

原本他带徐栩回来时，徐栩坐在车里还一阵抱怨，坚决地说自己不会妥协于强权之下。

可十几分钟前还打算和陆倾音鱼死网破的人现在已经换了张面孔。

心里的未来表嫂从夏悠然转变成了陆倾音之后，徐栩说是狂喜也不为过，她整双眼睛都只盯着陆倾音，别说陆倾音的灵魂了，就凭着陆倾音这张脸，她都百看不厌。

“徐栩……”陆倾音实在受不住徐栩的眼神，上一次被盯到头皮发麻还是第一次看见夏悠然的时候，不过她那会儿的脸皮可比现在厚，“想吃点什么吗？”

“不用。”徐栩眼底的光芒没有暗下去，眼睛盯着陆倾音，晃着的两条腿显示出她绝好的心情，“我不饿也不渴。”

如果徐栩不是个女孩，陈桉铁定忍不住了，这样赤裸裸的目光真是逼得他想轰走她。

陆倾音方才还伤心不已，现在恢复过来，这会儿已经被徐栩的出现乱了阵脚，连礼物都没有准备。为了避免窘迫，她说：“我带你去我哥的房间看看，没准有你喜欢的东西。”

虽然两人审美可能有些不同，但陆席南的东西胜在数量多，万一徐栩有喜欢的，她就再买一个赔给陆席南。

徐栩哪里还有拒绝的能力：“好。”

陆席南的卧室很大，除了睡觉的地方，其余地方摆满了手办。

墙角一整个书柜全是手办的天下，完全不输给一般的商店，按照陆席南的说法，这些都是他的身家性命。

“哇——”徐栩家庭也不错，但看见这夸张的数量也是惊得嘴巴都合不上了，整张脸扑在玻璃上，声音中带着颤抖，“这是2000年限量版的那个，市场上已经找不到了……竟然还有这个……”徐栩有种想哭的冲动，摸了两把胳膊，“倾音姐，我都有些起鸡皮疙瘩了。”

看着徐栩兴奋的样子，陆倾音难免有些意外，望着陈桉：“这些都是限量版的吗？”

“有些估计已经是绝版了。”陈桉早就对陆席南的败家能力熟知于心，看见这些也没有多少意外，“这些加起来估计能买A城一套房了。”

A城的房子差不多要上千万。陆倾音轻呼一口气，重新用崇拜的目光审视这面墙，这可都是钱！

陆席南小时候竟然还敢说她败家，他还真是有脸说她啊！

在陆倾音的百般保证下，徐栩才选了一个手办，捧在手心里还觉得有几分虚幻，小心翼翼地朝着陆倾音确定：“这个真的是属于我的吗？”

陆倾音忍不住摸了摸徐栩的脑袋，点点头：“嗯。”

两人之间的误会已经解释清楚，陈桉便提醒徐栩回房间里收拾东西。

徐栩给陆倾音说了再见，在天梯上宝贝似的捧着手办，一路上都在感叹：“表哥，我收回那句话，你可真是有眼光。”

对于现在的情况，陈桉显然是乐见其成，很是舒服地接受了徐栩的马屁：“嗯。”

“倾音姐各方面条件都很好，就是……”徐栩顿了一下，上下打量了一下陈桉，毫不客气道，“就是眼光稍微差了一点。”

陈桉表示很想打死这个熊孩子。

晚饭时，徐栩在陆家接受了最热烈的欢迎仪式。

“栩栩，就当是自己的家，不用拘束。”白方冉本就热情好客，何况徐栩是徐漾的外甥女，她自然是要当自家人一样看待，“有什么需要就开口哈。”

徐栩陷入一个个惊喜中，早知道她就应该下了飞机直接跑过来，死缠烂打也要跑过来。

“哥。”陆倾音正愁找不到机会，这会儿抓住难得的机会，“栩栩刚来，要准备份礼物给她吧。”

陆席南大手一挥，完全不知道自己给自己挖了一个大坑：“喜欢什么就告诉我，我送给你。”

猎物已经成功地掉进陷阱。陆倾音朝着徐栩眨了下眼睛，暗示时机成熟，应该出手了。

在看见陆倾音的时候，两人的默契已经培养起来，此时也是配合得天衣无缝：“谢谢席南哥哥。”

“小事。”陆席南相当开心，这种情况下还不忘朝着陈桉投去一个挑衅的目光。

这一看不但将陈桉的同情看没了，甚至陈桉还觉得陆倾音还是太顾及血缘亲情了，要是他肯定让陆席南血槽大空，不将陆席南的家底败光不罢休。

晚饭过后，三人在陆倾音的卧室待了一会儿。

徐栩到底是个孩子，一天的大起大落将她的精力消耗得差不多了，还不到九点就犯困了。

再三和陆倾音道别之后，徐栩才依依不舍地离开，走时还不忘带走存在危险因素的陈桉，不由分说地拉着陈桉从天梯上回到陈桉的家。

送走两人，陆倾音想起送出去的手办，觉得还是有必要通知陆席南一下，便起身朝着卧室外走去。

探头朝楼下望了一眼,陆倾音正巧看见刚从厨房洗完碗出来的陆席南，立即就跑了下去。

“哥。”陆倾音做了亏心事，语气都带着平时少有的热情，“累吗？”

陆席南哪里知道陆倾音别有深意，只当陆倾音是关心自己，便也开始表演，心酸一笑：“哪还有什么累不累的，多少年了，哥都习惯了。”

“那肯定腰酸背痛了，我给你捶捶背。”陆倾音殷勤道。

陆席南终于嗅到一丝不同寻常的味道，重新审视了一把陆倾音：“又做什么亏心事了？”

“哪有？”陆倾音说得完全没有底气。

陆席南灵魂一颤，每次陆倾音出现这种表情的时候，一般都是把他的心肝宝贝摔碎的时候。

哪还有时间和陆倾音浪费口舌，陆席南下意识地朝着卧室飞奔过去，着急去看看到底哪个宝贝又遭到毒手了。

这个还在。陆席南松了一口。

这个也完好无损。陆席南的心放下大半。

亲爱的又见到你的感觉真好。陆席南终于将心放回肚子里。

透过玻璃窗一一打着招呼，来回几趟之后，陆席南终于看见了空缺的位置："路飞！"他转身望着陆倾音，声音中带着些许颤抖，"我的路飞呢？"

"不是你说要送礼物嘛。"陆倾音的脖子缩了缩，"栩栩今天下午挑好了，我就做主送了。"

陆席南感觉自己的心在滴血。

"哥，就送一个。"陆倾音伸手一根食指，然后中指和无名指也竖了起来，"我发誓。"

陆席南也不甘示弱，学着陆倾音的样子，一副视死如归的样子："如果我的宝贝再少一个，哥真的会死在你面前的。"

陆倾音顿时觉得一条人命压在自己的背上，踮起脚将陆席南竖起的三根指头一一掰了下来："哥，您言重了。"

陆席南摇摇头，手指再次竖起来，颇有一股屹立不倒的气势："你觉得哥像开玩笑吗？"

自从徐栩来了之后，陆倾音就多了一个小尾巴，整天"倾音姐"长"倾音姐"短地被徐栩叫着，偏偏陆倾音还挺吃这套。

陈桉抱着小星星，一人一猫已经完全是个摆设，和同样被冷落的小星星对视一眼后，已经说不上来谁更可怜了。

"倾音姐。"徐栩已经快把这句话当成口头禅了，站在陆倾音旁边，想起第一次看到陆倾音的时候，"你知道尘音吗？"

陆倾音和"尘音"在同一个办公楼里，徐栩还抱着两个人可能认识的一丝希望。

陆倾音愣了一下，继而笑意又深了几分："你认识她？"

"我是她的粉丝，很早就喜欢她了。"徐栩一脸向往的眼神，又唯恐伤害到陆倾音，又补充了一句，"不过我还是更喜欢倾音姐一些。"

"真的吗？"陆倾音语调上扬，在徐栩不断点头中，换了种音调，"他横空而降我的世界，免我惊，免我伤，免我流离失所。传说上天会给每个天使派去一个守护神，因为他的存在，我觉得自己就是被选中的天使。"

这是陆倾音配的第一个动漫里的女主角的一段经典台词。

徐栩的目光由震惊到惊喜，眼里涌上一股泪花，巨大的惊喜让她冲昏了头脑，直接将陆倾音扑倒在床上。

"尘音！倾音姐你竟然就是尘音。"

得知这件事之后，徐栩对陆倾音更加寸步不离了，于是这直接影响到了某人的利益。

可陈桉还没开始抱怨，得了便宜还卖乖的徐栩倒是先发制人，炮轰起陈桉："表哥，我喜欢倾音姐。"

陈桉轻哼一声："然后呢？"

徐栩直接开口，也不管会不会伤到陈桉那颗玻璃心："我觉得你配不上她。"

"闭嘴。"陈桉脸黑成一片。

"真是的，怎么先遇见倾音姐的人不是我？"徐栩完全当陈桉不存在，沉浸在自己的抱怨中。

陈桉这下凭空多出了优越感："你应该庆幸是我，不然她怎么会知道你这个小喽啰。"

"好像也是。"徐栩也算是吃水不忘挖井人，不过还没感谢三秒，就又威胁上陈桉了，"表哥，你现在工作忙吗？你还是要时刻抓住倾音姐的心啊，不然你和倾音姐的关系断了，我和你的兄妹关系也算是走到了尽头。"

"呵。"陈桉声音像是从牙缝里挤出来的一样，"反正也是表的。"

中秋节到了。

陆倾音翻着列表里的好友，给需要问候的人发去祝福，就滑到了许久未联系的"许一曼"。自从陈桉搬到隔壁之后，她们已经很长时间没有聊天了。

"一曼姐，中秋快乐。"陆倾音发去了祝福。

陈桉手机里提示另一个微信号有信息，一想便知是陆倾音，于是切换了账号，本想着是陆倾音有什么疑问要问他了，还准备帮她解惑的，结果看到的是一条祝福的信息。

陈桉弯了一下嘴角，刚想要回信息，徐漾的电话便打了进来。

"小桉，中秋节快乐啊。"徐漾的声音从手机里传来，还不等陈桉回答，又道，"不要忘记给你白阿姨准备礼物啊。"

"知道了。"陈桉答了一句，却又不知道说些什么。

这会儿，陆倾音跟着小星星来到陈桉的卧室，小星星不知道陈桉在打电话，一下子便跳到陈桉的身上。

"小星星。"陆倾音轻呼一声，将陈桉怀里的小星星抱了起来，望着陈桉的脸，"我这就带它出去。"

听到这边的动静，徐漾的心都沸腾了，声音都大了好几分："是音音吗？小桉把手机给音音，我要和音音说话。"

卧室里原本就安静,再加上陆倾音弯着身子抱起小星星时离陈桉很近,自然也听见了徐漾的声音。

陈桉将手机给陆倾音，然后接过小星星。

“干妈。”陆倾音一直都有和徐漾联系，彼此的关系一如从前并没有生分，“中秋节快乐呀。”

徐漾听见陆倾音的声音情绪激动多了，语气也比方才热情多了：“最近还好吧？”

“挺好的。”陆倾音弯弯眼睛，“干妈你在国外要照顾好自己。”

“还是音音贴心。”徐漾喜不自胜，又想到刚到国内的徐栩，“栩栩这孩子要麻烦你了。”

陆倾音笑了一下：“不麻烦，我很喜欢栩栩。”

“栩栩这孩子人还不错，就是话有点多。”徐漾叹了一口气，“如果和小桉中和一下就好了。”

徐漾和陈桉的通话一般都维持不了两分钟，而且多半都是徐漾在找话题。毕竟陈桉不喜欢对人嘘寒问暖也不喜欢嘘寒问暖别人，无论多么关心他的话都只会换来他的一个“嗯”字,多热情的人到了他这里都会有种“多管闲事”的感觉。

两人的通话时长破了陈桉自从有手机以来所有的通话时长记录，陆倾音挂断手机的时候，陈桉已经无聊到和小星星开始对话了。

陆倾音的视线落在陈桉的身上，其实陈桉话也不是很少。

刚想把手机还给陈桉时，陆倾音的目光无意间落在手机屏幕上，只一眼就呆住了。

手机屏幕上赫然是她发给“许一曼”的信息，而对话框还有一条未发出去的信息。

陆倾音下意识地返回主屏幕，整个人如同坠入冰窖一般。

陈桉许久没听见声音，抬头便看见陆倾音失神的样子，便道："打完了？"

"嗯。"陆倾音笑得很勉强，将手机递到陈桉手里，一秒都不愿意在这里待下去，"我先回房间了。"

虽然不知道发生了什么事，但陈桉意识到了陆倾音情绪不对，可看着陆倾音的背影又不知道该怎么问，只得任由陆倾音离开。

听见敲门声，陈桉起身去开门。

门外只有小星星，陆倾音已经转身离开了。

陈桉轻叹一口气，抱起小星星，他的大脑已经不够用了，只得向小星星求助："你知道姐姐最近怎么了吗？"

小星星"喵"了一声，无精打采地趴在陈桉的怀里。

"表哥，开门。"徐栩的魔音在门外响起，听声音的焦急程度，不知道的人还以为是什么十万火急的事情，"我要去找倾音姐。"

陈桉本就心情不佳，听见徐栩的魔音脑袋都大了，推开门便教育道："你一个小姑娘能不能安静点？"

"都像你一样是个闷葫芦就好了吗？"徐栩将来自陈桉的人身攻击原封不动地还了回去。

看徐栩还是个孩子，陈桉不想和她计较，便道："她心情不好，不要去烦她。"

徐栩反应过来，一下子就抓住问题的关键，望着陈桉的眼神全是"烂泥扶不上墙"的失望："你又惹倾音姐了？"

看着徐栩审视的眼神，陈桉的心情更加忧郁了。

这是什么强盗逻辑？

瞬间忘记了徐栩还只是个孩子，陈桉甩给徐栩一个自行体会的眼神：

“怎么不在自己身上找问题？”

“我这么可爱的女孩子，倾音姐喜欢还来不及。”徐栩一向自恋，自然越看陈桉越不顺眼，“依我看都是你的问题。”

陈桉已经无心与徐栩争吵，指了一下门：“去吧。”

“去什么？”徐栩迷茫地问，眼睛里却带着警觉，一副“休想害我”的神情。

陈桉感觉神经绷断了一根：“不是去找你的倾音姐？”

“一看就是做了什么亏心事，想把我拿出去挡枪，我才不会上当，让你这个麻雀坐收渔翁之利。”徐栩一副早已“看透事情本质”的神情。

陈桉按了按太阳穴，纠正徐栩的语病：“是黄雀。”

“看看，承认了吧。”徐栩指着陈桉，“阴险小人，我可是你的表妹，你怎么忍心对待这样一个可爱单纯的少女？”

陈桉直接将徐栩推出去，声音都阴沉了几分：“出去。”

“凭什么？”徐栩根本没有逻辑，下意识地和陈桉唱反调。

陈桉轻嗤一声：“配角死于话多。”

第七章

从前从前有个人爱你很久

NIDEXIAOXIANNVTANCHUTOULAI

其实说来也不是什么大事，可是陆倾音总迈不过心里那道坎，独处时总是想东想西。

陈桉为什么骗她？那些透露给自己的信息到底是什么意思？只是为了要自己吗？

在所有的情绪濒临崩溃的时候，陆倾音再次来到了暗恋馆。

许一曼再一次看见陆倾音的时候，远不如第一次淡定，她将慌乱的情绪藏起来：“又来了？”

所有的事情她都全权交给了陈桉，也不知道陈桉拿着她的身份干了什么好事，最糟糕的是眼下的谎她要怎么圆。

“一曼姐。”陆倾音不像第一次那般拘谨，直接坐到了许一曼的对面，开门见山道，“你认识陈桉吗？”

许一曼心里已经犹如热锅上的蚂蚁，但表面上还保持着镇定，心里还存有一丝幻想：“哪个陈桉？”

“我让你找的那个人。”陆倾音也没有生气的迹象，见许一曼还不知道现在是什么情况，拿出手机，给“许一曼”拨了一个语音电话。

陈桉是不会接的，这点自信陆倾音还是有的。

许一曼在心里为自己烧了一炷香，闭了闭眼睛，默哀“老板这可不关我的事”，便向陆倾音道歉：“对不起。”

“没关系。”陆倾音已经不知道该怪谁了，甚至听见这话还轻松了不少，托着下巴望着许一曼，“有酒吗？”

“没有。”许一曼哪敢给陆倾音酒喝。

陆倾音伸出小手，在最上面的架子上来回转了几圈，最后选中了其中一个：“我要那个。”看着许一曼为难的表情，又道，“我会付钱的。”

哪里是钱的问题，许一曼头皮发麻，可现场被人抓包，再加上对陆倾音的愧疚，只得将陈桉远远地甩在一遍。她冲着陆倾音点点头：“你等一下。”

转身的时候，许一曼恨不得抽出灵魂将陈桉扯回来，再扯着他的领子，咆哮着问他拿着她的名字干了什么好事。

将一瓶酒放在桌子上时，许一曼是一万个后悔，这些酒都是她给自己准备的，如果想到有一天陆倾音也要喝这些酒，她是绝对不会纵容自己上班时间喝酒怡情的。

见陆倾音的手放到了酒瓶上，许一曼还没放弃最后的挣扎，一把按住陆倾音的手，商量道：“一定要喝吗？”

“嗯。”陆倾音语气温柔，态度却异常坚定。说实话，她今天就是来买醉的。

许一曼一看陆倾音的眼神瞬间妥协，拿起酒瓶：“我给你开。”

都是陈桉造的孽。

陆倾音喝酒也带着优雅，小口小口地喝着，完全没有任何想要喝醉的迹象。

许一曼本就是个小酒鬼，看见陆倾音喝酒的样子，又闻到熟悉的味道，当下心里就痒了起来。

不行不行，她可是老板，而且陆倾音喝醉之后还需要她照顾。

店里本来就只有两个人，陆倾音的注意力大部分都放在了许一曼身上，看着许一曼吞了好几次口水，她终于忍不住问：“一曼姐也想喝吗？”

许一曼心想，喝酒误事，现在是上班时间。

但是酒的味道简直太诱人了，许一曼完全说服不了自己，犹豫三秒便决定放纵一下自己：“等下，我再开一瓶。”

于是，该上班的请假，在工作岗位上的无视规则，两人都是拿起酒瓶就忘乎所以然了。

在酒精的催化下，陆倾音藏在心里的话也不压抑了，一个劲地往嘴边冒出来：“一曼姐，骗我这件事是陈桉的主意吗？”

陆倾音委屈的声音听得她心都要碎了，已经到这般田地了，许一曼再替陈桉隐瞒也没什么实际意义了，犹豫一下便站在了陈桉的对面：“对，就是他的主意。”

陆倾音更加郁闷了：“他为什么要骗我？”

“你知道吗？”许一曼在这件事情上深有感触，“我以前觉得他是那种享受过程的人，从来不看重结果的，现在我才发现他也有固执的事。”她托着下巴，看着陆倾音，“大概在你这里，他只能接受好的结果吧。”

陆倾音眼神暗了暗，意识却比任何时候都要清醒：“可以给我讲讲他以前的事情吗？”

那些她渴望在陈桉身边的日子，陈桉经历了些什么她却只能在其他人口中了解。

虽然许一曼和陈桉的关系较近，但是她知道的大多都是被学校的人传烂的故事，歪着脑袋道：“也不是什么大事，都是日常小事。”

“没关系。”陆倾音笑了笑，“反正我都没听说过。”

许一曼认识陈桉的时候是大学一年级，当时她一个美国同学怂恿她去和陈桉搭讪。

搭讪这事都是怀春少女做的蠢事，一向豪爽的许一曼怎么会答应，当时就义正词严地回绝了。

但是这位美国朋友心里老是惦记着陈桉，在两人喝点小酒之后，又谈到陈桉的名字。那会儿许一曼已经有些喝高了，被好友左一个“陈桉”右一个“陈桉”弄得相当不耐烦，酒壮㞞人胆，两人一拍即合，手牵着手去找陈桉。陈桉不喜欢群居，大学开始就搬出去住了，住在离学校不远的一个公寓里，而他的住址在学校早就不算秘密。

具体的情况许一曼已经记不太清了，只知道当时陈桉用那双空荡的眼睛将美国好友的酒吓醒一半，想要拉着许一曼逃跑，可许一曼哪会不战而退，甩开了好友的手，叫嚣着要和陈桉决一死战。

距酒醒一半的好友描述，当时陈桉的眼神已经要杀人了，可许一曼完全没露出任何胆怯。

笑话，她当时喝醉了，别说眼睛了，她看陈桉都看成了两个，更加放飞自我了，说起话来完全不经大脑。

说了什么胡话，许一曼醒来已经全然不记得了，只知道她一睁开眼就看见坐在餐桌上吃早餐的陈桉，吓得魂差点都没了。

“陈桉！”许一曼从地板上爬起来，不可思议地望着始作俑者，“你让我在地上睡了一夜？”

陈桉慢条斯理地喝着牛奶，对许一曼置若罔闻。

许一曼气得差点一口气没提上来，瞪着陈桉，恨不得用目光撕了陈桉。

五分钟后，陈桉吃完早餐，不咸不淡地看了她一眼："你应该庆幸你是A城的人，不然今天你就是在外面醒来的。"

许一曼的关注点一向清奇："你调查我？"

"你同伙说的。"陈桉瞥了许一曼一眼，昨天晚上许一曼抱着他房间的桌腿，死活不肯撒手，在他准备连着桌子和许一曼一块儿扔出去的时候，许一曼的好友弱弱地出声提醒他要顾及同胞之情。

"老乡见老乡，我是不是要两眼泪汪汪表达谢意？"许一曼轻哼，完全不领情，"敢情我要不是沾了A城的光，你还能把我一个弱女子扔出去？"

陈桉的声音没有一丝起伏："嗯。"

国外治安从来不比国内，如果一个酒鬼在外面睡一夜，可能早上就能变成真鬼了。

她还真是要谢谢陈桉家的那块地板了！

从这件事之后，许一曼对陈桉的印象就是冷血，试问一个男生让一个女生睡在地板上不闻不问，起来后还对她冷嘲热讽，这是一个人能干出来的事情吗？

陈桉却能干出来。

基于对陈桉所有不好的印象，从此之后只要许一曼碰见陈桉都会绕道走，更不愿意和陈桉有任何交集。

可没想到陈桉主动找上她了。

被周围女生羡慕的目光包围的许一曼轻哼一声，望着陈桉："是来道歉的吗？不必了，我是不会原谅你的。"

"我最近在做一个项目。"陈桉还是面无表情道。

被人需要了？许一曼心里涌上一股自豪，仰着头："需要我帮忙？"

陈桉声音如常："嗯。"

“你先说说，我考虑考虑。”许一曼整个人都飘了起来，“当然也不一定答应。”

陈桉表情本就匮乏，瞧着许一曼傲慢的样子，脸上也没一丝生气的迹象：“打杂。”

打杂？

许一曼眯了眯眼睛，在看见陈桉那一本正经的脸时，差点儿一巴掌呼下去：“你再说一遍。”

“打杂。”陈桉还真敢重复一遍，不过又补充了一句，“有奖金。”

本来许一曼已经转身了，听见“奖金”两个字却本能地回头，她眼神立刻亮了起来：“多少？”

“一等奖一万美金。”陈桉完全是奔着一等奖去的。

许一曼心里激动得不行，面上却只露一二：“哦，几个人？”

“算上你六个人。”陈桉回答道。

为了一等奖金，许一曼觉得对陈桉的芥蒂还是可以放一放的，于是马上接下了陈桉砸过来的馅饼。

陈桉离开之后，周围的人瞬间围了上来问是陈桉告白了吗？许一曼只庆幸方才陈桉和她说话用的是汉语，不然让这一群饿狼知道陈桉把一个香饽饽白白送给她了，她不得被撕成肉片。

不过在看到团队里都是学校里数一数二的人物时，许一曼瞬间抛下对陈桉的所有成见，也忘记那一夜的地板之仇，只觉得陈桉身上散发着人性的光芒。

陈桉呀，那可真是个好人。

这件事之后，许一曼摸着一沓钞票，整个人都乐开了花，自此一反常态，时不时地就在陈桉身边刷刷存在感。

谁会和钱过不去？

作为学霸而存在的陈桉可是拿奖拿到手软的校园风云人物，曾经带着团队几个人拿下过不少的奖项，后来就连毕业后，作为团队里端茶送水的成员许一曼也接到了不错的 offer。

不过陈桉也有自己搞不定的领域，比如一个游戏的主角设计图。

从许一曼认识陈桉的时候，陈桉就在空间上挂了一则有偿求设计稿，此事一出瞬间引发全校轰动，因为有一万美金的报酬。

“你疯了吧？”许一曼再不专业也知道游戏最主要的是体验感，哪有人重金设计人物？

陈桉并没有回答许一曼直击心灵的一问，而是面无表情地拿着书绕过她离开。

然后，整个图书馆的目光全部射向发出声音的许一曼，每一个眼神都像是在告诉她如果再发出噪声，很可能会被扔出去。

事实证明，陈桉的钱也不是那么轻易就可以拿到的，整整两个月，全校有点美术功底的人全数出动，最后都无功而返，甚至在巨额的奖金的诱惑下，许一曼还特意申请了个小号给陈桉投过稿，结果花了一夜画的图只得到了陈桉一个敷衍又无情的“sorry”。

在所有人都怀疑陈桉以奖金为幌子，其实只是恶作剧一场的时候，一位中国留学生成了优胜者。

一万美金！许一曼心里在滴血，同样都是留学生，她为什么只能得到一个 sorry ?

在强烈的好奇心的驱使下，许一曼找到了那个优胜者，对方只说是通过了初试的筛选后，会收到陈桉传来的一张照片，以真人为原型设计就好。

许一曼还想深究照片，但优胜者显然已经和陈桉达成了某种共识，对此避而不谈。

原来一万美金不仅只是报酬，更多的怕是封口费……

两个女生都有些微醺，陆倾音是因为酒量不好，许一曼纯粹是因为喝得太多。

“一万美金啊？”陆倾音有些晕乎乎的，甩了甩脑袋，问，“设计的是谁啊？”

许一曼至今还记得那个被镶了金子的名字，脱口而出：“青音。”

“啊？”陆倾音歪了歪脑袋，脑细胞已经处于半醉的状态，听见许一曼的话，傻傻地指了指自己，一脸憨厚，“你叫我啊？”

“不是叫你。”许一曼的大脑被酒精支配，完全没有思考的能力，“是陈桉的小青梅，所有人都没见过。”她摇晃了下脑袋，“当然，我也没见过。”

听见“小青梅”三个字，陆倾音倒是笑了起来，指着自己：“嘿嘿，陈桉的小青梅就是我啊！”

“真的吗？”许一曼这倒是反应过来了，起身朝着陆倾音看了过去，快要贴在陆倾音的脸上，“别动，让我好好看看你的脸。”

陆倾音也凑上去：“我不动。”

许一曼的瞳孔都没有聚焦，却配合着陆倾音，惊讶地大喊一声：“啊！原来你就是陈桉的心上人。”

“对。”陆倾音最真实的情绪摆在脸上，笑得灿烂极了，“就是我。”

“独乐乐不如众乐乐。”虽然许一曼意识已经被酒精占据，但是八卦的本能还在，拿起一旁的手机，点开摄像头，“我给你拍张照，告诉所有人，我一下就破解了学校的两大未解之谜。”

陆倾音瞬间脑袋也不晃了，睁开眼睛笑着看着不断晃动的镜头，还配合地摆了个剪刀手。

“好看。”许一曼美滋滋的，集中注意力点开一个群分享了出去，还善解人意地配文——

“陈桉的小青梅在此，速速前来膜拜。”

群里大多都是中国留学生，即使毕业之后，陈桉还是在圈子里拥有无人能及的热度,这条爆炸性的消息一经发出,便瞬间炸出了所有潜水的成员。

不过许一曼可没什么力气解惑，望了一眼快要醉倒的陆倾音，潜意识里点开陈桉的号码。

她睡地板没关系，但是陈桉的小青梅要是也睡地板，她就不能和陈桉混了。

陈桉正在开会，平时没说过话的群信息一条接着一条，他的手机在桌面上振动得快要跳起来了。

“抱歉。”陈桉将手机调成静音模式，冲着正在分析的李西点点头，“继续。”

李西对陈桉可谓是怕到骨子里了，被一打断慌了神，深呼一口气才堪堪稳住心神，在心里祈祷着不要再出什么意外。

一分钟之后，陈桉的手机再次亮了起来。

许一曼。

要是平时绝对没有人会在工作时间打扰他，陈桉眉头一皱，毫不犹豫地拒绝了通话。

李西被陈桉周遭的气场所影响，更加紧张了，连声音都带着几分颤抖。

天知道，他是第一次在陈桉面前班门弄斧，原本他的心理素质就不好，老大就不要再折磨他了！

可没过几秒钟，手机再次亮了起来。

陈桉并没有喊停，只是将手机放在耳边，仿佛只要许一曼开口讲一个字，他就挂断电话。

“陈桉。”许一曼简直不是在说话，简直是在号叫，声音大到足以在整个办公室回荡，“你的小青梅在我这里，她喝醉了，快来把她带走。”

陈桉终于喊了停，声音带着几分紧张，声音里掺杂了几分不知名的慌张：“谁？”

“你的小青梅。”许一曼又重复了一遍，知道陈桉不相信自己，便将手机递到陆倾音的面前，“小青梅，你说话啊。”

陆倾音早已经解析不了语言，睁着一双迷茫的大眼睛，话却是对着许一曼说的：“说什么？”

“陈桉。”许一曼又重新控制了手机，“快点过来，你要是不及时赶过来，休怪我对她做些什么了。”

陈桉直接站了起来，冲着办公室的人微微欠身：“不好意思，我有点事需要处理。”

平时陈桉简直没有一点总裁样子，比员工还要刻苦努力，这会儿自然也没人说什么。

陈桉再问许一曼的时候，电话已经被挂断了。

知道许一曼是个酒鬼，喝醉也没什么好意外的，可陆倾音怎么会跑去和许一曼喝酒？

陈桉也没有心思考虑这些，叫上卢浩便朝着暗恋馆赶去。

许一曼和陆倾音坐在地上，两人靠着柜台，头靠头倒成一团，即便已经醉成这般模样，手里还是拿着酒瓶。

一看见现在的情况，陈桉立刻就朝着两人跑去，担心陆倾音坐在地上着凉，便横抱起陆倾音，轻声喊了两句：“音音。”

陆倾音只觉得有几分痒，手就朝着陈桉的脸上招呼了过去。

“啪”的一声，成功地让卢浩止住了前进的步伐。

陈桉的目光危险起来，却是射向无辜的卢浩。

“老大。”卢浩双手捂住眼睛，“我什么也没看见。”

看着一旁的始作俑者，明知道许一曼没什么意识，但陈桉还是幼稚地瞪了一眼许一曼。

上次他就该把许一曼从房间里扔出去，到现在还不长记性！

陈桉抱着陆倾音，经过卢浩的时候，还是安排了一句：“你看着点她。”

“好。”卢浩回过神，目送着陈桉的背影——这简直就是有生之年系列，没想到竟然有机会看见陈桉如此柔情的一面。

陈桉从没有看见过陆倾音喝醉酒的样子，将陆倾音放到副驾驶的座位上，看着异常安静的陆倾音，他的心软得一塌糊涂。

好乖。

陆倾音像是睡着了一般，一动不动地躺在座位上。陈桉弯过身子，替陆倾音扣上安全带，完成好一系列的事情之后，又将陆倾音散落在前面的头发拨开。

可是车没开出多久，陆倾音的酒劲就上来了，像是被安全带束缚了一般，她闭着眼睛挣扎着：“放开我。”

“音音。”陈桉温柔道，只有在陆倾音不清醒的时候，他才能毫无忌讳地泄露自己的感情，“马上就到家了。”

陆倾音没有清醒，更没有看见陈桉眼底的深情。

一听见这句话，陆倾音像是被施了魔力般，老实了许多，整个人的情绪都松弛了下来，带着鼻音应了一句：“嗯。”

两人好不容易回到了家，陈桉只庆幸徐栩那个大嗓门去找徐骁了，否则看见陆倾音这副样子，不得喊上所有人把他生吞活剥了。

陈桉小心翼翼地将陆倾音放到床上,半跪着将陆倾音的鞋子脱了下来，将她调整成一个舒服的姿势，才坐在了床边。

小时候陆倾音的身体很弱，经常生病，睡觉的时候特别没有安全感，睡着的时候都要攥着他的手才会安心。

陈桉已经不记得这样的场景曾经出现在他的梦里多少次了，如今终于等到这一刻，之前付出的所有一切都是值得的。

陈桉将陆倾音的小手轻轻窝在掌心，用下巴轻轻地摩擦着，眼底如潮涌一般溢出温柔。

他喜欢陆倾音，一直喜欢，陈桉从来没有一刻怀疑过这个事实。

可也是这份喜欢将陈桉的胆怯放大无数倍，在没有回国之前，他害怕陆倾音遇见喜欢的人，他害怕陆倾音忘记他，他害怕陆倾音的世界根本没有他的位置。

自从离开陆倾音之后，陈桉无数次想要回到她的身边，可万一那个以他为中心的陆倾音对他失望了，再也不要他了怎么办？

年少如陈桉，第一反应就是逃避，所以只敢躲在电脑屏幕前看着陆倾音的一切。

等到真的回到陆倾音身边之后，他的胆怯也没有因此消失，甚至越发严重，就怕一个不小心再次被陆倾音排除在世界之外。上一次他逃跑之后，可是付出了长达十年的时间为代价，如果这次依旧贸然开口，导致结果不是他所期待的，他又该怎么办？

在陈桉一帆风顺的人生中，所有的事情都有百分之九十以上的把握，可唯独在陆倾音的事情上，百分之一的信心他都拿不出来。

“音音……”陈桉望着面前陷入沉睡的女孩，满脸都是无奈，“我该拿你怎么办才好？”

睡了几个小时之后，陆倾音的酒劲虽然没有完全下去，但是精力已经上来了。

在陈桉黯然伤神时，陆倾音直接抽回手，直起身子，在陈桉诧异的目光中，双腿盘起，在床上打坐起来，就差双手合拢放在胸前喊句“阿弥陀佛”了。

陈桉完全不知道现在是什么情况，呆呆地望着陆倾音，声音带了些许紧张：“音音？”

听见这声呼唤，陆倾音的反应很大，眼睛也眯了起来，望着陈桉，随手拿起一旁的枕头，朝着陈桉扔了过去：“你怎么现在才回来？”

“对不起。”在陆倾音面前，陈桉低下高贵的头颅是分分钟的事情。

陆倾音哼了一声，像是陆席南附身一般：“道歉如果有用的话，还要警察干什么？”

陈桉轻笑一声。

陆倾音皱起眉头，指着陈桉，气愤道：“你竟然还敢笑？”

“不笑，我不笑了。”陈桉举起双手，一副“投降”的姿态，半哄着陆倾音睡觉，“不要闹了，睡会吧。”

“我不听你的。”陆倾音直接从床上跑下来，一个不小心就磕倒在地。

陈桉吓得心脏都骤停了几秒，连忙跑到陆倾音面前：“有没有伤到？”

谁知，陆倾音一把推开了陈桉，所有的委屈都涌了上来：“你就算不喜欢我，也不用离开吧，还去那么远的地方！”

陈桉被推倒在地，声音沉了几分，虽然知道陆倾音处于不太清醒的状态，却还是和酒鬼争论这个问题：“我没有不喜欢你。”

从来没有。

“你有。”陆倾音就像一个小孩子，半点道理都不听，只顾着诉说自己的委屈，捶着陈桉的胸口，“这么多年一个电话都没有打过来，也没有回来看我一眼，你早就把我抛到脑后了。

“可是，你一回来我就眼巴巴地跑了过去，但是你连句喜欢我都不肯说，我不要面子的吗？

“还骗我，把我耍得团团转，你高兴了吗？

“用一曼姐的身份好玩吗？”

句句都是控诉，陈桉根本没有反驳的能力，所有的话堵在嘴边，最终只顾着道歉：“对不起。”

“我不要你的对不起。”陆倾音声音拔高了不止一个分贝，一下子推开陈桉，“你就仗着我喜欢你欺负我！大坏蛋！”

最后一句话在陈桉的世界响起，无数烟火在他的世界绽放开，他不断地整理思路，有什么东西在他心底要破土而出了一般。

“音音。”陈桉握着陆倾音的胳膊，声音里染上了焦急，“当初你为什么拒绝娃娃亲？”

陈桉的声音传入耳中，陆倾音皱着眉头想着这句话，尘封起来的记忆如数涌入脑海中。

那是陆倾音生日之后的一天,徐漾和白方冉在客厅里讨论家里的事情。

陈桉的爷爷生病，在国外需要人照顾，徐漾正在思考要不要把陈桉带过去。

就这件事情，白方冉极力反对：“他一个小孩子照顾不好自己，最好还是留在这里。”

徐漾眉头松了一些，在美国她毕竟要照顾老人，自然对陈桉可能有些顾不上，对白方冉道谢：“麻烦你了。”

“说什么呢？”白方冉听见这话不高兴了，“我们小桉和音音可是有娃娃亲的。”

陆倾音到客厅的时候就听见最后一句，不满地站出来，满脸全是不情愿："不要，我不要和小桉哥哥有娃娃亲。"

她和陈桉将来会在一起，但肯定不是因为所谓的娃娃亲。

可命运总是那么喜欢捉弄人，陈桉来找陆倾音，就听见了陆倾音的话，眼睛瞬间红了。

后来在徐漾去国外的前一天，陈桉告诉徐漾他也要跟着去，原因却怎么也不肯说。

陆倾音也回忆起这段往事，可怜巴巴地望着陈桉，满脸受伤道："你是因为娃娃亲和我在一起吗？"

"当然不是，我……"陈桉突然顿住，这一刻突然开窍，后知后觉地明白了来自女生的脑回路。

"我还以为你会心甘情愿地和我在一起。"陆倾音还沉浸在自己的世界中，后悔道，"早知道你会跑那么远，我就应该用这个理由把你绑一辈子。"

陆席南抱着一个新得到的手办翘班回了家，在家门口却看见陈桉的车子，轻嗤一声："别人家的孩子也开始像我一样堕落了？"

陆席南的吐槽也不是凭空捏造，众所周知他是学校的捣蛋王，三年级的时候就把学校门前池塘为了迎接领导检查放进去的金鱼逮到一条不剩。校长送走领导之后，震怒，将全校同学聚集在事发地点，在寒风中怒吼了一个小时。

天网恢恢疏而不漏，老师在监控视频下捕捉到陆席南的身影，这时校长心里的火也发得差不多了，站到陆席南身边的时候"狂化"状态已经消失，心平气和地劝陆席南回头是岸："金鱼呢？"

陆席南不忍心看自己的辛苦前功尽弃，撒谎道：“煮了。”

要不是校长心脏还算健康，估计就得麻烦救护车跑一趟了，但也气得嘴巴哆嗦，指着陆席南说不出话：“你……”

最后校长实在拿陆席南没辙，便罚他以池塘为中心扫一个月的地，顺便忏悔自己的罪过。

本以为事情到此也就落幕了，次日陆席南正拿着扫把，欢快地接受来自校长的惩罚。

可陈桉和陆倾音带着十几条金鱼认罪伏法，准备把金鱼当着陆席南的面放生。

陆席南趴在池塘边，看着好不容易救出来的好朋友再次身处水深火热之中，瞪着始作俑者，怒不可遏：“你们干什么？”

陆倾音躲在陈桉的身后，朝着陆席南扮了一个鬼脸。

“帮你洗清杀生的罪名。”陈桉拿着杯子，十几条金鱼在里面活蹦乱跳。

“猫哭耗子假慈悲。”陆席南也是刚学的这句话，也不管合不合适，直接拿过来就用了，“给我，我就不计较了，否则……”

可还没等陈桉开口，一旁围观的学生都了解了始末，全部挡在陆席南身前，唯恐陆席南一个兽性大发，直接将金鱼生吞了。

拜陈桉所赐，陆席南的宇宙无敌捣蛋王的绰号前面又多了一个修饰词——恶毒！

自此，陆席南更加视陈桉为眼中钉，只要是陈桉的事情，他都要第一个站出来以血肉之躯阻挡陈桉的如意之路。

尽管并没有什么用，但至少他努力过。

想起往事，陆席南觉得对陈桉的怨气又多了一分，果然是对他有些心理上的阴影，无论经过多长的时间都无法忘怀。

路过厨房的时候，陆席南听见里面的动静，好奇地探了下头。

这一探不要紧，直接看见了个贼。

还真拿他家当自个儿家了？陆席南翻了个大白眼，倚在门上，望着陈桉的背影道：“喂，知道你现在在犯法吗？”

陈桉面不改色，一点也没有被抓包的样子，扭头望着陆席南，理所当然地问：“蜂蜜在哪里？”

“你左手边的柜子里。”陆席南从小就将厨房当作寻宝重地，白方冉估计都没他熟悉，只不过还没开始骄傲，他就发现自己哪根筋没搭对，他凭什么要告诉陈桉？

陈桉倒是一点自觉都没有，在陆席南的眼皮子底下旁若无人般地动用厨房里的东西，动作娴熟地泡蜂蜜水。

“喂。”陆席南拧着眉头，“我要是报警，一个非法侵入住宅罪就能把你送去吃牢饭。”

陈桉施舍给陆席南一个眼神，颇有自信道：“你不敢。”

“你！”陆席南被怼得不行，但也说不出什么反驳陈桉理由的话。

他要把陈桉送进牢里，白方冉绝对一脚能把他踹到地狱里。

“蜂蜜水？”陆席南轻呵一声，就开始构造陈桉的罪名，“你不会把醉酒少女拐回家了吧？”

陈桉瞥了陆席南一眼，低头望了下陆席南挡着他的脚：“让开。”

“凶什么凶。”陆席南转身离开，“你以为我愿意关心你的破事。”

陆席南回到卧室之后，还在想着陈桉到底泡蜂蜜水干什么。

虽然看陈桉不顺眼，但陈桉也勉强算个正人君子，将醉酒少女拐回家他也就是说说，心里可不是这么想的。

如果连标杆楷模陈桉都做出这样的事情，那世界距离爆炸也不远了。

可是蜂蜜水肯定是用来解酒的，陈桉肯定不是自己喝。陆席南的手一顿，一个大胆的想法油然而生——陈桉家里藏人了？

陈桉的生活作风他尚且不予评价，可这关乎陆倾音的终身幸福，万一陈桉早就性情大变，背着他们胡来，最后吃亏的不还是他家的陆倾音吗？陆席南想到这种可能，整个人瞬间奓毛，仿佛遭到背叛的是他，直接冲出卧室。

一秒之后，陆席南重新返回，环绕卧室一周，最终拿起一旁的扫把，再次出征。

“陈桉！”陆席南举着一把扫把，凶神恶煞地推开陈桉卧室的门，还没看清状况就开始进攻，“你要做了对不起我妹的事，我今天就把你的脑袋打到肚子里。”

听见陆席南的嘶吼，陈桉的眉头越皱越深，转过身望着要“替天行道”的陆席南，声音阴沉道：“出去！”

“哟，还真有人！”陆席南被仇恨蒙蔽了双眼，只想着要为妹妹报仇，丝毫没认出陆倾音的衣服，恶狠狠地盯着陈桉身后的脑袋，“我倒要看看什么人值得你伺候？”

这不看不打紧，一看简直是吓了他一跳。

万万没想到，这人竟然是陆倾音！

陆席南反应了好一会儿，扔下扫把，将陈桉推到一边，更加生气了，张开怀抱将陆倾音挡在身后：“你对我妹做了什么？”

陈桉被推了一把，杯子里的蜂蜜水洒了一地。他拿着一个空杯子，面上看不出喜怒，但是眼睛已经快要着火，看着陆席南，嘴巴紧抿着。

“看什么看？”陆席南看到蜂蜜水洒了，自知理亏，但气势上绝对不能输，用最硬的语气说着最㞞的话，“我待会儿再去泡。”

厨房里，两个大男人面对着面，相看两生厌。

陆席南也没有泡蜂蜜水的心情，转身望着陈桉：“怎么回事？”

“她喝醉了。”陈桉不带感情地陈述着事实。

“你当我是瞎的吗？我没看见她喝醉了？”陆席南有种敲爆陈桉脑子的冲动，“我问的是她怎么会喝酒？和谁喝酒？在什么地方？”

一时半会儿也和陆席南说不清楚，陈桉想了一下事情的麻烦程度，索性不说了。

“你哑巴了？”陆席南觉得这件事一定要追究到底，这是作为陆倾音哥哥的尊严，“不要以为不说话就没事情了，我告诉你，这事不说清楚，咱俩没完。”

所有的事情他吃亏也都认了，但陆倾音是他的底线，一丝都不能退让的那种。

看着陆席南认真的样子，陈桉心里却生出些许安慰，有陆席南在的话，肯定没什么人能欺负陆倾音。

陈桉没有回答陆席南的问题，反而更关心另一个问题：“这些年，她过得还好吗？”

这个问题他问过陆倾音一次，可现在更想知道陆席南的回答。

陆席南狐疑地看了陈桉一眼，那种眼神让陈桉很不舒服，好似他有什么企图一般。

“原来你还关心这个问题？”陆席南再没有玩笑的样子，嘴角一勾全是不屑，“我还以为你早就忘了有我妹这人了呢？”

陈桉紧抿着嘴巴，不发一言。

“少摆出一副委屈的表情。”陆席南早就想为陆倾音打抱不平了，情绪一旦上来很难忽视，“但凡你有一点良心，这么多年都不会消失得这么干净，连一个电话都没有。”

陈桉视线晃了一下，每次徐漾和陆倾音通话的时候他都在一旁听着，就算不说话，听听陆倾音的声音，知道陆倾音过得很好，他也没觉得那么遗憾了。

可是这样的事情并不能讲出来，一旦讲出来就有推卸责任的嫌疑，而陆席南说得没错，他确实一个电话都没有打过。

“以前你总是摆着一张臭脸，可偏偏所有人都喜欢你，所以我很讨厌你。”陆席南觉得自己的理由足够充足，“到了现在我还是很讨厌你，讨厌你这副伤人不自知，还一脸牺牲自己的伟大样子。”

陈桉听着没有反驳，他向来对陆席南没什么耐心，唯独这一次。

陆席南看着陈桉难得没有怼他的样子，心里的气也顺了许多，倚在墙上：“你觉得我妹是个什么样的人？”

“乐观开朗，永远对生活充满无限的热情。”陈桉想也不想就回答。

从小陆倾音在他的世界就像一个小太阳般,这点是他怎么也学不会的，不过他也不需要学会，只要他留在陆倾音身边就好了。

陆席南笑了一下，但满脸都是讽刺，说出的每一个字都准确地刺中陈桉的要害之处：“但她有段时间很爱哭。”

陈桉走了，而且是不告而别，陆倾音本能地将所有的原因归结到自己身上：“是不是我做错了什么？”

“不是。”白方冉也拿不出像样的借口，只好重复同样的话，“小桉哥哥的爷爷生病了，他要去照顾。”

陆倾音丝毫没有被说服：“为什么没有带走我？”

“小桉哥哥要去照顾爷爷。”白方冉说的话连自己都说服不了，“等你长大了，就会带你去了。”

陆倾音却相信了：“真的？”

白方冉摸摸陆倾音的发顶，心疼道：“乖。”

可即使这样，陆倾音也动不动就哭，只不过不同于小时候的号啕大哭，只是会无声无息地掉眼泪。

走路的时候会哭，吃饭的时候会哭，甚至做梦的时候都会掉眼泪。

陆席南虽然无法感同身受，但也心疼，恨不得把国外过得潇洒自在的陈桉揪回来。

后来看到陆倾音又掉眼泪的时候，老师把陆席南叫了出去：“陆倾音这段时间情绪很不稳定，如果可以的话，周末可以去看下医生。”

看医生？陆席南心里一慌，情绪失控地看着老师：“生病了才需要看医生，我妹又没有生病，为什么要去看医生？”

老师也被陆席南激动的情绪吓到：“老师只是建议。”

也是那一刻，陆席南除了心慌，对陈桉的讨厌也达到了巅峰。

可他又不得不学着陈桉的模样，对陆倾音百依百顺，寸步不离地跟在陆倾音的身后，成为像陈桉一样的存在。

陆席南也知道他只是像陈桉，而不是取代，陆倾音是陈桉的跟屁虫，而他是陆倾音的跟屁虫，这是本质的区别。

在陈桉离开之后，陆席南才后知后觉学会怎么去做陆倾音的哥哥。

而陆倾音没有以前那样爱笑了，但掉眼泪的次数也直线下降，陈桉的名字几乎不会在他们家出现。

陆席南本能地以为陆倾音忘记陈桉了，可在年关的时候，陆倾音却说要去国外看陈桉，她说她不会哭不会闹，只是想远远地看一眼。

那时，陆家的所有人都看不得陆倾音这样委屈自己，准备带着陆倾音去见陈桉，陆倾音却固执地坚持不让陈桉看见自己。

想念是她一个人的事情，即使想见陈桉的心有那么迫切，陆倾音都不愿意打扰到陈桉。

白方冉晕机，是陆成带着他们去的。到了异国他乡，他们没有去见任何一个人，陆倾音像她说的那般跟着陈桉一天，然后又悄然无息地离开。

所有人成长都是一瞬间的，而就在那时陆倾音也长大了。

“陈桉，你到底怎么想的？”陆席南点到为止，余下的事情应该由陆倾音决定要不要告诉陈桉，他只负责出气就好了，“我妹那么好的人，配你绰绰有余。”

陈桉视线有几分恍惚：“我会告诉她。”

“再等十年？”陆席南都替陆倾音着急。

陈桉的性子让他不敢去冒险，可陆席南的话又让他有几分动摇。

“瞧你那没出息的样子。”陆席南觉得今天简直是他人生中的高光时刻，别人家的孩子被他怼得抬不起脑袋，虽然很想折磨陈桉，可陆倾音也会跟着受苦，他只好便宜了陈桉。

“我问过我妹喜欢你吗？”

陈桉蓦地抬起视线，手指下意识地合拢，望着陆席南的视线中带着渴求与恐惧，仿佛陆席南的下一句话就能决定他的人生。

陆席南顿时也觉得陈桉有几分可怜，也不卖关子了：“她说她非你不可。”

不是喜欢，是非你不可。

陈桉手足无措起来，拼命收敛情绪却效果甚微，嘴角的弧度无限扩大，他必须要做些事情来控制即将泄露的喜悦：“我来泡蜂蜜水。”

“我来。”陆席南将衣袖挽上去几分，毒舌属性再次发作，“我怕你下毒。”

陈桉也是一反常态，站着任由陆席南嘲讽。

陆席南将茶水递到陈桉手里，转身就要离开。

“你不去？”陈桉倒是没想到陆席南会如此信任他，竟然会放任陆倾音和他独处一室。

陆席南弯了弯嘴角，一脸算计，摆摆手：“不了。”

他可是见识过陆倾音喝醉的模样，刚开始还是一脸乖巧，之后便闹腾得让人想要疯掉。

估摸着时间，也差不多了。

这样的差事交给负罪的陈桉再合适不过了。

而从陆席南口中得知过往，陈桉心上仿佛压了一座大山，那时的他自以为他的离开是不让陆倾音为难的最好方式，可没想到反倒是他给了陆倾音更大的悲伤。

不过除了内疚，陈桉却也安心了不少。对于陆倾音是否喜欢自己这个问题，他好像有了确切的答案。

在陈桉晃神的时候，小星星慵懒地走到他的腿边，蹭了蹭他的裤腿。

陈桉也顾不得后悔了，端着蜂蜜水朝着楼上走去，生怕陆倾音又闹起来磕到她自己。

刚走到卧室门外，陈桉就听见卧室里发出奇怪的声音，他慌忙推开了卧室的门。

陆倾音正站在床上，手里拿着抱枕，望了一眼陈桉，然后将手里的抱枕朝着陈桉扔了过去。

第二杯蜂蜜水宣告报废。

被子衣服全都散落在卧室的地上，罪魁祸首陆倾音理直气壮地站在床上，仰视着陈桉，一脸“你能拿我怎样”的表情。

陈桉没时间去注意满地狼藉，朝着陆倾音走去，唯恐陆倾音不小心从床上栽下来。

“音音，下来。”陈桉将手伸向陆倾音。

可这一动作让陆倾音皱起眉头，她退了一小步，在陈桉惊恐的目光中，堪堪稳住身影：“凡夫俗子也敢碰仙子？”

陈桉当场差点石化，望着神情活跃的陆倾音，所以喝酒可以激发出陆倾音的另一个人格吗？

没给陈桉充分的消化时间，陆倾音翻转剧情，瞬间下滑坐到床上，可怜兮兮道：“我被贬下天庭成为一介凡人，要找个人恋爱，平安渡过情劫，方可回归天庭。”

陈桉愣是动也不敢动，但还是被陆倾音看到了，她用膝盖在床上移动，双手放在陈桉的肩膀上，眼神中带着迷离：“你就是我命中注定之人吗？”

陈桉完全不知道如何回答才是标准答案。

“好，就你了。”陆倾音笑得蠢萌，在陈桉愣神的片刻，就将自己的脑袋凑了上去，轻轻地在陈桉唇上落下一个柔软的吻。

陈桉感受到嘴角的温热，全身僵直，双手却下意识地放到陆倾音的后背。

陆倾音没有给他这个机会，瞬间抽身离开，伸伸胳膊：“好了，现在我要飞升上仙了。”

一个吻等于一个情劫？

看着陆倾音双脚稳稳地落在地上，陈桉反应过来，一手揽过陆倾音，将陆倾音重新放到床上。

“为什么拦我？”陆倾音挣扎着，力气却小到可以忽略不计。

陈桉半跪着，将一旁的拖鞋拿过来，套在陆倾音的脚上。

陆倾音还沉迷于角色，荡着两只小脚：“你要干什么？”

“穿了鞋子才能去天庭。”陈桉配合着陆倾音的剧情。

陆倾音露出迷茫的表情，望着陈桉：“真的吗？”

陈桉点点头，温柔道：“嗯。”

像是被陈桉那双温柔的眼睛蛊惑了一样，陆倾音竟然听进去了，停止挣扎的动作，乖巧地任陈桉穿上鞋子。

即使喝了酒，陆倾音潜意识里还是熟悉周围的环境，走到陈桉卧室的阳台上，朝着自己的卧室飞奔过去。

如果平时的陆倾音是温文尔雅的大家闺秀，那么此时的陆倾音更多了几分小时候的影子。

陈桉快步跟上陆倾音，像小时候那般还在后面小心地提醒着：“小心点，当心摔了。”

“小仙女是不怕摔的。”陆倾音踩着一双四十二码的拖鞋，跑起来倒是毫不含糊。

陈桉刚站到卧室门前，和方才一样，一个枕头就甩了过来。

陆倾音完全放飞了自我，彻底变身“破坏王”。

“这是什么？”

“这个是我的吗？”

……

看着陆倾音的样子，小星星窝在一个小角落瑟瑟发抖。

陈桉就跟在陆倾音的后面收拾着烂摊子，还要时刻看着陆倾音避免她磕着碰着。

“这个又是什么？”陆倾音拿起床边的许愿盒。

陈桉视线没有移开，这是他送给陆倾音的小盒子。

陆倾音眉头一皱，从凌乱的记忆中没能找到与之相关的信息，随手就扔向了地上：“不是我的。”

许愿盒在地上发出清脆的落地声，陆倾音被这声音吓到，游离的神经回归稍许，转身朝着许愿盒跑去。

陆倾音被扔在地上的衣服绊了一下，没站稳摔倒在地上，却没有时间喊痛，捡起许愿盒："我的许愿盒。"

陈桉比陆倾音还要慌乱，急忙检查陆倾音有没有受伤。

"我的东西。"可陆倾音着急地捡起散落一地的东西，小心翼翼地放回许愿盒。

陈桉的视线才落到一旁的纸片上，呼吸蓦地沉了许多，捡起离他最近的一张纸片。

是一张飞往美国的机票。

陈桉心里涌进无数的心酸，他扫过所有的机票，所有的机票都是去往同一个地方。

他的呼吸都轻了几分，所以这些年，他到底有多自作聪明？

将散落出来的机票都放进了许愿盒里，陆倾音看着落到陈桉手里的那张，朝着陈桉移动过去，将脑袋凑过去："我的。"

陈桉捏着机票，望着陆倾音的眸子里情绪翻滚，可陆倾音散落下来的头发却隔绝了他的视线。

陆倾音的眼泪就这样落在他的手上，温度透过皮肤传入大脑皮层，他的手一松，机票便回到了陆倾音的手里。

好烫。陈桉心里像压了一座大山，望着将许愿盒放进怀里的陆倾音，伸出的手却停在了半空中。

这些年，他到底做了什么？

陆倾音的酒醒了大半，但已经不知道该如何面对陈桉，而剧烈的情绪波动让她的体力处于透支状态，没过多久便睡着了。

陈桉坐在陆倾音的床边，看着女孩恬静的睡颜，他的心脏像是被一只手紧紧地攥着，快要呼吸不过来。

那个总是在除夕穿着夸张的服装跟在他身后的小姑娘，终于从回忆里扯了出来，带着无边的痛楚如潮涌般朝他袭来。

到美国的第二个除夕，陈桉发现了一个特别的小女孩。

她穿着看不出身形的宽大衣服，戴着足以遮住眼睛的帽子，下半张脸被一个口罩牢牢地遮住。

即使处于最冷的天气，这样的穿搭在大街上也着实有些抢眼。

陈桉并不想对别人的事评头论足,但是这个姑娘已经跟了他两条街了，作为擦肩而过的路人，这样的行为他完全有理由怀疑是跟踪。

可没有确凿的证据，对他也没有造成实质性的伤害，他并不想这样去猜忌一个陌生人，而且他虽然不能看见被遮掩下的脸，但直觉告诉他这个人对他没有恶意。

图书馆，咖啡馆，体育馆……

小姑娘的身影没有一刻离开过陈桉的余光，他轻轻叹了口气，加快了步伐。

在转角的时候，他躲进了一家热饮店里，望着小姑娘手足无措地站在原地四处张望他的身影，最后倚着墙角一屁股坐到了地上，拿出手机不知在说什么。

他的心莫名一软，平时陆倾音和自己耍赖时，也是喜欢赖在地上不动弹，就此逼迫自己妥协。

要了一杯热奶茶，陈桉朝着小姑娘走去，小姑娘刚打完电话，低着头不知在想什么。

“太冷了。”陈桉将奶茶送到小姑娘面前，声音和温度一样冷，“早点回家。”

小姑娘僵硬了几秒，最终也没有抬头，只接过了奶茶，点点头，连句谢谢都没说。

陈桉也不是热情的性格，也没说话，转身离开了。

后来的几年里，每逢除夕的时候，陈桉就能看见这抹熟悉的身影，他不是没有怀疑过这个人的身份，甚至有好多次想要摘掉口罩一探究竟。

可是这样的动作对一个陌生人很是突兀，而且在这个小姑娘的身上，他看不到丝毫属于陆倾音的影子。在他的记忆中，陆倾音应该是鲜活的，而不是这般安静，连靠近他都带着恐慌。。

于是，在陈桉的认知里，自动将小姑娘化为素不相识的路人，而且他的心里装的全是千里之外的陆倾音，丝毫没想到陆倾音就站在他面前，而他竟然因为自负错失了那么多本可以陪伴陆倾音的时光。

直到小星星跳到他的身上，陈桉才收敛住情绪，摸了摸小星星，温柔地望着陆倾音。

余下的时光，他不会再错过了。

不知睡了多久，陆倾音的眼睛缓缓睁开，感觉到了掌心的温热，她下意识地往旁边看去。

陈桉趴在她的床前，她的手躺在他的掌心。

陆倾音呼吸一滞，下意识就抽了出来。

这个动作也让陈桉醒了过来。

“我喝醉了。”陆倾音不敢去看陈桉，陈述着这个事实，吞了下口水，“麻烦你了。”

陈桉将陆倾音的手又放回掌心，关切道：“头痛吗？”

陆倾音没心思回答陈桉的问题，用力地抽了抽手：“放开我。”

“不放。”陈桉从来没尝试过赖皮的感觉，没想到这种体验还不错。

陆倾音心里漫过一丝酸涩，抬起眼睛望着陈桉：“我们这样算什么？”

“我喜欢你，你答应做我女朋友，我们就是男女朋友。”被一系列的事实打击之后，陈桉的脸皮也厚了起来，“如果你不答应我，我们就是追求与被追求的关系。”

陆倾音诧异地看了陈桉一眼，像是不相信这话是出自陈桉之口，她只是睡了一小觉，怎么感觉陈桉变化这么大?

“我喜欢你，陆倾音。”一旦打开阀门，陈桉就再也没什么忌讳，“和我在一起吧。”

陆倾音整个人愣住，怔怔地看着陈桉，不知该说些什么。

“我很后悔。”陈桉的声音像是从亿万光年外传来，轻轻落进陆倾音的耳朵中，“那么多能够留在你身边的日子，却因为我的恐惧而错失了那么多美好时光。”

陆倾音呼吸一滞。

陈桉的声音还在继续：“为了余下的时光不再遗憾，为了能和你在一起，我愿意尝试所有可以走向你的方式。”

仅仅只是这个程度，陆倾音的心跳已经乱了。她稍稍稳住心神，克制住自己想要应下来的冲动。

这样难得温馨的气氛还没有持续多久，陆席南推开门，态度算不上温和：“陈桉，把我妹叫……”却看见陆倾音已经醒了，他干笑了两声，“重新来一次。”

门被关上，陆席南在门外轻轻敲门，声音柔得像是能掐出水：“音音，要起来吃饭了。”

第八章

到我的身边做个小朋友吧

/
NIDEXIAOXIANNVTANCHUTOULAI

“等我完成好所有的任务，恢复自由身就去找你。”夏悠然的项目还暂且没有完成，即使合约已经到期了，但还是要等一段时间才可以离开。

陆倾音拿着一个箱子：“不要急，我等你就好了。”

两人刚从办公楼出来，在外等着的陈桉马上上前，接过陆倾音手里的东西，和夏悠然点了下头算是打过招呼了。

“过分了啊！”夏悠然对于陈桉突然变身陆倾音的男朋友这件事颇有微词，逮到机会就向陈桉甩去四十米的大刀，“以前不认识就算了，这都成为我家音音的男朋友了，这样对我还合适吗？”

“你好。”陈桉一向人狠话少，一句话打发夏悠然还不够，顺口纠正着夏悠然话中的错误，“是我家的音音。”

夏悠然气极反笑：“这才几天，我和音音十几年的感情，岂是你说插就插得进去的？”

陆倾音有些头疼，只要夏悠然和陈桉见面，就免不了一场正面

battle。

“好啦，就送到这里吧。”陆倾音当着和事佬，安抚着夏悠然的情绪，“有时间再约。”

夏悠然瞪了一眼陈桉，故意给陈桉找不痛快，朝着陆倾音张开双手：“抱一下。”

“好。”陆倾音无奈笑了一下，给了夏悠然一个大大的拥抱，总算是送走了夏悠然。

被挑衅的陈桉脸色黑了一分，虽然他一跃成了陆倾音的正牌男友，但是他完全不敢放松，甚至更加谨慎了。

自从他摘得“男朋友”这个桂冠之后，陆席南、夏悠然外加一个徐栩，三个时时刻刻想夺走陆倾音的人，倒是因为他达到了空前的团结。

以一对三，即使是陈桉也有点吃力。

打开车门，陆倾音就看见副驾驶多出来的一捧鲜花，有些意外地看着陈桉：“你买的？”

“嗯。”陈桉好心情地应了一声，“庆祝你成功离职。”

刚回到家，二号种子选手陆席南早已准备就绪。

陆席南轻哼一声从陈桉的身上移开目光，刚要和陆倾音说话，就看见那一捧碍眼的玫瑰花，视线又重新回到陈桉身上，倒是有几分意外：“你买的？”

同样的问题，陈桉回答的语气显然就没那么和善：“不然，难道还是你买的？”

“音音，你瞅瞅，这像是人说的话吗？”陆席南从不做在背后打小报告的小人，光明正大地当着陈桉的面，就开始告状，“我就是关心一下，你看看他是什么态度？”

“我态度怎么了？”陈桉早就被陆席南同化了，“成熟稳重”四个字早就被丢到太平洋，此时和陆席南争得面红耳赤，“我都还没计较你见不得我好的事情？”

“我见不得你好？”陆席南重复了一遍陈桉的话，上下打量一下陈桉，“对不起，这我就必须要解释一下了，我从来没见到过你的好。”

陆倾音站在两人之间，享受了一把双声道立体播放的感觉，也不管两人了，直接朝着客厅走去。

两人下意识地跟上陆倾音的步伐，但是嘴上功夫一点也不见松懈。

“陈桉，别以为现在我妹身边的人是你，以后也只能是你，藏好你的狐狸尾巴，否则被我揪出来分分钟把你踢出局外！”

“拭目以待。”

“不要得意，秋后的蚂蚱谅你也蹦跶不了几天了。”

“现在已经入冬了，恐怕要让你失望了。”

……

白方冉刚走到客厅，就听见两人的争吵声，作为陈桉的幕后主要力量，她瞬间就朝着陆席南开炮：“陆席南，你多少岁了？”

在白方冉面前，陆席南还不敢造次：“只比陈桉大了一岁零七个月。”

白方冉甩给陆席南一个眼神：“知道自己老大一把年纪了，还不懂得爱幼？”

“他还不尊老呢。”陆席南小声反驳着。

白方冉弯了下嘴角，望着陆倾音和陈桉：“你们先回房间吧，我和他有点话需要聊。”

陈桉带着陆倾音火速离开现场。

“陆席南。”白方冉的声音在身后接连爆炸，“我倒想请教一下你，没有通电是怎么发着十万伏的光亮的？”

陆席南缩了缩脖子："妈，有件事瞒了你很久。"他顿了一下，才开口，"我其实是颗夜明珠。"

"倾音姐。"徐栩一看见陆倾音，上手就是一个大熊抱，"你终于回来了！"

陆倾音摸了摸徐栩的发顶："这几天可是有充足的时间陪你了。"

"好耶。"徐栩到底还是个孩子，当下就挽着陆倾音的手回房间，"我刚和我同学通话说见到偶像本人了，她不相信我，倾音姐要给我做证啊！"

陈桉抱着小箱子，望着两人渐行渐远的身影，终于接受自己被忽视得如同一团空气的事实。

卧室里，徐栩拉着陆倾音坐在床上看大热的动漫，当然女主的配音是陆倾音。

陈桉抱着小星星窝在沙发上，一人一猫幽怨地望着床的方向。

他简直可以申请成为全世界最惨的男朋友了！

"倾音姐，你的声音说天籁之音也不为过。"徐栩满眼都是小星星地望着陆倾音，"你的嗓子肯定被天使吻过。"

即使整日接收"彩虹屁"，但陆倾音还是被徐栩日渐增长的功力吓得说不出话。

看着陆倾音蠢萌的样子，陈桉笑了一声。

虽然声音小到足够忽略，但在安静的空间里犹如平地惊雷。

徐栩将矛头转向陈桉："表哥，你笑什么？"

"没。"陈桉耸耸肩。

"表哥，你也不用太伤心。"徐栩话锋一转，朝着陈桉笑得满眼深意，"毕竟嗓子被狗啃过也不是你的错。"

陈桉脸一沉，怎么还上升到人身攻击了？

“看电视了。”陆倾音抿住上扬的嘴角，将徐栩的注意力重新拉回来。

徐栩瞬间就将陈桉甩在脑后，转脸就笑得一脸灿烂：“好。”

陈桉轻叹一声，抱着小星星换了个姿势。

这苦日子什么时候能熬出个头？

这天小星星醒得格外早。

“别闹。”陆倾音一把捞过兴奋的小星星，将小星星按在自己的怀中，声音糯糯道，“再睡一会儿。”

“喵。”小星星比往常还要闹腾，三两下从陆倾音的怀里钻出来，用头轻轻拱着陆倾音的脸，势必要将陆倾音从美梦中拉扯出来。

陆倾音简直被小星星磨得脾气都没了，打着哈欠，将小星星抱在怀中，眯着眼睛朝着卧室外走去。

“嘭嘭嘭！”

敲门声响起的时候，陈桉正在刷牙，没听到外面的声响。

没等到陈桉过来开门，陆倾音将小星星的重心移到左手上，右手拧开门柄。

这扇门，陈桉从来没上过锁。

洗手间传来水声，陆倾音的困意支配着她的整个身体，抱着小星星走到床边，毫无形象地躺进了柔软的被褥上。

好舒服！

小星星闻到熟悉的气味也不再闹腾陆倾音了，在陆倾音的头顶找了一个空荡的位置，窝成一团也开始补觉。

陈桉从洗手间出来，看见床上的一人一猫时，眼底泛起一丝惊讶，继而有欣喜在心里流窜。

为了不打扰这一幅岁月静好的景象，陈桉又刻意放轻了并不重的脚步声，在陆倾音的身边轻轻躺下。

在陈桉灼热的目光下，陆倾音感受到的压力终于超越了困意，悠悠地睁开眼睛。

“我没有洗漱。”陆倾音的声音说不出的慵懒，又缓缓地闭上了眼睛，“你不要看我。”

陈桉一手撑着脑袋，一手摸了摸陆倾音的发顶：“那也很漂亮。”

陆倾音感觉到血液朝着头上涌去，这句话从陈桉口中说出，总会格外让她动心。她将右手覆在陈桉的眼睛上，借此躲避那束目光，语气中有几分俏皮：“不让你看。”

“真不让看？”陈桉语气中带了些威胁。

陆倾音丝毫不害怕：“不让。”

话落，陈桉的上半身突然腾空，朝着陆倾音凑了过去：“我也不是只有眼睛。”

看着陈桉突然放大的面孔，陆倾音头皮发麻，下意识地朝着身后缩了缩，手碰到一旁的小星星，像是找到救星一般，将小星星挡在陈桉面前：“小星星还在呢。”

陈桉的眼睛终于自由，放肆地望着陆倾音：“那又怎样？”

看着陈桉认真的样子，陆倾音顿时慌了，扯出一个算不上理由的借口：“它还小。”

“迟早是要长大的。”陈桉绕过小星星，在陆倾音骤然放大的瞳孔中，将一个吻落在了她的额头上。

直到陈桉起身，陆倾音还是没能从巨大的震惊中回过神，傻傻地维持着方才的姿势。

“胆小鬼。”陈桉将小星星接过抱进怀里，一只手拉着陆倾音的手，“走，带小朋友去洗漱了。”

陆倾音暂时还没找工作，在陈桉的盛情邀请下，勉强答应跟他去公司。

两人还没出门，徐栩这只拦路虎就杀了出来，一副誓死要保护陆倾音的样子：“你要带着倾音姐去干什么？”

“她是我女朋友，我们当然是一起去约会。”陈桉和徐栩戗声，“让开。”

徐栩自然不会被说服，一手拉着陆倾音的胳膊：“白天的倾音姐是属于我的。”

陈桉额头的青筋气得都冒了出来：“妄想。”

这事要追溯到前几天，徐栩又一次和他就陆倾音的归属发生争执时，徐栩想出了一个对自己百利无一害的办法：倾音姐白天归我，晚上归你。

当时陈桉听见这句话差点气笑了，他倒是很想问问徐栩哪儿来的勇气，能当着他的面说出这番话，当真以为他不会动手吗？

“怎么就是妄想了？”徐栩小算盘已经准备好，抱着陆倾音的一只手不愿撒手，“你已经是个大人了，要为自己说过的话负责。”

“我说什么了？”陈桉冷哼一声，为了不让徐栩耽误时间，将底牌亮了出来，“你哥说想你了，你说我要不要把你送走？”

徐栩瞬间奓毛：“我留在哪里是我的人身自由！”

“这里是我家。”陈桉完全没有退让的意思，目光落在徐栩的那只手上，“我数三下，三……”

徐栩暂时武力值还拼不过陈桉，瞬间急了：“表哥，你的就是我的。”然后攥着陆倾音的手又紧了几分，“我的还是我的。”

“二……”

“你以大欺小，不是个成熟的男人应该做的事情，丢不丢人？”

陈桉已经作势要拿手机了，嘴巴轻启，最后一个字已经到了嘴边：

“—……”

“算了算了，不和你一般见识。”徐栩依依不舍地望了陆倾音一眼，迅速转身，一手捂着眼睛，一手朝着两人挥手，“快点走，不然我马上就后悔了。”

陆倾音就这样被陈桉稀里糊涂地拉上了车，是从什么时候开始她的去留成了两人争吵的战胜品？

“我去了会不会影响到你？”陆倾音有自己的忧虑，在路上惴惴不安，心里不断打着退堂鼓，“不然你还是把我放下来吧。”

陈桉不为所动，说得理直气壮：“你以为你在家就不会影响到我了吗？”

陆倾音窘：“这可都是你的问题，和我无关。”

陆倾音被陈桉牵着进公司的时候，整个人处于一个鸵鸟的状态，恨不得将脑袋埋进土里。

“早上好。”陈桉好心情地抛去一个灿烂的笑容。

一部分员工理智全无，呆滞地僵直着身子，今天是下红雨了吗？

还有一小部分员工调整好心情，望着陆倾音，情商在线：“老板娘好。”

加工资，加工资。陈桉终于圆满了，大拇指蹭了蹭陆倾音的手，介绍道：“介绍一下，陆倾音。”

“大家好。”陆倾音也不好再躲闪，另一只手举到前面，摇晃了几下，“今天要打扰了。”

“不打扰，不打扰……”所有人的头都摇得是一个频率。

而因为错过闹钟导致迟到的卢浩正全力朝着办公室进军，在路上他求了五百遍佛祖，可看见陈桉的车停在公司门前时，他心都要凉了。

陈桉生气倒不是重点，重点是要扣工资啊，不，扣的不是工资，扣的是他的老命啊！

看着卢浩火急火燎的样子，陈桉轻轻咳了一声，提醒着卢浩注意公司的形象："跑什么？"

完了，还撞枪口上了。卢浩深吸一口气，熟练地低下高傲的头颅，脱口而出就是道歉："非常抱歉给公司造成了不好的影响，不过今天真不是我的问题，我路过的街道发生了一起交通事故，直接导致我迟到这样严重的事情发生，虽然不是我的责任，但是我也必须深刻检讨自己，争取下次吸取教训。"

听着卢浩严谨的自我检讨，陆倾音弯着嘴角，却是朝着陈桉望去："你平时很凶吗？"

何止是凶啊！简直就是铁面阎王，整天顶着一张凶神恶煞的脸四处作怪。

"不是我的问题，是他对自我要求太高。"陈桉说得脸不红心不跳，宽宏大量地原谅了卢浩，并且送去了一波关怀，"人没事就好。"

在看见陆倾音的时候，卢浩再次感谢佛祖普度之恩，顺着陈桉的话就接了下去："谢谢老大。"

到了陈桉的办公室，陆倾音显然放松了很多，扫了一眼大体的装饰。

"你这个人的审美真的是相当稳定。"

"对啊。"陈桉倒是不客气地应了下来，"小时候我就知道没有人比你漂亮。"

陆倾音闹了个大红脸，作势捶了一下陈桉的肩膀："我认真的。"

陈桉倒也配合，虚心发问道："怎么说？"

陆倾音转了个圈，手指在办公室指了一圈："我严重怀疑你卧室的装修设计图是拿的办公室的设计图。"

“这是嫌弃我吗？”陈桉看着陆倾音点头的样子，又道，“那以后我们的卧室要麻烦你了。”

陆倾音转了下眼睛，故意道：“粉色系的少女风怎么样？”

“可以啊。”陈桉完全没在怕的，耸耸肩一脸无畏道，“就算你把办公室变成粉色的我也不介意。”

陆倾音彻底败下阵来，推着陈桉的后背：“不要废话了，快去赚钱。”

“养一个你还是绰绰有余的。”陈桉厚脸皮道。

陆倾音瞬间头大，十分郑重地望着陈桉：“答应我以后少和我哥交流。”想了一下又补充，“还有栩栩。”

陈桉抓住机会，将商人的本质发挥到极致：“只要你和我说话，那两人我保证看都不看一眼。”

陆倾音露出一个礼貌又不失尴尬的微笑，转身离开，彻底拒绝和陈桉说话。

再继续交流下去，她绝对会把自己卖了。

在文件的末尾签好自己的名字后，陈桉放下文件，视线自然而然地就落在了陆倾音身上。

虽然是在陈桉的私人领域，但陆倾音还是有几分顾虑，正襟危坐地坐在沙发上，全神贯注地看着手里的书，眉头还时不时地轻蹙一下。

要不是知道陆倾音手里拿着的是一本时尚杂志，陈桉都要怀疑陆倾音是来这里参加工作的了。

早已无心工作，陈桉起身走到陆倾音身边，坐到旁边：“随意一点，就当作是自己的家就好。”

“怎么可以？”陆倾音又挺直了几分，翻了一页杂志，一本正经道，“这里可是办公室。”

陈桉轻笑一声：“没人进来。”

陆倾音狐疑抬头，望着陈桉试探道：“真的？”

“嗯。”陈桉点头，除了卢浩送重要的文件时会进来，一般没什么人进来。

陆倾音轻呼一口气，她早就累了，伸了下懒腰，抱怨：“你不早说……”

话还没说完，卢浩就到达了现场：“老大！”

陆倾音立刻恢复成端庄的模样，手却掐住了陈桉的腿：你害我！

陈桉也很委屈，看着不请自来且两手空空的卢浩，声音就没那么温柔了：“有事？”

“啊？没事没事，”卢浩慌忙摆手，也意识到办公室异样的氛围，声音都弱了几分，“就是问问陆小姐渴了吗？”

不等陆倾音开口，陈桉的声音就冷飕飕地响起：“我会倒。”

听见这句话，卢浩就知道自己好心办了坏事，马上亡羊补牢道：“打扰了。”

“没人了。”陈桉示意陆倾音放松下来。

可陆倾音对陈桉已经失去信任，依旧保持着原样：“休想害我。”

陈桉也不多口舌，起身将办公室的门锁上了，笑得一脸纯良：“这下相信我了吧。”

陆倾音张了张嘴，酝酿半晌还是没说出话。

还有这种操作？

在身体的抗议以及陈桉的诱惑之下，陆倾音脱了鞋子，躺在沙发上，头枕在陈桉的腿上，舒服地闭着眼睛。

陈桉也十分享受现在的氛围，手指拢着陆倾音秀长的头发，柔和地望着陆倾音：“要不要来这里工作，我给你走后门。”

陆倾音将杂志盖在脸上，不明白陈桉的意思：“我什么都不会做，来这里当花瓶吗？”

“你是我一个人的花瓶。”陈桉想了一下，又道，“做我的私人助理。”

这样的话谁还能霸占陆倾音，陈桉越发觉得这个想法可以实行，没有旁人打扰的感觉简直不要太好。

“私人助理？”陆倾音重复了一下，顿时从陈桉身上起来，盯着陈桉，“你是想骗我过来给你端茶倒水吗？”

陈桉笑了一下，将陆倾音重新揽到自己的身上：“如果你愿意的话，能给我一个为你端茶倒水的机会吗？”

陆倾音被噎了一下，纠结地望着陈桉：“你以前都不是这样的。”

“哪样的？”陈桉挑了挑眉头，就等着陆倾音的大批赞美朝着自己砸过来。

“让我想一想怎么回答。”陆倾音摸着下巴，在博大精深的中国文化中寻找一个最贴切的词语，很快眼睛一亮，对着陈桉那张期待的小脸，道，“油嘴滑舌。”

陈桉的嘴角抽了抽，点了点陆倾音的脑门：“你还是暂时不要说话了。”

“为什么？”陆倾音像是恶作剧成功的小孩了，笑得一脸灿烂，哪有什么丝毫愧疚。

陈桉也不客气了：“那样会比较可爱。”

徐漾回国的日期已经提上了日程。

在去接机的前一秒，徐栩后知后觉地想起徐漾托自己撮合陆倾音和陈桉的事情，想起这些天自己的种种恶行，拔开腿去找徐骁避难了。

“栩栩……”陆倾音望着不回头的徐栩，疑惑地望着陈桉，“你又欺负她了？”

陈桉对徐栩的逃跑相当满意，但是陆倾音的话也很让他受伤，瞬间就可怜起来：“平时都是她欺负我，我哪里能奈何得了她？”

“那她为什么跑了？”陆倾音目光紧盯着陈桉，生怕错过陈桉一丝心虚的表情。

就算是真的欺负徐栩，他也不会有丝毫愧疚。陈桉笑得坦荡荡：“大概做了什么亏心事吧。”

三人变成两人，陈桉一路哼着小曲出发了，对于自己的愉悦丝毫不加掩饰。

当然徐栩如果将这个美德保持下去是最好不过了。

在人来人往的机场，陆倾音视线紧紧地盯着出机口，扯着陈桉的衣角，语气焦急：“怎么还没看见干妈的影子？”

“不用那么紧张。”陈桉有几分好笑，一手揽着陆倾音的肩膀，“待会儿就出来了。”

在陆倾音快要等不了的时候，徐漾的身影终于出现在视线中。

陆倾音眼睛一亮，朝着徐漾奔去：“干妈。”

望着眼前堪称“母女相认”的年度感人画面，陈桉没有过多的情感，将落空的一只手放下，有一丝丝幽怨，却也只得跟上陆倾音的步伐。陆倾音和徐漾整整拥抱了一分钟，心里溢出来的思念才勉强被压制。

望着像木头一样杵在一旁的陈桉，徐漾只觉得陈桉头上顶着“孤家寡人”四个大字，顿时母性大发，朝着陈桉张开双臂。

除了陆倾音，陈桉不习惯和别人拥抱，刚想拒绝，却看见陆倾音一脸期待的小眼神。

如果推开的话，应该会被冠以“不孝”的帽子吧。

陈桉左右衡量了一下，朝着徐漾走近半分，敷衍得连胳膊都没有举起。

望着陆倾音的眼神，陈桉一脸求表扬的样子，那傲娇的样子仿佛是将

"孝顺"写在了脸上。

徐漾才不相信陈桉的良心发现，早就洞悉了陈桉的心思，在陈桉的耳边道："可以啊儿子，连间接拥抱都不放过。"

陈桉身形一僵："你想多了。"

他和陆倾音可是情侣关系，怎么会觊觎一个间接拥抱？呵，他会有这么卑微吗？

徐漾将这句话当成陈桉嘴硬的产物："干得不错。"

为了给白方冉一个惊喜，徐漾刚回到家就走进厨房，陆倾音和陈桉都成了她的御用帮手，在一旁端个盘子递个碗。

白方冉回来的时候看着餐桌上的满汉全席，明显愣了一下，还在想着家里是谁隐瞒了实力，就看见徐漾围着围裙从厨房里走出来。

"回来了。"徐漾熟稔地和白方冉说话，将盘子摆放到餐桌上，仿佛两人从未分开过，"愣着干什么？去洗洗手和我一起做饭，厨房里的那两个糖和盐都分不清……"

徐漾的话还没说完，白方冉就一个猛冲，扑进了徐漾的怀里，声音带了些哭腔："你还知道回来？"

在徐漾说要离开的时候，在徐漾说几年不回来的时候，白方冉的情绪从来没有崩溃过，可当徐漾真正地站在她面前时，漫天的委屈却像潮涌般朝她袭来。

徐漾的眼睛也红了，摸了摸白方冉的头发："你在这里，我迟早都要回来的。"

"哼，别以为这样就能哄好我。"白方冉像是想到什么一般，身子撤离，望着徐漾道，"这次要待多少天？"

"你希望多少天就是多少天。"徐漾重新将白方冉揽进怀中，"你抱过了，这次轮到我了。”

看着眼前的画面，陆倾音也触景生情，眼圈蓦地就红了。

“都回来了。”陈桉感受到陆倾音的情绪，摸了摸陆倾音的发顶以作安慰，“一切都好起来了。”

陆倾音将头轻轻放到陈桉的肩膀上，不言一语。

“真遗憾啊。”陈桉突然叹了一口气。

陆倾音仰头，不解地望着陈桉：“什么？”

“没有遗传到我妈的情商。”陈桉望着一分钟就抱成一团的姐妹花，想起自己拼命和陆倾音靠近的样子，感到万分心酸，“我要是也和我妈一样会说话，说不定你现在已经嫁给我了。”

“嘁。”陆倾音方才的感伤全数消散，直起身子，用胳膊捅了捅陈桉，“你要是只会说话，我也不会嫁给你的，哪有这么便宜的事情？”

陈桉眉毛一挑：“那怎么才能把你娶回家？”

“至少……”陆倾音歪着脑袋想了几秒，将自己光秃秃的手掌伸出来，“得有一枚戒指吧。”

陈桉笑而不语，心里已经开始计划上了。

徐骁要约吃饭，陈桉刚想拒绝，心思一动，将视线落在一旁的陆倾音身上：“我表哥想要见见你。”

“啊？”陆倾音刚吃进去一口苹果，因为这句话呛到了。

陈桉放下手机，轻轻拍了拍陆倾音的后背：“小心点。”

激动的不止陆倾音，还有一旁监视陈桉的陆席南。

“可以去。”陆席南忍住要跳脚的冲动，抱着胳膊提出一个附加条件，“带上我。”

陈桉瞥了陆席南一眼：“你去干什么？”

现在只要有一丁点空闲，陆席南总是围在两人的身边赶都赶不走，陈桉形容他是单身狗中最不怕虐的，可陆席南丝毫没有不好意思，反而骄傲地说省粮食了。

他就想问问陆席南还有没有脸了。

“你表哥都去了，我这个亲哥哥去不了？”陆席南扯着嘴角，看着陈桉的眼神中多出了几分防备，“一看你就是黄鼠狼给鸡拜年，没安好心。”

陈桉头皮发麻，陆席南的文化程度和徐栩有得一拼，都属于只要肚子里有点墨水，恨不得画上一幅山水画的人。

陆倾音也是很无语：“哥，我觉得你是在骂我？”

“没有骂你。”陆席南完全没有听懂陆倾音的意思，“我说他是黄鼠狼，对你不安好心。”

陆倾音绝望地闭上了眼睛，是谁给陆席南的勇气，竟然还敢解释给她听？

三秒之后，陆席南终于听懂了言外之意，马上解释着：“我不是说你是……”

“闭嘴。”陆倾音及时打断陆席南的话，摸了摸额头，“我回去躺会儿，有点缺氧。”

回到卧室，陆倾音拿起手机就和夏悠然抱怨陆席南这神级般的操作：“陈桉的表哥约我们见面，我哥也要跟着去，你说我哥是凑哪门子的热闹？”

“见面？”夏悠然注意力完全没有在陆席南的身上，抓住关键，然后甩出了和陆席南一般的神技，“我是你姐姐，既然哥哥要去，那姐姐也要去。”

陆倾音跟不上夏悠然跳跃的思路。

手机里传来一阵呼唤夏悠然的声音，夏悠然捂住手机，道：“我这边有个相亲，你待会儿把时间地址发我手机上就行。”

陆倾音还想挣扎两下的时候，电话已经被挂断了。

“啊？”陆倾音将手机扔在一旁，整个人睡进床里，“为什么我的兄弟姐妹都好像没学过语文？”

陈桉略胜陆席南一筹，端着胜利者的姿势离开，刚到卧室就看见一脸生无可恋的陆倾音，坐到旁边，安抚着：“没关系，就多双筷子而已。”

“不只是一双筷子。”陆倾音从床上猛坐起来，眼神是一潭死水，“是两张嘴。”

陈桉只当陆倾音在抱怨陆席南话多：“他一吃饭就不说话了。”

“你理解错我的意思了。”陆倾音露出一个微笑，“悠然也要来。”

“哦。”陈桉心思一动，丝毫没有不爽，“挺好的。”

人多热闹，容易把气氛搞上来，他都不用请群演了，毕竟陆席南再加上一个夏悠然，其威力怎么说也可以顶得上一个团了。

事情远不止陈桉想的那么简单。

陈桉拉着陆倾音出现的时候，消失好几天的徐栩朝着他笑得意味深长：“表哥，又见面了。”转身就摆出一张单纯的脸，抱着陆倾音的胳膊撒娇，“倾音姐，我好想你。”

陈桉看着落空的手，望了一眼罪魁祸首徐骁。

徐骁无奈地摇摇头，表示自己也是不得已而为之。

“倾音姐，这是我哥。”徐栩给两人介绍，“是不是很帅？不然你抛弃我表哥，和我哥在一起吧。”

“不要乱说话。”徐骁对徐栩也是无奈，朝着陆倾音笑道，“不要介意，她总是很喜欢胡闹。”

陆倾音自然也不会放在心上，简单和徐骁打了个招呼。

当事人虽然大度，不计较徐栩的胡言乱语，但是陈桉显然忍不了，直接和陆倾音换了个位置，坐到徐栩的旁边：“有空去看看眼睛。”

笑话，他哪里没有徐骁帅？

这边两人的战役还没结束，陆席南和夏悠然的声音已经飘了进来。

“音音这么好怎么会有你这么个哥哥？”夏悠然冷睨了陆席南一眼，“你有没有怀疑过自己是捡来的？”

陆席南轻哼一声：“不要嫉妒哥的命好，就算是被捡来的，当的也是陆倾音的哥哥。”

“对，我没你命好。”夏悠然的强势态度完全逆转，摆上一副被欺负的样子，朝着陆倾音告状，“音音，以后不要让我和他单独相处了好吗？你差点就见不到我了。”

陆倾音有些头疼，她也没想到夏悠然和陆席南从假情侣发展成真冤家，只好顺着夏悠然的话问：“他怎么你了？”

夏悠然捂着心脏：“差点气死我。”

徐栩自然也认出了曾经非礼过她的夏悠然，站起身子，指着夏悠然，话都说不清楚了：“是、是你！”

“哟。”夏悠然这才注意到徐栩，方才的可怜样褪去，抱着胳膊仗着身高优势压下徐栩的气场，“是你啊。”然后视线淡淡地落在陈桉身上，“你们这是什么意思？”

“收起你龌龊的想法。”徐栩知道夏悠然误会了，现在才想起来解释，“我和他是兄妹。”

“兄妹？”夏悠然轻哼一声，向前两步将陆倾音护在身后，防备地看着徐栩，声音却带着刺，“亲的？”

徐栩气得脸都红了：“表的。”

夏悠然这才想起陆倾音给她说起新收的铁粉是陈桉的小表妹的事，但也绝不会承认自己误会了：“表的就表的，凶什么凶？”

受到自家妹妹的委托，徐骁本就只是将陈桉和陆倾音约出来，可没想到任务超额完成，这下来了四个人。妹妹的任务是圆满完成了，接下来轮到弟弟了。

比计划多出了两个人，徐骁望了一眼陈桉，看见陈桉轻点了一下头，他就明白要按照原计划继续，随便找了个借口离开，去准备接下来的事情。

陆倾音闭了闭眼睛，这顿饭注定不会平静下来。

夏悠然和陆席南果然没有让她失望，整顿饭吵得那叫一个旁若无人。

他们两个似乎天生磁场不同，只要相处在同一个空间，那周围的空气都会接连爆炸。

而现在更加糟糕的是徐栩这颗原子弹的加入。

“你凭什么这样说席南哥哥？”徐栩本就是护短的性子，早就听不下夏悠然的话，带着一张嘴加入了战场。

夏悠然瞬间转移了目标：“你又是哪根葱，敢这样对我？”

于是，接下来就是两个女高音的较量。

这倒是感动了陆席南，从出生到现在他还从没有体会过这种感受，他望着越发激烈的战争，立刻主持公道：“原来你们都这么在乎我，我真是……”

夏悠然和徐栩同时转身，对着不知从哪里冒出来的陆席南，一致对外道：“闭嘴。”

现场彻底失控。

如果吵得面红耳赤的三个人能稍稍注意下周围的环境，肯定会发现往日一座难求的餐厅，周围已经空出了几张桌子，如果再细心点就可以发现转角处服务员都捧着一束花，手足无措地望着他们这边。

可惜，没有如果。

陈桉喟叹一声，捏了捏兜里准备好的戒指，冲着徐骁歉意地摇摇头，今天求婚的计划彻底泡汤。

早知道就应该全力阻止陆席南和夏悠然来，他原本只是觉得两人到了会热闹一点，可没想到会热闹成这样啊！

明明他和陆倾音才应该是今天的主角，可看看这些配角都干了些什么好事？

真是没有一点做配角的自觉！

陆席南从外面牵回来一只狗，倚在陆倾音的卧室门口道：“认识一下家里的新成员——乌云。”

乌云大概是男孩身，对陆席南不感兴趣，要不是狗绳牵制着它，绝对是要离陆席南十万八千里，可一看见陆倾音当场就扑了过去。

陈桉瞬间就皱起眉头，但他也不能真的和一只狗一般见识，只好不满地望向陆席南：“谁的？”

“我一朋友的，他出国了。”陆席南一看就是没有责任心的人，朝着陈桉笑了笑，“以后还要麻烦你们。”

陈桉的眉头皱得更深了，义正词严地拒绝：“不行，你自己养。”

陆席南明智地和陆倾音商量：“妹妹，还要拜托你啊。”说着作势抽噎了一下，“你也知道我这个人情深义重，看见这只狗就容易想起离我远去的朋友，你也不忍心看我整日睹物思人食不下咽吧。”

陆倾音完全没听陆席南瞎掰，只是很单纯地喜欢乌云，顺便就接下了这个伟大而光荣的任务。

陈桉的脸瞬间乌云笼罩，一脸幽怨地望着狗，深呼一口气保持冷静。

因为乌云的到来，两人不得不抽出一些遛狗的时间。对此陈桉是颇有微词，但肯定也不会让陆倾音和乌云单独相处，只好抱着小星星跟在旁边。

“去哪里？”陆倾音站在路口，征求着陈桉的意见，有段时间陈桉很抵触去三里公园。

陈桉没有片刻犹豫，迈向通往三里公园的路，毕竟比起三里公园的阿姨，他更加接受不了宠物店的程谦。

况且，今时不同往日，他现在和陆倾音也算是有猫有狗的情侣了，哪里还需要惧怕阿姨。

刚到三里公园，两人就被围了起来。

“好久没见到你们两个人了。”阿姨脸上露出一丝失望，“还在一起呢？”

陈桉再也无需避讳这个问题：“对啊。”

阿姨们看两人的样子，也知道没什么可能，瞬间将视线放到乌云和小星星身上。

“这只猫长得不错，和我家的那只看起来相当配。”阿姨满意地看着小星星，然后征求着陈桉的意见，“有空闲的时候约一下，让两只猫碰一下面呗？”

“哎，你这样一说，我发现这只狗好像也和我家的那个有夫妻相，我觉得可以。”

……

小星星似乎听懂了，将脑袋朝着陈桉的怀里拱了拱，乌云也蹲在陆倾音的身后，一脸防备地望着人群。

陈桉简直对这群阿姨佩服得五体投地，她们都是月老的得意徒弟吧，怎么什么都不肯放过，只要看见是形单影只的生物，就开始拉着红线做媒。

幸好他的红线另一头已经牢牢地拴上了陆倾音，不然还真不知道这些神通广大的阿姨能制造出什么惊世骇俗的姻缘。

“倾音姐，你为什么不接一些采访啊？”徐栩对陆倾音的喜欢恨不得和全世界分享。

陆倾音以前也是工作忙，现在空出来大把时间，倒是接受了徐栩这个提议：“好，我考虑一下。”

陈桉一听不满了，他都恨不得将陆倾音藏起来，不被别的人发现，怎么还可以忍受那么多人和他抢陆倾音。他现在就连徐栩都争不过，以后岂不是更可怕。

当下，陈桉一手举起小星星的爪子：“我们反对。”

“反对无效。”徐栩才不允许陈桉坏她的事，对着陆倾音不断说服，“有很多像我一样的小粉丝都很希望看你一眼，你就满足一下以我为代表的粉丝的心愿吧。”

根本不用徐栩的软磨硬泡，陆倾音就应了下来：“好，等这件事有进展之后，我告诉你。”

徐栩朝着陈桉抛去一个挑衅的眼神，就抱住了陆倾音：“倾音姐万岁！”

以前也有不少采访约过她，陆倾音抽空便从中选了一个比较靠谱的，很快等来了排期。

其实她也不是为了自己，更重要的是帮陈桉宣传一下游戏。

可某人完全没有理解她的心思，整日沉浸在女朋友被抢走的恐慌中。

“戴上。”在陆倾音上场之前，陈桉不知从哪里拿出一个口罩，双手将口罩戴到陆倾音的耳朵上。

陆倾音也没拒绝，她也不希望被人打扰到日常的生活：“还是你想得周到。”

陈桉顿时就笑了。他哪是想得周到，他纯粹是自私地想要霸占陆倾音，但既然陆倾音都这样误会他了，他也不做任何解释，顺势接下了这句谬赞：“那是。”

主持人问的问题都是中规中矩的，丝毫没有往生活上带。

陆倾音本来还担心被问隐私的问题，这下是全放下了心，到了最后又替游戏带了一波热度。

直到采访快要结束，陆倾音准备站起来道别时，主持人却话锋一转："今天游戏的开发者也到了现场，陆小姐，可以请他一起接受采访吗？"

"这……"陆倾音面露为难，"他比较低调，可能不喜欢这样的场合。"

主持人笑道："这么说陆小姐是不会介意啦？"

陆倾音完全不知道主持人葫芦里卖的什么药，完全跟着主持人的思路："理论上是这样没错。"

"那我们欢迎陈先生来到我们的现场。"主持人也不问问意见，直接下达了邀请。

陆倾音听到主持人的话时整个人傻了一半，在看见陈桉的时候，余下的一半也傻了。

陈桉没有和她一样戴口罩，是完完全全的抛头露面。

不过陆倾音已经没有任何想法了，所有的注意力都在一旁的陈桉身上，满心祷告着：千万不要炸！

在上台之前，陈桉已经找主持人暗示了几句话，主持人自然知道想要爆点要抛出什么问题，第一个就是爆炸性的问题："请问你们两人是什么关系？"

陆倾音头皮发麻，只怕陈桉给出惊世骇俗的回答。

可陈桉完全出乎她的意料，只是将问题重新抛了回去："就是你想的关系。"

"哦。"主持人发出八卦的声音，眼神在两人之间流转，带出一个大胆的回答，"那是已经结婚了？"

瞧瞧这是什么虎狼之词，要不是地球引力，陆倾音绝对已经被雷到飞出了天际。

这还不如让陈桉回答呢！

主持人的话倒正合他意，陈桉笑容瞬间就放肆了起来：“那倒没有。”

看见陈桉的神情，主持人的反应能力也是一流，便乘胜追击道：“那肯定是订婚了？”

陈桉从兜里拿出一枚戒指，在陆倾音惊讶的表情中，半跪到陆倾音面前，眼里只有一个陆倾音，话却是对着主持人说的：“那麻烦你帮我问问她愿不愿意嫁给我。”

主持人倒也识趣，将所有的空间留给了两人，将自己切换到空气模式。

陆倾音望着一脸认真的陈桉，心跳声早已不受控制，声音带了些颤抖：“你故意的？”

“对啊，故意的。”陈桉完全没有否认，大方地承认，“故意让全世界都知道我喜欢你。”

他顿了一下，继续道：“不过我还有更过分的。”

陆倾音下意识地问：“什么？”

“想让全世界都知道你是我的。”陈桉举着戒指说得一脸认真。

陆倾音口罩下的嘴角弯了起来，将手伸向了陈桉，像小时候无数次伸向陈桉那样，只不过小时候都是陈桉满足她的愿望，这次换她满足陈桉的心愿。

我愿意。

就像小时候一样，只要终点是你，我都义无反顾。

番外之一

童年

/

NIDEXIAOXIANNVTANCHUTOULAI

（一）我要打败所有的坏情绪，笑一下给你看

在陈桉出生的九十九天后，伴随着一阵嘹亮的哭声，陆家的小公主陆倾音姗姗来迟，用尖细的嗓门宣告着来到这个世界的讯号，听医生说陆倾音的哭声是她见过分贝最高的。

白方冉对这点深信不疑，陆倾音无时无刻都在展示她那高亢的声音，只要有她在的地方，方圆几米全都被渲染上闹市的气氛。

睡醒之前第一件事不是睁开眼睛而是哭,睡觉也是哭累了才甘心睡去，陆倾音所有的力气都用在了宣布自己存在这项工程上。

一天还好，每天都是如此，怕是没人能受得了。

陆家第一个受不了的就是已经学会说话的陆席南，听着陆倾音的海豚音，他皱着眉头不满道：“她除了哭还会干什么？”

白方冉那时就充分展示了女儿奴的属性，瞪了一眼陆席南，开始揭陆席南的短：“还好意思说别人，你以前比你妹妹讨厌多了。”

“是吗？”陆席南满脸狐疑，凑近陆倾音半分，虽然谈不上多喜欢，但听白方冉说这个人从此要入驻他的生活了，出于对自己未来的关心，他总是要来看看。

陆倾音此时正闭着眼睛，张着嘴巴哭得梨花带雨。

好丑。

陆席南嫌弃地蹙起眉头，童言无忌道：“我以前也和她一样丑吗？”

还不等白方冉教育陆席南，陆倾音首先对陆席南的靠近提出抗议，哭声可以用“惨烈”二字形容。

虽然哭是陆倾音的正常状态，但这样激动的情绪倒是少见。白方冉连连哄着，站起来轻轻拍打着陆倾音的背，轻声哄道：“乖，不哭，妈妈在。”

陆倾音的哭声好像轻了一些。

白方冉却好像意识到什么，又凑近了陆席南。

果然陆倾音的哭声再次激烈起来，双手还扑腾着。

白方冉立刻撤开身子，看着情绪好了许多的陆倾音，再望向陆席南时，眼神里掺杂着同情复杂的情绪：“你妹妹好像很讨厌你。”

“讨厌”二字对于一个孩子来说是致命的打击。陆席南在原地愣了好长时间才反应过来，脸一红摔门而去：“我也讨厌她。”

在陆倾音还是个懵懂无知的孩子的时候，就深深伤害了陆席南那颗脆弱的小心脏。

“你家小桉也太乖了。”白方冉整日被陆倾音折磨，望着徐漾怀中不哭不闹的陈桉，满脸羡慕。

徐漾倒是羡慕白方冉：“我倒希望他像音音一样活泼点，不过照这样发展下去，肯定和我家那位一样是个闷葫芦。”

白方冉笑了一声，视线落到陆倾音身上，却是惊喜出声：“音音好像哭得没那么厉害了。”

“好像是。”徐漾对陆倾音的魔音也是有所耳闻，凑过身子半分，同意道，“声音小了不少。”

白方冉终于像是找到了宝藏一般：“我以后要常来，你们家没准是块风水宝地。”

虽然小孩子哭闹在所难免，但白方冉每天看着陆倾音哭得撕心裂肺到底也是心疼。

很快，白方冉和徐漾就发现影响陆倾音的并不是换了地方，而是陈桉。

“漾漾，我没看错吧。”白方冉睁着大眼睛，满眼的不可置信，“音音好像不哭了。”

徐漾的惊讶不比白方冉少半分：“真的啊。”

两人抱孩子抱得胳膊酸痛，便将两个孩子放在床上看着，没想到陆倾音的哭声竟然慢慢弱了下来。

“这是什么神奇的化学反应？”白方冉不知该哭还是该笑，都说小孩子最依赖母亲，怎么到了陆倾音这里就不一样了。

徐漾柔情地望着两个孩子，又望向白方冉：“没准我们可以商量一下定个娃娃亲了。”

“好心痛，我十月怀胎生下来的小可爱，最依赖的竟然不是我。”白方冉一脸受到打击的样子，朝着徐漾轻轻倒去。

徐漾轻轻扶住白方冉：“我也没想到会便宜我家的臭小子。”

“小桉哪里是臭小子。”白方冉已经为陈桉打抱不平，头枕着徐漾的肩膀，望着两个孩子，“你看他们是不是很般配。”

“还没有长开。”徐漾点了一下白方冉的脑门，“现在长得都差不多，男女都分不清。”

“有我们两个优秀的基因能差成什么样。”白方冉像是想到什么一样，连忙抬起脑袋，颇带些郑重的味道，“我们去照照镜子，没准我们姐妹俩还有夫妻相呢。”

徐漾听着一阵发笑：“你都是两个孩子的妈了，怎么还不能像我一样成熟稳定一点。”

“我这是合理的推理。”白方冉嘴硬道。

“还推理呢？”徐漾毫不留情地打击道，“如果这都算推理，那我就是福尔摩斯了。”

自从发现了这个秘密以后，白方冉再也不需要为陆倾音的哭声发愁了，整日往徐漾家里跑，就差直接住下了。

“有了小桉，我这个妈当得真是太舒坦了。”白方冉躺在两个孩子的身侧，头枕着胳膊和徐漾聊天。

徐漾在两个孩子的另一侧：“还不赶快谢谢我。”

“得了便宜还卖乖。”白方冉立场瞬间改变，“你才应该谢谢我给你养了一个儿媳妇。”

徐漾就喜欢跟白方冉斗嘴：“要说谢也应该是你干儿子，哪里轮得到我。”

在陆倾音和陈桉还在肚子里的时候，两个人就早已经认了干女儿和干儿子，虽然后来陈桉嘴硬只愿意叫阿姨，但丝毫不影响这件事的本质。

白方冉示意徐漾看两个孩子，声音轻轻，生怕打扰到中间熟睡的两人：“你看音音是不是在笑？”

“真的。”徐漾心里柔软一片，比起陈桉她倒更喜欢陆倾音，“我干女儿可越看越漂亮。”

白方冉骄傲起来：“那是，也不看看是谁生的。”

“臭美。”徐漾忍俊不禁，视线落到一旁的陈桉身上，“小桉的脸好像也没那么臭了。”

听见徐漾这般形容，白方冉瞬间不满意了：“什么叫臭？这叫高冷。”

两人沉迷于斗嘴，视线从孩子的身上移开，像孩子一般非要幼稚地争个高下。

窗外的阳光透过薄薄一层纱帘洒下来，温煦的阳光洒在两个孩子的脸上，更是将这一幕衬得越发美好起来。

在没人注意的时候，陆倾音的小手轻轻落在陈桉的身上，嘴角的弧度又扩散了几分。

陆倾音那个时候对世界还没有清晰的一个认识，也不知道喜欢为何物，甚至都没有睁开眼好好看一下陈桉，但她就是依赖陈桉，好像是天性。

只要在陈桉的身边，无论身处何地，她都可以打败所有的坏情绪，笑一个给陈桉看。

（二）世界需要讲道理，但我最偏袒你

作为两家唯一的女孩子，陆倾音可谓是拥有万千宠爱，过着堪比小公主的生活。但唯一不变的就是陆倾音还是一如既往地依赖陈桉，整日扯着陈桉的衣角。

“小桉哥哥，我想看院子里的花。”

“小桉哥哥，我想吃葡萄。”

“小桉哥哥，陪我一起看电视。”

……

陈桉对陆倾音可谓是有求必应，导致陆倾音对他的依赖更是有增无减，发展为吃饭也要陈桉喂这种地步。

就连神经大条的陆席南都知道陆倾音是陈桉的跟屁虫，但他并没有任何意见，对陆倾音的事情也说不上来上心，彼时他的梦想是做个拯救苍生

的大英雄，哪有多余的时间去关注这些儿女情长。

可万万没想到，即使万般躲避，麻烦还是找上了门，在陆倾音下地的那一刻就是陆席南倒霉之旅正式拉开帷幕的时候。

“陆席南，这个是什么？”陆倾音拿着陆席南的飞机模型，瞪着一双大眼睛无辜地问。

陆席南一颗心都要蹦出来了，心脏都快停了：“别动。”

陆倾音眉头一皱，飞机模型和地面亲密接触，她依旧睁着大眼睛，颇有些恶作剧的样子：“为什么？”

陆席南没有回答，捧着地上的模型心碎了两秒钟，留下一句“你等着”，然后飞奔着去找白方冉报销。

尽管陆倾音所有的错误都有人买单，但看着自己的宝贝缺胳膊少腿，陆席南那叫一个心疼。

“陈桉，你能管好她吗？”陆席南忍无可忍，见和陆倾音沟通不了，直接找上陈桉，企图找个明事理的人沟通，“她不是最听你的话，你去告诉她不要乱碰我的东西，不然你就不理她了，绝对能治好她。”

听见这话，陆倾音手举着手办，一动也不敢动地看着陈桉，一副“只要你同意，我就哭”的可怜样子。

陈桉淡淡地看了一眼陆倾音手里的手办，话却是朝着陆席南说的：“我再给你买。”

这就戳到陆席南的痛处了，相比于他身无分文，陈桉小小年纪就是当之无愧的小土豪，已经有属于自己的小金库了。

陆倾音感动极了，朝着陈桉飞奔过去：“小桉哥哥你最好了。”

陈桉堪堪接住陆倾音：“小心点。”

陆倾音是没事，有事的是陆席南的手办，一个不经意间从陆倾音的手里飞了出去。

“啪”的一声，结束了短暂的生命。

陆席南跑过去望着地上的“尸体”，几乎要哭出来，大吼一声：“这是钱能解决的事吗？”他看着陆倾音暴殄天物时，心都要痛死了。

陈桉已经拿出了准备好的赔偿，听见陆席南的话，一怔，面无表情道：“所以你不要？”

看着陈桉手里的红色钞票，陆席南犹豫了一秒，手迅速地接过钞票：“谁说我不要了。”不过离开之前还是忍不住瞪了陆倾音一眼，“陈桉的家底早晚被你败光。”

陈桉在一旁补刀：“这就不劳你费心了。”

距陆席南生气暴走还不足一天，陆倾音“又双叒叕”闯祸了。

如果是以往，白方冉肯定会说哥哥要让着妹妹，可这次情况有点不一样。

因为陆席南哭了。

“我堆了好几天才堆好的积木。”陆席南满脸泪水，控诉地盯着陆倾音，要不是白方冉拉着都准备以大欺小，“都是因为你。”

和陆席南谈判谈崩了，陈桉默默将手里的钞票重新塞进兜里，想着怎样才可以摆平陆席南。

陆倾音缩了缩脑袋，她欺负过陆席南很多次，唯独这次情况好像很严重。她有点怕，所以躲在了陈桉的身后。

白方冉平时对陆倾音是百依百顺，可看见陆席南哭成如此模样，难得站在了陆席南这边，但语气还是很轻：“音音，做错事了吗？”

陆倾音揪着陈桉的衣角，㞞㞞的样子：“我不是故意的。”

“你是。”陆席南瞬间爆发了，“男儿有泪不轻弹”的道理忘得一干二净，“我看见你就是故意的。”

白方冉安抚着陆席南的情绪，朝着陆倾音招招手：“音音，妈妈怎么教你的，做错事要道歉。”

陆倾音从来没有被白方冉训过，此时瘪着小嘴，站在陈桉的身后，一动不动。

“小桉，你告诉阿姨，音音是故意的吗？”白方冉知道陈桉是不会说谎的。

虽然他知道陆倾音可能只是开个玩笑,只是没想到陆席南会如此生气。陈桉犹豫了一下，他感觉到了陆倾音越发用力地拽着他的衣角，却还是点点头：“是。”

听见陈桉的回答，陆倾音原本只是害怕，这下彻底被伤透了心，像个被全世界抛弃的小可怜,眼泪扑簌扑簌地往下掉,倔强地重复着方才的话:“我不是……”

看见陆倾音的模样，白方冉有几分头疼，她对陆倾音可以称得上是溺爱了，可陆倾音这个样子让她反思自己，陆倾音是不是被自己宠坏了。

思及此，白方冉的语气硬了几分：“那我们投票，如果都认为是音音错了，那音音就要站出来道歉。”

陆成和白方冉都站在了陆倾音的对面，陆席南还从未有如此待遇，瞬间语气就硬气了几分，瞧着站在原地的陈桉：“你愣什么呢？还不过来？”

陈桉动了，却不是朝着陆席南走去，而是屈起一条腿，半蹲在陆倾音面前，擦掉陆倾音的眼泪，声音比平时还要温柔几分：“音音，我们去道歉，好吗？”

陆倾音也知道自己错了，点点头，但脸上全是委屈：“嗯。”

就这样，陈桉牵着陆倾音的手站到三人面前。陆倾音也不看三人，视线像是长到地上一般，声音虽然很低，却很诚恳：“对不起。”

陆席南傲娇上瘾了，脑袋一扬，学着偶像剧的台词：“道歉如果有用的话，还要警察干什么？”

话落，陆席南的头上就遭到一个暴击，他转身望着白方冉，摸着脑门像是要讨一个说法。

看见陆倾音的表情，白方冉心痛坏了，自然不能允许陆席南蹬鼻子上脸：“适可而止。”

倒是一旁的陈桉说话了：“我们会帮你堆好。”

“你们会……”陆席南还没有说完，就被白方冉揪着耳朵领走了，还不忘教训着——“你一个男子汉怎么会这么斤斤计较？”

“是我错了吗？”陆倾音的声音响起，望着陈桉再次征询道。

陈桉依旧点点头。

陆倾音沉思了一下，又扬起小脑袋：“那你为什么会站在我这边？”

陈桉也说不上来原因，沉默着望着陆倾音，诚实地摇摇头：“不知道。”

陆倾音并没有纠结于这个问题，又换了个问题道：“那，你会一直站在我这边吗？”

“嗯。”陈桉没有犹豫，郑重地点了一下头，眼神里全是认真。

世界需要讲道理，但他愿意永远偏袒陆倾音。

（三）你是我宇宙限量的快乐

陈桉和陆倾音已经到了上学的年纪，白方冉和徐漾觉得应该教给两个人男女有别的事情。

原本两人是将工作重心放到陆倾音的身上，毕竟怎么看都是陆倾音依赖陈桉更多一点。可没想到，陆倾音很快就接受了这个事实，抱着自己的抱枕从陈桉的卧室搬到自己粉色的公主屋里。

当晚，陈桉失眠了，翻来覆去睡不着的时候跑到阳台去看陆倾音是不是和自己一样不适应，然后一个人吹了一夜冷风。

次日，陆倾音睡到太阳晒屁股的时候，才悠悠从梦乡里醒来。

陈桉脸色一沉，却发现事情远不止这么糟糕。

“小桉哥哥，好想找你玩。”陆倾音站在阳台上和陈桉遥遥相望，隔着栏杆对着陈桉喊话。

陈桉点点头，应了一声：“嗯。”

“可是我不想动。”陆倾音突然耍赖，转了转眼珠，“不然，你来找我吧。”

反正都一样。陈桉点点头，欢快地跑下去：“等我。”

刚开始倒没什么，可陈桉跑得多了，每次都能精准地遇见陆席南。

陆席南也不敢有任何反对，毕竟白方冉看陈桉比看他更像亲儿子，但无奈他拥有嘴炮属性，每次总是忍不住说两嘴：“你这一天三趟的比吃饭还准时，干脆住我家算了。”

陈桉顿时就觉得面子上挂不住，走到陆倾音卧室，关起门和陆倾音商量此事。

“我们的阳台离得很近，不然加一个天桥，这样你就可以随时去找我。”陈桉将构思已久的想法说给陆倾音听。

陆倾音觉得相当神奇，再加上对陈桉言听计从的性子，拍掌叫好。

而陆倾音的执行能力也是超强，当晚她就抱着陆成的胳膊，上下比画几下，复述了一遍陈桉的话……

“天桥”建成之日，陆倾音撒欢着在陈桉的卧室和自己的卧室来回奔跑，一副力气用不尽的感觉。

白方冉和徐漾望着两人，各有各的心思。

“漾漾，你觉得这个主意是谁想出来的？”白方冉托着下巴道。

徐漾的视线落到陈桉身上：“十有八九是小桉，我记得当时音音搬出来的时候，他的脸都黑了。”

“完全同意你的观点。”白方冉点点头，“就算音音想，怕是也没有这个脑子。”

徐漾望着被陆倾音拉着看不出喜怒的陈桉，自叹不如：“以前只觉得音音比较黏小桉，现在看应该是小桉让音音黏着。”

不然以陈桉的性子绝对能轻易让陆倾音甘愿避之三尺。

随着年龄的增长，陈桉独立的性子拔节增长，某日在徐漾帮他打扫卫生的时候，彻底提出了自己的房间自己收拾的想法。

徐漾一脸受伤，看着半大点的陈桉，尝试着沟通：“妈妈不会动你的东西，只是帮你打扫一下房间。”

“我自己的东西我自己会收拾。”陈桉以冠冕堂皇的理由拒绝了徐漾。

徐漾暂时还接受不了自己的儿子已经对自己有秘密，尝试着争取着自己的权利：“可是……”

看见徐漾的样子，陈桉也不给徐漾打太极，直接道：“妈，我已经九岁了，我需要有自己的私人空间。”

看着陈桉一脸坚决的模样，徐漾一人独自疗伤去了。

可没过几天，徐漾就发现了不一样。

那时，徐漾正在院子里浇花，而陆倾音刚睡醒，站在阳台上和徐漾打了声招呼，就直接跑进了陈桉的房间里。

事情发生得太过于迅速，徐漾阻止的声音都没来得及发出，陆倾音的身影就消失在她的视线中，她连忙放下水壶，朝着楼上跑去。

陈桉说话太过于直接，万一伤到陆倾音就不好了。

到了卧室门外，想起陈桉的话，徐漾忍住推开门的手，轻轻敲了下门。开门的是陆倾音，她歪着小脑袋，侧过身子：“干妈来找小桉哥哥吗？”

竟然没事。徐漾有几分惊讶。

“不进来吗？”陆倾音望着站在门外的徐漾，疑惑开口。

徐漾这才去看陈桉，却触及陈桉拒绝的眼神，便摆摆手：“不了，干妈该去做饭了。”

所以只是明令禁止她进入，而陆倾音没有受到丝毫的影响。

徐漾感觉全世界都不好了，想立刻跑到白方冉面前求安慰。

她简直是世界上最可怜的妈妈。

上了二年级之后，老师唯恐一些同学跟不上课程，便嘱咐家长课下要多积极辅导。

陈桉自小就开启学霸模式，徐漾自然不需多费心，而陆倾音上课喜欢跑神，还是需要有人监督，但这样的美差也落不到白方冉头上。

“这个算错了。”陈桉早早地完成自己的功课，余下时间都用来帮助陆倾音。

还没坐下十分钟，陆倾音就有些坐不住，可怜巴巴地望着陈桉：“我好渴。”

“我去帮你倒水。”陈桉拿起桌上的杯子便离开。

陆倾音则瞬间像活过来一般，开始在房间里放飞自我。

虽然陆倾音总是想方设法地找机会偷玩，但在陈桉的帮助下也算是能跟上课程。

为此，白方冉没少当着徐漾的面夸奖陈桉：“看新闻上说有妈妈在辅导孩子功课的时候气出脑溢血，你看咱们家小桉简直太会为我们分担了。”

徐漾一瞬间就想起卧室的事情，意味深长道：“以后有你哭的。”

果然，白方冉还没开心几天，老师的电话就打过来，隐晦地提醒她多看看陆倾音的作业。

等到陈桉回去的时候，白方冉走到陆倾音的卧室，商量道：“音音，作业可以给妈妈看一下吗？”

“在桌上。”陆倾音完全没有犹豫。

数学作业满分啊。白方冉皱着眉头完全没有理会到老师的意思，可在打开语文作业的时候，终于发现了问题的关键所在。

用“喜欢”造句，陆倾音写的是：我最喜欢陈桉了。

用“希望”造句，陆倾音写的是：我希望陈桉开心。

用“哥哥”造句，陆倾音写的是：陈桉比我哥哥还要好。

白方冉全程呆滞，而视线却停在最后一行字那里久久回不过神来。

这句话需要用“宇宙”造句，陆倾音的答案是：陈桉是我宇宙限量的快乐。

白方冉已经不需要去问陆倾音这些作业陈桉有没有看过，因为她已经有了答案。

在陆倾音歪歪扭扭的字体中，“限量”两个字却极为漂亮，一看就是出自陈桉的手笔。

白方冉终于明白徐漾那句“有的哭”是什么意思，她望了眼向阳台上跑着喊着“小桉哥哥”的陆倾音，一阵心塞——

喂，站住，你可是我的小棉袄啊！

（四）猜猜我哪个手里有糖

陆倾音长蛀牙了。

拔牙的时候，陆倾音哭得昏天黑地，其惨烈程度让观战的陈桉眉头紧锁，时不时黑着脸望两眼医生，吓得医生都快要抱着陆倾音一起哭了。

“音音，要保护好牙齿。”白方冉将陆倾音房间里所有的糖果收起，望着陆倾音可怜巴巴的表情，轻叹一口气，“不许任性。”

陆倾音便哭着去找陈桉了。

这次陈桉却和白方冉一样坚决,将他房间的糖果也都上缴给了白方冉,一副绝对配合上级的态度。

陈桉都发话了，陆倾音只好扁着嘴巴接受这个事实，但是她对糖果的喜欢却已经达到如痴如醉的状态。

上学路上，陆倾音被陈桉牵着手，走在陈桉的后面，一抬头便看见头上的白云：“小桉哥哥。”

陈桉应了一声，顺着陆倾音的视线往上看。

“你看那朵云彩，像不像超市里的糖果。”陆倾音说着还没出息地吞咽下口水。

陈桉有些哭笑不得，陆倾音是个三分钟热度的人，对糖果的喜欢却是始终如一。

“怎么办？”陆倾音叹了一口气，“好想吃糖果。”

陈桉嘴唇动了动，却还是硬下心道：“糖果对牙齿不好。”

“可是我吃不到糖果就不开心，不开心对身体也不好。”陆倾音说起歪理是一套接一套。

陈桉终于转身望着陆倾音:“如果你吃糖果,我就会不开心,怎么办？”

陆倾音立刻为难了：“为什么呀？”

“吃了糖果会让你长蛀牙，长蛀牙会使你牙疼。”陈桉一板一眼地给陆倾音科普，“你疼我就不开心。”

在心里纠结了好一会儿，陆倾音终于在两难中做出艰难的抉择：“那我不吃了，你也不许不开心了。”

“嗯。”陈桉应得极快。

这几天陈桉的心情很不好，就连陆席南都看出来了，绝不出现在陈桉的视线范围内，唯恐火烧到自己身上。

陈桉坐在床上看着地上的两个身影，眉头从来没有舒展开。

因为生意繁忙，苏家就将苏哲托白方冉照顾几天，等有时间了再接过去。于是，苏哲就开始频繁出现在陆倾音的视线内，刚开始陈桉是没什么感觉的，毕竟苏哲比他们要小上两岁，哪里有什么共同语言。

可奈何苏哲小小年纪嘴巴倒是挺甜，一口一个姐姐跟在陆倾音的屁股后面，叫得陆倾音有些忘乎所以然了。

“你按这个就会动了。”陆倾音拿着遥控器教苏哲，瞬间觉得自己智商爆表。

苏哲也是极其配合，拍手叫好声从来没有停止：“好厉害。”

陈桉从来没有躺在陆倾音无视区域这么长时间，板着一张脸打算出去散散心。

不到五分钟，屋内便传来陆倾音的哭声，陈桉瞬间慌了，步伐凌乱地跑向屋内。

陆倾音坐在地上捂着膝盖哭,而苏哲则抱着玩具手足无措地站在一旁。

“怎么了？”陈桉蹲在陆倾音旁边，紧张地检查着陆倾音有没有受伤。

其实只是膝盖红了一片，疼也就疼了那一下，陆倾音的哭声也渐渐小了，望着陈桉控诉着苏哲恶劣的行为：“他推我。”

陈桉倒也没什么反应，扶着陆倾音坐到一旁休息。苏哲本来想上前道歉，却被陈桉一个眼神吓退，委屈地站在原地。

等到午休的时候，陆倾音刚睡着，陈桉就示意苏哲跟自己出去。

瞧着比自己矮上一头的苏哲，陈桉将一只手背到身后：“让你一只手，和我打。”

“不。”苏哲摇摇头，往后退。

陈桉轻哼一声：“我数三秒，你要不动手，我就动手了。”

“三，二，一……”

话落的时候，苏哲终于上前推了一把陈桉，但力气太小，陈桉纹丝不动。

陈桉轻哼一声，一只手轻轻出去，随便用了点力气便让苏哲坐倒在地。

虽然不疼，但是他委屈。苏哲眼里立刻泛着泪花，控诉着：“我要告诉阿姨你欺负我。”

虽是为了陆倾音报仇，但欺负苏哲还是有点说不过去，陈桉倒镇定自若：“好啊。”然后半蹲在苏哲面前，带着几分威胁，“知道陆席南吗？”

苏哲想起那个大块头，这么多天他依旧不敢靠近陆席南半分。

“要是让他知道你把他妹妹弄哭了。”陈桉说得半真半假，声音陡然一冷，“你认为他会放过你吗？”

好在，最后还是把苏哲糊弄住了。

苏哲为了防止陆席南报复自己，硬生生吞下这份委屈。

小半个月之后，苏哲终于被接走了。

为了庆祝苏哲离开，陈桉恨不得放鞭炮，但为了让自己看起来稳重一点，他决定换种方式庆祝。

晚上，陆倾音来卧室找陈桉的时候，陈桉像是变戏法一般从身后拿出五块糖果，言语中蛊惑着陆倾音：“想要吗？”

陆倾音的眼睛冒着无数小星星，伸手就要拿糖果，语气中都染上了兴奋：“想。”

陈桉又将糖果背在身后，心情不错的他决定临时玩个小游戏：“玩个游戏。”

“什么游戏？”陆倾音盯着陈桉的身后，一副等不及的样子。

糖果在两只手之间来回转移，过了一会儿，陈桉将两只手摆在陆倾音的面前：“猜猜是哪只手，猜对了就给你。”

陆倾音左看右看，皱着眉头，许久才下定决心，指着陈桉的右手：“我猜这只手。”

“不改了？”陈桉又问了一句。

陆倾音坚持自己的决定，摇晃着脑袋：“不改了。”

“好。”陈桉缓缓张开右手，只见两颗糖果躺在他的掌心。

陆倾音一看见两颗糖，眼睛瞬间亮了，小心翼翼地从陈桉手里拿过糖果，仰着小脑袋，再次确定道：“真的给我？”

陈桉被陆倾音的可爱打败，连忙点点头，然后伸开左手：“为了奖励你猜对了，这三颗糖果奖励给你。”

手里捧着五颗糖果，陆倾音感觉像是得到了全世界，一把扑进陈桉的怀抱，满心欢喜道：“我最喜欢你了。”

陈桉微微怔住，在陆倾音看不见的地方，耳尖红了起来。

我也是。

最最喜欢你了。

（五）代人许愿，十元一次

陆倾音十二岁生日时，邀请了全班同学来参加她的生日会。

生日会是在院子里举行的，摆了好几张桌子，白方冉和徐漾指导着小孩子们洗菜。

陆席南在一群半大的孩子里显得尤为突兀，被白方冉叫得停不下脚步。

在班里，陆倾音的人缘格外好，原本就因为自身长得漂亮，周围有不少男生围绕着她，更因为和陈桉走得比较近，女生也都争相和她做朋友。

陆倾音对此毫不自知，一双眼睛里只装着陈桉，哪里管得着别人的心思。

徐漾望着在人群中心的陆倾音，有几分忧心：“音音比我想象中的还受欢迎。”继而视线又落到旁边散发着生人勿近气场的陈桉身上，更是多了几分无奈。

“你没看见有不少女生都朝着小桉身上望？”白方冉轻拍了下徐漾的肩膀。

收到礼物，陆倾音第一反应就是和陈桉分享：“小桉哥哥，你看李同送我的音乐盒。”

陈桉认识李同，应该说对陆倾音有想法的，他都格外了解过。他微微从人群中一扫，便看见在人群中格外骄傲的一张脸。

一个礼物而已，幼稚！陈桉收回视线，不过该生气还是要生气。

音乐盒发出好听的声音，陆倾音一副献宝似的将音乐盒放在陈桉面前：“是不是很好看？”

音乐盒里面有一男一女在荡秋千，陈桉下意识地皱了皱眉头，还没等回答就被陆倾音的声音打断。

“这个是你。”陆倾音指着其中一个男生，继而又美滋滋地指着旁边的女生，“那这个就是我了。”

陈桉不满的情绪一扫而光，嘴角轻勾，彻底改口：“挺好看的。”

而给别人做嫁衣的李同满脸不高兴，小孩子也不会隐藏什么情绪，当下就从人群中钻出来，跑到陆倾音面前，耳朵都气红了：“那个男生是我！”

陆倾音被吓了一跳，看着李同郑重的表情，立刻改口：“哦，那就是你好了。”

“我、我下学期想和你做同桌。”小孩子的喜欢很简单，喜欢就要得到，带着不可名状的霸道，却又让人讨厌不起来。

即使李同的表情还是很可怕，但陆倾音在这件事情上没有任何妥协的余地：“不行，我有同桌了。”

在这么多人面前被拒绝，李同瞬间就大哭起来。白方冉见状，慌忙调节气氛，带着李同去洗脸。

陆倾音有点不明白现在的情况，转身面对着陈桉，声音里带着不确定："是我错了吗？"

"没有。"陈桉倍感安慰，"你做得很对。"

准备了许久，在所有人的努力下，桌子上摆满了各种食物。

"都是大家努力的结果。"白方冉开心道，"下面就请大家好好享受自己的劳动成果吧。"

院子里同学们立刻欢呼一片，望着有自己出一份力的饭菜，很是骄傲。

陆倾音戴着寿星的帽子坐在陈桉旁边，等着陈桉将饭菜夹到自己的碗里。

"小心烫。"陈桉忍不住地提醒着陆倾音。

陆倾音早就习惯了陈桉事无巨细的照顾，当下也没什么反应，倒是一旁有不少女生露出了心碎的表情。

"也就小桉能伺候音音那懒惰的性子。"白方冉已经就此事和陆倾音谈了无数次，可无奈两人一个人愿打一个愿挨，她想拦也拦不住。

"也只有音音能无视小桉那张臭脸了。"徐漾对自己儿子也是十分嫌弃。

"哪有臭脸。"白方冉再次维护陈桉的形象，"我早就说过了那是高冷，是你不懂。"

在一片热闹祥和的景象中，陆席南推着大蛋糕从房间里走来："让一让，蛋糕来了。"

"终于有个哥哥样了。"白方冉稍稍有几分欣慰。

可下一秒陆席南再次颠覆好哥哥形象，将陆倾音领到蛋糕前，然后不知从哪里拿出一个小牌子，挂在陆倾音的脖子上。

“小小寿星，在线过寿，代人许愿，一次十元。”

如果不是徐漾拦着，白方冉早就冲上去揪陆席南的耳朵了。

陆席南早就练好了台词，脱口就来：“十元钱你买不了吃亏买不了上当，只要十块钱，你就有一次离梦想最近的机会，各位小弟弟小妹妹可千万不要错过……”

虽然知道之后肯定是少不了一顿训，但陆席南也是没有办法，谁让白方冉不同意让他买手办。

生活不易，他也只好在线坑妹妹。

所有人都来不及反应，而主人公陆倾音也呆呆地站在原地，完全没有任何动作。

陈桉有几分头疼，站到陆席南面前，格外了解陆席南，直接道：“需要多少钱？”

“不多，七百块。”陆席南就知道陈桉会是最后的冤大头。

知道陆席南不众筹够钱是不会轻易放弃，陈桉从兜里拿出两张钞票：“剩下的先欠着。”

“好。”陆席南将陆倾音推到陈桉面前，瞬间开溜，“一共七十个愿望，给她说吧。”

陆倾音反应过来，望着陈桉，等着陈桉开口。

陈桉没什么需要，在大脑里搜罗一圈之后，还是想到了一个，很认真地说给陆倾音听：“无论我们之间发生什么事，最后我们都要在一起。”

“好。”陆倾音笑得格外甜，掰着手指，心情很不错地望着陈桉，“还剩下六十九个。”

“我就这一个愿望。”陈桉将陆倾音脖子上的小牌子拿下来，“剩下的都送给你了。”

番外之二

婚后

/

NIDEXIAOXIANNVTANCHUTOULAI

（一）今夜星光都归你，你归我

听陆席南说，白方冉和徐漾已经双双去国外旅游了，陆倾音才拉着陈桉偷偷摸摸地回家。

“你说，我哥不会坑我们吧。”陆倾音站在家门口，心里的恐慌却越发浓烈，下意识地扯着陈桉的衣袖，踮着脚朝家里望。

自从两人确定了关系之后，白方冉和徐漾就开始转移了目标，将催婚提上了日程。如果是嫁给陈桉的话，陆倾音倒也不会拒绝，可她害怕烦琐的结婚程序，而且看白方冉和徐漾的热情程度，她更是觉得这个婚要慎重一点。

陈桉不一样，虽然他会无条件站在陆倾音的身后，可遵循内心深处的想法，他对婚姻的渴望其实是超越白方冉和徐漾的，所以没事就给陆倾音洗脑，说自己有办法既不用举办婚礼，又可以领证。

在陈桉的蛊惑下，陆倾音的好奇心越发膨胀，跟着陈桉去民政局走了一圈，然后被陈桉带着两个红本本去环游世界了。

于是，大人们不得不将正在筹备的婚礼无限期延后，可是在外周游一圈回来时，陆倾音觉得要面对的更多了，这会儿才察觉到被陈桉坑了，抱怨道："都是你要回来这么早，我都还没准备好。"

瞧着扯着自己衣角的小手，陈桉眼底全是笑意，将自己的手塞进陆倾音的手中："早晚都要回家。"

"不一样。"陆倾音的视线落到陈桉的身上，一本正经道，"我们现在是戴罪之身，还是不要那么张扬了。"

陈桉也不着急："那我们应该怎么低调地回家呢？"

"月黑风高的晚上，翻墙而过。"陆倾音眼睛里露出狡黠的光芒。

陈桉将陆倾音凌乱的头发自然地顺到耳后，还没来得及接话，就被不识趣的声音打断。

不识趣的人自然是陆席南。他站在阳台上，看着站在门前不入家门的两人，将所有的火气都指向了陈桉："翅膀硬了，敢把我妹拐走了？"

陈桉的胳膊上扬，手落在陆倾音的肩膀上，颇有些宣誓主权的味道："过奖了。"

陆倾音的神经处于极度紧绷中，就怕白方冉从客厅里冲出来，过了几秒后，没看见白方冉的踪影，她才稍稍松了一口气。

陆席南冷哼两声，还不打算放过陈桉："现在证也领了，来，叫声哥听听。"

今时不同往日，陈桉知道在这个话题上占不了上风，直接当作没听见，揽着陆倾音朝着院里走去。

一下午的时光，陆倾音都窝在床上，抱着小星星躺在陈桉的旁边，在网上找了一部大热的爱情电影看。

电影已经过去了一半，陆倾音微微仰头，扬起的脑袋不小心磕到陈桉的下巴。

“疼不疼？”陈桉一只手举着手机，另一只手揉了揉陆倾音的发顶。

“不疼。”陆倾音才没有这么娇贵，她看了看陈桉举了半天的手，“你累不累？不然先不看了。”

陈桉轻轻用力，将起身的陆倾音重新扯到自己的怀里，下巴蹭了蹭陆倾音的发顶：“不累。”

这样的动作早该习惯才是，不知是不是小星星也在场，陆倾音莫名觉得脸有些发烫，只得转移注意力：“我待会儿就在网上买个手机支架。”

“你是嫌弃我拿得不稳吗？”陈桉的话里带着几分认真。

“当然不是。”陆倾音直摇头，“我是担心你累到了。”

陈桉又蹭了陆倾音几下：“我就是你的支架，还可以移动。”顿了一下，又道，“我很享受为你做事的感觉。”

陆倾音感受到耳尖已经发烫了，轻轻咳了一声：“看电影了。”

可电影似乎也和陆倾音过不去，正好到男主角和女主角久别重逢的桥段，更过分的是男主角二话不说，拉着女主角就亲了上去。

还敢不敢更尴尬一点！

陆倾音觉得所有的血液都朝着头顶涌去，她咽了咽口水，干笑两声：“小星星还小。”她闪躲了视线，将手覆在小星星的眼睛上，自己也顺着移开了视线。

每分每秒都像是在煎熬，陆倾音感觉已经过了一个世纪，竖着耳朵等待着电视里发出声音。

终于手机里传来声音。

陆倾音轻呼一口气，将视线重新放到手机上，脑子里在想着如何化解尴尬的氛围。

可没想到，男主角又一把扯过女主角，不由分说地亲了起来。

劈死我吧！陆倾音大脑一片空白，绝望地闭上了眼睛，逃避现实中。

“音音。”陈桉的声音在陆倾音的耳边响起。

陆倾音像是突然找到救星一般，下意识地朝着陈桉的方向扭头，可是眼前却突然一黑。

陈桉的手轻轻放到了她的眼睛上。

世界一片黑暗，陆倾音只感觉到一个吻落到了她的唇上。

不知道是地点不对，还是时间不对，更或者是小星星在场，陆倾音比以往所有时候都要害羞，后劲直接持续到晚上，以至于只要碰上陈桉的视线，她就下意识地移开。

陈桉欲言又止了好几次，却又不知道该如何开口。

洗完澡之后，陆倾音觉得全身的血液都沸腾了，下意识地就要朝着门外走去。

陈桉一下子急眼了，一把拉着陆倾音的手，声音里带了些委屈：“你要去哪里？”

陆倾音一时头皮发麻：“去我的卧室。”

“不许。”陈桉说得理直气壮。

陆倾音头皮发麻，却又不得不开口解释：“我回去拿枕头。”

陈桉这才朝着床上瞥了一眼，看见床上孤零零的一个枕头，然后蹙着眉头道：“你用我的。”

“那你就没有了。”陆倾音满脑子都在想着逃避，“我去拿，反正也不远。”

陈桉也不知道为什么在这件事情上这么执着：“我把胳膊给你。”

陆倾音大脑放空了一秒，诚实地拒绝道：“太硬了。”

“你在这里等着。”陈桉大步向前，只留下一句，“我去拿。”

目送陈桉离开的背影，陆倾音一手拍到自己的脑门，在房间来回了几趟。

也不知道哪根筋不对了，她怎么好像恢复到和陈桉重逢的状态，说出来的话也不经过大脑了。

陈桉带着枕头回来，将粉色的枕头放在另一个枕头的旁边，望了陆倾音一眼：“现在应该舒服了吧？”

陆倾音没有说话，点了点头。

陈桉半坐到床上，拍了拍另一侧：“睡觉吗？”

“哦。”陆倾音低着脑袋，迈着小碎步跑到床的另一侧，躺下的时候全身硬邦邦的，双手垂直贴着身体。

灯灭了，卧室顿时被夜色包裹，只有窗户那边隐隐透漏着洒下来的月光。

陆倾音好像更紧张了，紧紧地闭着眼睛，所有的感官神经都在身侧。

陈桉侧了下身子，朝着陆倾音转身，胳膊从陆倾音的脖子上过去，落到陆倾音的脑后，声音也钻进陆倾音的耳膜：“不用紧张，好好睡吧，不闹你了。”

“我、我没紧张。”陆倾音忽视掉耳朵发烫的热度，逞强似的，同陈桉一样侧着身子，学着陈桉的样子，搂着陈桉，像往常一样将大腿放到陈桉的腰上，头埋进陈桉的怀里，声音闷闷，“晚安。”

陈桉轻笑一下，没有再逗弄自己的小姑娘，道：“晚安。”

（二）你舒舒服服做自己，剩下我来适应你

“音音，喜欢西式的婚礼，还是中式的？”白方冉和徐漾一脸期待地望着陆倾音。

虽然很不愿意看见两人失望的样子，但是陆倾音一想起一大堆事情需要准备就头皮发麻：“一定要选一个吗？”

“说什么傻话呢？”徐漾的情绪更加激动，“一辈子只有一次，告诉干妈喜欢什么样式，我们陈家就算砸锅卖铁也要给你一场满意的婚礼。”

陆倾音咽了下口水：“我不是……”

“不要考虑那个臭小子。”一看陆倾音这样为难的样子，徐漾瞥了陈桉一眼，只当是陈桉让陆倾音为难了，“能娶到你是他八辈子修来的福气，必须要办，而且要大张旗鼓地办。”

陈桉和陆席南坐在一旁，完全没有话语权。

白方冉却是察觉到不寻常的意味，试探着问：“音音，是小桉不想筹备婚礼，还是你不想举办婚礼？”

陈桉已经背了好久的黑锅，陆倾音一直没来得及解释，这下终于抓住了这个难得的机会，认罪道：“是我，我觉得结婚是两个人的事，两家人吃顿饭就可以了。”

如果话是从陈桉嘴里说出来的，徐漾肯定是要一个冷艳眼神扫过去，现在却迟疑了，还有点被陆倾音说服的嫌疑。

“结婚确实是两个人的事 ”

听见徐漾的话，陆倾音的眼睛里绽放出星点光芒。

话却被白方冉打断，她显然不会被陆倾音糊弄过去：“结婚可不是两个人的事。”她停顿了一下，将视线放在陆席南的身上，“音音，就算真的不想举办婚礼，可是我们总要为你哥想想。”

“妈，这有我什么事？”陆席南如坐针毡，让他安静得成为一团空气不好吗？

“还不是怪你不争气！”白方冉瞪了一眼陆席南，望着陆倾音的时候，语气不知温柔了多少倍，“你想想你哥还孤身一人，以现在的情况来看，他是不可能依靠自己的力量脱单了，我们要给大龄剩男一点助力。”

陆倾音没想到陆席南竟然是她最大的绊脚石，但还是满脸疑惑：“我结婚和我哥有什么关系？”

“关系大了。”白方冉掌握了事情的节奏，“你把捧花扔给你哥，这事不就成了。”

陆倾音露出为难的表情，向陈桉求助。

白方冉先发制人，不给陈桉出声的机会：“我和你干妈都期待了那么久，都想看看你穿婚纱的样子，是不是啊？漾漾。”

徐漾终于找回自己的立场，连连点头：“是啊，你只要告诉我们你的喜好，其余的事情都交给我们，你只需要做一个美美的新娘就好了。”

这节奏乱了啊！陆倾音完全被带着走了：“可是我不喜欢太多人……”

“这简单。”白方冉生怕陆倾音反应过来，顺着陆倾音的话道，“邀请的人由你们两个人定，你看行不行？”

陆倾音隐隐感觉到有哪里不对，却又挑不出逻辑上的毛病，又向陈桉求助：“你看怎么样？”

看着陆倾音已经跳进了坑里，陈桉在两道目光中，自然不敢造次，只得道：“我看可以。”

自从白方冉和徐漾开始准备婚礼，陆倾音就陷入了婚前恐惧症，整个人比之前焦虑了许多。

平时早上敲锣打鼓都喊不起来的人，在感受到身边细微的动静之后，陆倾音的睡意就散了许多。

她微微睁开双眼，就看见陈桉蹲到一旁的柜子前，不知在看什么。

小秘密？陆倾音顿时来了兴致，小心翼翼地下床，连拖鞋都没穿，就朝着陈桉靠近。

陆倾音对陈桉完全没有怀疑，只是突然的玩心大发，都没有看陈桉手里的东西，微微弯下腰，突然出声道："大清早背着我干什么呢？"

陈桉少见地被吓到了，反应过来第一时间也没有藏手里的东西，盯着陆倾音没穿鞋的小脚，微微蹙起眉头："天冷了，不许不穿鞋。"

陆倾音刚想反驳，下一秒却被人拦腰抱起，下意识地搂住陈桉的脖子，惊呼道："快放我下去。"

虽然只有两步的距离，但陈桉还是没有放手，将陆倾音抱回到床上，也不说洗漱了，一只手放在陆倾音的腰上："时间还早，再睡会儿吧。"

陆倾音哪里还有睡意，扬起小脑袋，看着柜子上方的东西："我倒要看看你……"

两个小红本本映入她的瞳孔里，陆倾音收回目光，狐疑地看着陈桉："你没事看结婚证干什么？"

"没什么。"陈桉将陆倾音的脑袋按回床上，"感觉像做梦一样，重新确定一下。"看着陆倾音瞪得圆溜溜的大眼睛，他笑道，"现在确定好了，你是我的了。"

陆倾音的心微微一动，颇有些认真地看着陈桉："看着我的眼睛。"她捧着陈桉的下巴，不让陈桉避开自己的视线，"你想举办婚礼吗？"

陈桉一向不喜欢张扬和麻烦的事情，陆倾音自然而然地觉得陈桉和她一样，再加上陈桉一直也没反对过她的意见，她只当是意见统一了，可现在没那么确定了。

虽然陈桉没有坚持要举办婚礼，可也没有说过不想举办婚礼，从头到尾都是她的想法，陈桉一直没有表过态。

"一定要回答吗？"陈桉犹豫了一下，又继续道，"很想听实话吗？"

陆倾音回答得很干脆："当然。"

"想。"陈桉倒是不屑说谎的主，望着陆倾音的眼睛继续道，"很想看你为我穿婚纱的样子。”

听着陈桉的话，陆倾音心里涌上一股内疚：“那你怎么不告诉我？”

陈桉扯了扯陆倾音塌陷的嘴角，吻了一下陆倾音的额头：“现在不是告诉你了吗？”

“可是……”陆倾音心里还是有点负担，“如果真的没有举办婚礼，对于你来说不就是个遗憾了吗？”

“当然不会。”陈桉对这点没有疑虑，“就算没有举办婚礼，我也会让你穿一次婚纱，只穿给我一个人看。”

陆倾音突然感性了起来，将脑袋埋进陈桉的怀里，一句话也不说。

“你只要好好做自己就好了。”陈桉摸了摸陆倾音的后脑勺，“剩下的让我来适应你。”

婚礼只请了两家关系密切的人，再加上夏悠然和卢浩，人数也不是很多。

“真的是便宜陈桉了。”夏悠然扶着陆倾音的肩膀，望着镜子里的陆倾音，只得一次又一次地确定道，“确定要为了陈桉这棵树放弃整个森林吗？”

陆倾音的手覆在夏悠然的手上：“是。”又想到什么一般，解释道，“本来捧花肯定要送给你的，但是情况有变，捧花要给我那不争气的哥哥了。”

对于陆席南的感情生活，陆倾音并不着急，可是看着白方冉和徐漾还有些遗憾选的婚纱没有穿上，如果陆席南这次无缘于捧花，以白方冉和徐漾尚未消散的热情，她很有理由怀疑，她会被忽悠着再举行一场西式的婚礼。

“我还想再潇洒几年呢。”夏悠然毫不在意，“我可和你不一样，我现在面对的可是整片森林，暂时还没有在一棵树上吊死的打算。”

在白方冉和徐漾的精心布局下，婚礼自然挑剔不出一丁点的毛病，大抵周围都是熟悉的人，陆倾音倒没想象中的排斥，一想到陈桉一本正经穿西装的样子，心里不断生出欣喜。

她喜欢十几年的人，她终于要一步步走向他，成为他余生不可或缺的一部分了。

草坪上全是散落的花瓣，陆倾音挽着陆成的手，朝着陈桉不断靠近，隔着一层纱望着陈桉。

司仪的声音在耳边响起，陆倾音的心跳声从没有恢复到正常的速率。

在这之前，陆倾音不喜欢婚礼的烦琐，可在这一刻，心跳声却替她反驳了这个愚蠢的想法。

只要对面是陈桉，一切都是美好的样子。

“请双方交换戒指。”

陆倾音拿起戒指，稳稳地套进了陈桉的无名指，这个人的余生以后是她的了。

陈桉的笑意从眼底散开，他拿起陆倾音的手，慢慢地将戒指套进陆倾音的手指上。

“陆倾音小姐，你终于是我的了。”

（三）你眼中的星河，我所摘到的梦

所有的事情都告一段落后，陆倾音便找了一份工作。

工作轻松，同事相处愉快，陆倾音对这份工作很满意，唯一不满意的地方就是每日陈桉的接送。

刚走出办公楼，她就看见陈桉笔直的身影。

“每天可真准时。”同事撞了一下陆倾音的胳膊，调侃道，“这就是小别胜新婚？”

陆倾音实在不知道如何回答，快走两步：“明天见。”

坐到车里，陆倾音还是忍不住将身子靠向陈桉，小心翼翼道：“你老实告诉我，公司是不是经营状况不佳？”

别人上班时间996还不够用，陈桉朝九晚五都不用，这显然能反映出不太乐观的经营状态。

陈桉没想到陆倾音会担心这个，伸出手，蹭了一个陆倾音的鼻子：“对我这么没信心？”

“谁让你一个大老板比我还闲？”陆倾音道。

“公司已经走上正轨了，比之前清闲很多。”陈桉为自己喊冤，“为了完成每天的任务，我在公司可是劳模，一秒钟的时间都不敢耽误。”

陆倾音只是微微一笑：“如果不是你整天给我发微信，我差点都信了。”

“我总要有点动力吧。”陈桉倒是有理了起来，“每次发完微信，我就浑身充满力量。”

“你说什么就是什么吧。”陆倾音一副“我就随便听听”的样子。

汽车平稳地行驶在公路上，陆倾音也不打扰陈桉开车了，放了一首平缓的音乐。

音乐并没有让陆倾音的心情平静下来，直到回到家，她还执着地在和陈桉商量着：“我下班可以自己回去，你不用每天来接我。”还不等陈桉说话，她脸一绷，作势生气，“这点自由我总该是有的吧？”

怎么还就扯到自由了？陈桉大脑飞转，知道这个问题堪称致命题，委屈也不能装了，先是否认了陆倾音的问题：“我怎么可能限制你的自由？”然后，抛出自己的问题，“那同样的，你是不是也不会限制我接你的自由？”

瞧瞧这段位，一步也不肯退让。陆倾音知道这个问题不能回答，又转移了问题：“可是你天天来接我很容易造成不好的影响。”

陈桉的目的就是将陆倾音的桃花斩断，听见这句话，装作疑惑道“哦？

为什么？”

“英年早婚，很光荣吗？”陆倾音脑袋一歪。

“当然。”陈桉一脸傲娇，“这可是你给我的光荣。”

除了接送这个问题没有达成一致，另一个问题也慢慢突显了出来。

“我是九你是三，我除了你还是你。”夏悠然念着陈桉朋友圈的文案，笑得合不拢嘴巴，“音音，你不小心触发了陈桉的哪个开关？”

陆倾音头疼地摸着脑门：“不要说话了。”

夏悠然早就沉迷于陈桉的朋友圈了，像是没听到陆倾音的话一般，继续道：“我觉得我很花心，你的每一个样子我都喜欢。”

陆倾音绝望地闭上了眼睛，朝身后的床倒去，颇有些“躺平任嘲”的味道。

耳边是夏悠然充满魔性的笑声，陆倾音也不打扰夏悠然的快乐，身为陈桉朋友圈的主角，她也是很不能理解陈桉一系列的变化，但那是陈桉的朋友圈，不在她的管辖范围内。

在夏悠然笑得肚子疼，需要缓一缓的时候，陆倾音的耳边才清净了一秒，陈桉却推门而入。

“音音。”陈桉坐到陆倾音的身旁，将刚刚发送的朋友圈举到陆倾音的眼前，“看看我拍的照片。”

照片是陆倾音的背影，不知道什么时候被定格在陈桉的手机里。

不过，陆倾音已经无暇去在意这些，她的注意力瞬间就落到土到掉渣渣的文案上——

“你快去睡觉，我要去你的梦里走一遭。”

陆倾音深呼一口气，已经没有吐槽的力气：“你喜欢就好。”

“你……”陈桉欲言又止，最后还是问了出来，“你不转发一下吗？”

是的，他就是想宣布主权，让所有认识陆倾音的人都知道他的存在。

在自己的朋友圈猖獗就算了，还企图霸占她的朋友圈。

陆倾音立刻揭竿而起："你老实告诉我，是谁给你的文案？"

像陈桉这样的直男，应该是"土味情话"的绝缘体才对，可这样突飞猛进地朝着"土"字靠拢，背后肯定有高人指点。

陆倾音已经有了重点怀疑对象，头等嫌疑是陆席南，而另一个就是卢浩。

"哥。"陈桉的称呼已经变了，见陆倾音脸色不怎么好看，便立刻将陆席南卖了，"他说，女孩都喜欢这一套。"

是陆席南就好办多了，陆倾音起身，打算从根源上解决问题，手却被陈桉拉住。

"你去哪里？"陈桉问。

"去他的房间走一遭。"陆倾音皮笑肉不笑，"怎么，你要阻止我？"

陈桉立刻松手，实力演绎背叛师父只要一秒钟："需要动手的话，让我上。"

番外之三
陆席南vs夏悠然

先是冤家后是妹，最后变成小宝贝

自从陆倾音和陈桉结婚之后，白方冉的火力就都集中到陆席南一个人的身上，陆席南也不窝在家里找骂，只要有饭局的地方，都有他的身影。

"席南，你前女友有对象了？"从洗手间回来，李奇安打趣道，顿了一下，又提醒，"不过是张裕，风评不太好，不然你去看看？"

陆席南听完眉头一皱，他洁身自好到不行，从哪里冒出来个前女友？

看着陆席南疑惑的表情，李奇安笑了一声："你这是什么表情？好像有好多前任不知道是哪个一样，你不就有一个女朋友吗？"

陆席南也是圈子里的怪人，要身高有身高，要样貌有样貌，也算是一表人才，可偏偏单身二十多年，要不是不知从哪里冒出来的夏悠然，那陆席南的性取向都不能确定了。

"夏悠然？"陆席南终于想起来这个名字，身子朝后微微撤了几分，倚在沙发上，"你看见什么了？"

“一男一女。”李奇安也没多想，毕竟夏悠然和陆席南也没在一起多久，分手的时候那是潇洒到不行。

自己妹妹结婚了，陆席南都没有觉得被抛弃，可一听见夏悠然有对象了，他心里涌上一股被抛弃的感觉。

就像他们说好了一起到白头，可夏悠然却背着他偷偷焗了油。

“一男一女就是谈恋爱了？”陆席南不爽道，将火势对准李奇安，“你的思想什么时候这么龌龊了？”

李奇安蹙着眉头，无辜地指着自己：“我怎么就龌龊了？”

“思想龌龊。”陆席南冷哼一声，拿起自己的外套，朝外走去，“已经污染到纯洁的我了。”

李奇安怪异地看着陆席南的背影，他一直都知道陆席南的脸皮厚，但没想到已经厚到这种程度了。

陆席南已经做好了英雄救美的戏码，他连袖子都挽到手腕了，刚出大门，就被眼前的一幕震惊了。

只见夏悠然手脚并用地朝着张裕打去,手里的包一下下砸到张裕求饶。

“敢吃姑奶奶的豆腐。”夏悠然气不过，上去就是一脚，“我看你是活得不耐烦了。”

看着眼前的阵势，陆席南将袖子悻悻地放下，别说张裕了，夏悠然这样毫无章法的招式，他也应付不过来啊。

趁着夏悠然喘气的空当，张裕慌不择路地逃跑了。

“要是还有下次，姑奶奶肯定还要教你学做人。”夏悠然还不解气，朝着张裕的背影喊，“不要再让我看见你，见一次打一次。”

陆席南就愣在原地，直到夏悠然回头，双手像是下意识地举起，为夏悠然的英勇鼓掌。

瞧见陆席南，夏悠然拉扯了一下衣服："看什么？"

"意外。"陆席南也不敢跟夏悠然叫嚣了，走到夏悠然旁边，为方才的不作为解释，"我刚想上去帮忙。"

"帮忙？"陆席南在夏悠然这里可全是案底，这会儿也没客气，她出声嘲讽，"两个大男人欺负我一个弱女子，陆席南你也不怕传出去，怎么，脸都不要了？"

按照以往，陆席南肯定是要怼回去，今天却很服帖，难得在夏悠然的挑衅下还保持着绅士："我当然是要帮你。"

夏悠然冷哼一声："多管闲事。"

"怎么能叫多管闲事？"陆席南对夏悠然的态度来了一百八十度的大反转，"我妹的小姐妹就是我的妹妹，分内之事而已。"

"哟——"夏悠然上下打量了一眼陆席南，"今天太阳打西边出来了，还是你陆大少爷的脑子抽了？"

陆席南丝毫没有恼怒："我送你回家？"

一向和陆席南吵惯了，夏悠然对现在的陆席南很是陌生，感觉陆席南像个危险人物，不让陆席南靠近半分，火速离开。

"不用。"

陆席南也没追夏悠然，站在原地摸着下巴，望着夏悠然的背影。

要知道他童年偶像是花木兰，以前只知道夏悠然嘴皮子功夫厉害，没想到战斗力也惊人。

这不就是他多年要找的贤内助嘛！

第一个得知陆席南心意的是陆倾音，她也是一副一言难尽的表情："你要追悠然？"

"对。"陆席南完全没有感觉到奇怪的地方，"妹，你应该会帮我吧？"

不是对陆席南没有信心，是陆倾音对夏悠然更有信心，她提前给陆席南打预防针：“悠然可不是那么好追的，我可事先提醒你了。”

陆席南连连点头。

看着陆席南的样子，陆倾音皱着眉头抱怨道：“人都差点名花有主了，早干吗去了？”

“没关系，哥会移花接木。”陆席南要的肯定不是陆倾音这句话，暗示道，“再怎么说，我也是有外挂的人。”

陆倾音当然希望夏悠然能和陆席南修成正果，可一时半会儿也想不出什么好的办法，注意力就落到陆席南的形象上：“从头开始吧。”

“什么发型？”陆席南挑挑眉头。

陆倾音想了一下：“比着当红偶像剪肯定没错。”

夏悠然经常被荧幕上的帅哥迷得神魂颠倒，比着葫芦画瓢总不会出错。

在陆倾音的保证下，陆席南从理发店顶着一个爆炸头出来的时候，马不停蹄地约了夏悠然见面。

毫不夸张地说，夏悠然足足笑了五分钟，其间三次蹲到地上，捂着肚子一脸痛苦，可一看见陆席南就触发了笑穴，最后只得背对着陆席南，才勉强止住笑意。

“不好看吗？”陆席南的信心终于被打击到了。

夏悠然还是没有回头的勇气：“渣男锡纸烫，渣女大波浪。”她起身甩了一把黑长直的秀发，“而我不一样，积极又向上。”

陆席南没时间悲伤：“你喜欢什么样的？”

“肯定不是你这样的。”或许太过于熟悉，夏悠然表达得丝毫没有婉转，只当陆席南是一时兴起，“反正，你这个癞蛤蟆别想吃天鹅肉了。”

夏悠然依旧只留下一个背影，陆席南依旧站在原地，没有追上去，冲着夏悠然的背影喊道：“相信我，没有癞蛤蟆，天鹅也会寂寞的。”

夏悠然没有说话，手上扬摆了摆，算是说了再见。

陆席南懊恼地扯了一把刚弄好的发型。

众里寻她千百度，蓦然回首，那人依旧对他不屑一顾。

经历了无数次失败之后，陆席南不仅没有灰心，反而越战越勇，直接将视线瞄准到夏悠然生日的时候。

也是沾了陆倾音的光，陆席南精准地掌握了夏悠然的生日动态。

但是当天晚上，陆席南准备的所有惊喜还没来得及上场，陆倾音和夏悠然就喝大了。

瞧着沙发上神志不清的两个人，陆席南叹了一口气，取消了所有的准备。

知道陆席南精心准备了很久，陈桉有几分疑惑："直接取消吗？"

"不然呢？"陆席南反问，"你想看吗？"

陈桉摇头："承受不起。"

时间差不多了，陆倾音和夏悠然也逐渐安静了下来。

陈桉横抱起陆倾音，望了一下夏悠然："你照顾？"

"嗯。"陆席南应了一声，看着没有动的陈桉，翻了个白眼，"放心，我不会动手动脚的。"

得到陆席南这句话，陈桉才安心离开。

陆席南本来打算给夏悠然找个酒店，可谁知道被冷风一吹，夏悠然也清醒了几分，非闹着要自己走。

在脖子上被抓出一道红印后，陆席南终于妥协，将夏悠然放在了地上，视线却是一刻也不敢离开她。

酒醉之后的夏悠然格外活泼，绕着陆席南活蹦乱跳。

虽然觉得有些乘人之危，但陆席南也知道这是个难得的机会，先是试探地问："天上的是太阳还是月亮？"

夏悠然很配合地仰头，思索了一下，朝着陆席南笑得一脸灿烂："对不起，我不是本地人。"

机会来了。陆席南问得那叫一个直接："做我女朋友，好不好？"

这个问题成功让夏悠然皱起眉头，连连摇头，满脸不情愿："不好。"

太阳和月亮都分不清了，拒绝起他来倒是毫不眨眼。

陆席南百思不得其解："为什么？"

"你是癞蛤蟆。"夏悠然毫不犹豫道，接着又咧开嘴乐了，"可我是天鹅。"

在夏悠然的潜意识里，自己也是个癞蛤蟆？明白这一点，陆席南有些挫败，为自己辩解道："我不是。"

夏悠然突然靠近陆席南，扯着陆席南的衣领："那你是什么？"

陆席南闻到一股酒味，下意识地咽了咽口水，顺着夏悠然的话接了下去："我是丑小鸭。"

"丑小鸭？"夏悠然想了一下，接受了这个设定，又一脸骄傲道，"可我是白天鹅。"

陆席南循循善诱："丑小鸭长大会变成什么？"

"白天鹅。"夏悠然丝毫没有防备之心。

"对。"陆席南笑得像只狐狸，"我们都是白天鹅，是不是天生一对地设一双？"

夏悠然歪着脑袋想了一下，没找到陆席南言语里的漏洞，若有所思地点点头："是。"

"所以。"陆席南乘胜追击道，"做我女朋友好不好？"

这次夏悠然倒是爽快："好。"

夏悠然醒来的时候，宿醉的后劲还在，她昏昏沉沉地睁开眼睛，又打算重新闭上的时候，却猛然惊醒。

白色的天花板？

夏悠然惊出一身冷汗，坐起身子，扫荡一圈。

沙发上，陆席南放下手里的平板电脑，朝着夏悠然走去："头还疼吗？"

头疼算什么，她的世界要炸了！

夏悠然站到地上，满地找着鞋子，不断地嘀咕着："酒后行为不代表本人行为。"

典型的酒醒后翻脸不认人。

陆席南冷哼一声："酒也喝了，床也睡了，长寿面也吃了，然后不认账了？"

喝酒她知道，床也算是睡了，但长寿面是怎么回事？

夏悠然不解地望着陆席南："什么长寿面？"

昨天夏悠然不要住酒店，非要闹着回家，陆席南也不敢冒着生命危险送她回家，只得将她带了回来。

刚将夏悠然放到床上，她就闹着要吃长寿面，陆席南还没喝上一口水，就又去厨房做面。

陆席南下巴朝着桌子上一抬："你说什么面？"

醉酒后最怕有人带着回忆，因为真的会想起来。

记忆一点点钻进大脑，夏悠然朝着桌上望了望，反倒是质问起陆席南："生日的时候给人吃挂面，你还好意思提？"

陆席南心虚地摸摸鼻子："大半夜的，我上哪儿给你买长寿面，有的吃就不错了。"

夏悠然也没有心思计较其他的事情，当务之急就是早点远离这里，不然她跳进黄河都洗不清了。

可刚打开门，魂就被吓掉了一半。夏悠然瞬间合上了门，望着陆席南的时候几乎快哭了。

“怎么了？”陆席南上前问。

“阿……”夏悠然这会儿想死的心都有了，“阿姨，在外面。”

陆席南眼皮一跳，知道大事不妙了。

“陆席南，你最好给我一个交代。”白方冉的声音在门外响起，刚吼完却又温柔道，“悠然不要怕，受了什么欺负告诉阿姨，阿姨为你做主。”

陆席南最佩服白方冉惊人的想象力，道：“妈，不是你想的那样……”

“你还想不负责？”白方冉分贝又上了一个高度，“你要是还想下地走路，最好给我好好说话。”

陆席南彻底闭上了嘴巴，无声道：“你来吧。”

“阿姨，不是你想的那样。”夏悠然连门都不敢开，这下终于体会到有八张嘴都说不清的感觉了。

白方冉做梦都没想到的事情发生在眼前，心里早就乐开了花，还要拼命地让自己的话显得严厉：“悠然，你不要替那个臭小子说话，等他出来我打断他的腿。”

夏悠然向陆席南求救。

“妈，你吓到人家了。”陆席南怎么能不知道白方冉的心思，但是他害怕白方冉助攻太猛，最后物极必反，吃亏的还不是他。

白方冉戏已经演不下去了，为了避免当众笑出声，她只好又威胁了陆席南几句，便跳着给徐漾报喜去了。

听见白方冉离开的脚步声，夏悠然才算松了一口气，瞪着陆席南：“现在怎么办？”

“这都是天注定的。”陆席南似乎看到了渺茫的希望，“我们还是不要逆天而行了。”

夏悠然本来还有足够的底气，但是被白方冉抓包之后，不得不左右思量。

陆席南善解人意道：“而且你不是想和音音成为姐妹吗？只要嫁给我，梦想分分钟照进现实。”

看见陆席南认真的表情，夏悠然才意识到陆席南好像并不是开玩笑，却还是抱着几分怀疑的态度：“以前你不是看我不顺眼吗？”

都是年轻惹的祸。陆席南马上承认错误：“是我有眼不识泰山，不知眼前人就是心上人。”

一股熟悉的油腻味扑面而来，夏悠然嫌弃地看了陆席南一下：“陈桉的朋友圈是你发的吗？”

这土味情话可以称得上是很有自己的风格了。

陆席南不好意思道：“喜欢听吗？喜欢的话，我天天说给你听。”

“我恐怕无福享受。”夏悠然恶寒地耸耸肩膀。

两人难得情绪都很平稳，陆席南又问了相同的问题：“和我试一试吧，如果你觉得不合适，随时可以提分手。”

这……听起来好像没吃亏。夏悠然反正现在也是骑虎难下，更重要的是看陆席南认真的样子，竟然意外有几分心动，小弧度地点了点头。

陆席南本来都准备打持久战，没想到夏悠然点头了，整个人都激动了起来，不知干些什么，下意识地拿起手机，手还有点小抖：“不好意思，有点激动。”

夏悠然眉头一皱：“你这是干什么？”

“发个朋友圈纪念一下。”陆席南坦诚道。

“不行。”夏悠然慌了，直接夺过陆席南的手机，“你要发了，马上就会失去女朋友的。”

陆席南倒也没有非要坚持，眼睛一弯：“那，换个庆祝方式吧？”

夏悠然愣了愣：“什么？”

陆席南向前两步，张开双手轻轻环住夏悠然，声音里全是温柔：“抱一下。”